角落里的青春

回味青涩往事，
解密成长密码

曾有你的香气

主编/刘　勇

中国财富出版社

图书在版编目（CIP）数据

曾有你的香气/刘勇主编．—北京：中国财富出版社，2014.3
（角落里的青春·浅末年华卷）
ISBN 978-7-5047-5106-5

Ⅰ．①曾… Ⅱ．①刘… Ⅲ．①短篇小说—小说集—中国—当代
Ⅳ．①I247.7

中国版本图书馆 CIP 数据核字（2014）第 007063 号

策划编辑	王秋萍	**责任印制**	方朋远
责任编辑	白 昕 白 柠	**责任校对**	梁 凡

出版发行	中国财富出版社		
社　　址	北京市丰台区南四环西路 188 号 5 区 20 楼	**邮政编码**	100070
电　　话	010-52227568（发行部）		010-52227588 转 307（总编室）
	010-68589540（读者服务部）		010-52227588 转 305（质检部）
网　　址	http://www.cfpress.com.cn		
经　　销	新华书店		
印　　刷	北京兴星伟业印刷有限公司		
书　　号	ISBN 978-7-5047-5106-5/I·0116		
开　　本	710mm×1000mm 1/16	**版　　次**	2014 年 3 月第 1 版
印　　张	14	**印　　次**	2014 年 3 月第 1 次印刷
字　　数	259 千字	**定　　价**	27.80 元

目录

流光易逝

我爱过“年”，也爱过年呀 /3
学生会大战学生科 /10
青蛙要是成为国宝了 /15
泰迪熊比我更想你 /29
名叫方时的窗 /34
那年，我不是漂亮女生 /44

倒错悲伤

当“公主”遭遇“仙女” /53
秋天与不请自来的你有几个版本 /59
爱丽丝的爱，在哪里 /67
萤火虫的光始终太短暂 /72
谁的温柔喂过狗 /77

花焉彼岸

这是我最动听的话语 /85
木北木北，你的公主落单了 /99
静守时光老去不复来 /106
彼岸烟火圈成了圈 /112
曾有你的香气 /117
最后，终也老去 /126

夜愿菩提

风筝和花菜 /137
天堂里有没有蝴蝶花 /148
只有三天记忆 /152
请在对岸等待一只落单的角马 /162
一袭青衫万缕情 /166
不会一辈子兵荒马乱 /173

千年一奂

独孤常败 /181
乱世，许谁地老天荒 /185
埃莲娜 /195
温柔一刀 /201
陌上花开，朱砂劫 /205
我找不到我的小白狐了 /214

流光易逝

我爱过“年”，也爱过年呀

■ 夏诗娴

她，叫浠浠，从上初中就喜欢疯玩，没有形象的疯玩，可是却也不影响成绩，中考的时候被保送进市重点高中。

去年的夏天，为了高考，偶然地他们搬到了同一个房东家。

在房东家，她第一次见到他，瘦瘦的，高高的，最重要的是帅帅的，那一刻，她心跳了。

她有两个最好的朋友——优优和甜甜，优优最大的优点是喜欢睡觉，最大的缺点还是喜欢睡觉，什么课都能睡着，只要有张桌子；甜甜最喜欢笑，笑起来有两个可爱的小酒窝。她们都很漂亮，因此也有很多的男生追。

她们三个人，总是形影不离。上操的时候，她们是懒人一族，总是趁着大家上下楼梯的时候跑到小卖部，看看电视，吃吃零食，顺便瞥瞥逃操的帅哥。

她们都不喜欢语文课，讲课的老师是个年轻的女老师，听说她怀孕了，紧接着有几个月没来，后来又听说她的孩子掉了，她们幸灾乐祸着。处理好了事情的女老师又来上课了，她们看见她就讨厌，时而在课堂上说话，时而一起逃课，时而一起睡觉，时而一起分享美食。

她们心中彼此之间都有着另一方，有了心事也一起解决。有时优优和男友吵架了，浠浠和甜甜就连晚自习也不上了陪着优优翻墙到校外逛街。有时甜甜的男友看了别的女孩儿一眼，甜甜就开始教训男友，优优和浠浠也一起帮着她教训。这次，浠浠喜欢上了一个男孩儿，自然也想跟她们分享。但她知道，她们知道了肯定会整天缠着她去看那个男生，她不想他因为自己打乱原有的生活。

那几天，浠浠总是很神秘地东望望西望望，好像在寻找着什么。优优和甜甜察觉到了她的不安，问她：“你最近怎么了，一直魂不守舍的，在找什么东西?”她支支吾吾的说不出话来，因为不会撒谎，她很慌，脸发红了。通常这个时候，知道浠浠脸红，一定是有个对她来说很重要的人。

浠浠有个写日记的习惯，理所当然地把他也写进去了，日记里，她叫他“风度翩翩”，有次写完忘了把日记本放进书包里面，被优优和甜甜翻开看着了，没办法，浠浠就全招了。果然，她们吵着要看这个男生。可是，她还不知道他的任何信息，他在几班，他在几楼，他叫什么，即使是在同一个房东人家，但她和他是不说话的，遇见了也是埋着头。

一次上操的时候，在上下楼梯的时候，浠浠偶然瞥到了那个她心里的身影，她停了下来，决定在人群中，跟着那个身影。一同准备逃操的优优和甜甜看出了猫腻，心有灵犀地跟着她的脚步。

看到他带领的队伍停住了，浠浠也停了下来，浠浠把他指给她们看，优优看着浠浠望着的方向，那不是自己男友的班级吗？难道浠浠喜欢的人在这个班？优优没告诉她，打算给她个惊喜。

放学后，优优和男友一起回家，路上，她问男友：“我最最亲爱的，你们班是不是有个男生发型是斜着的，高高的，瘦瘦的，戴眼镜，走路总喜欢把手插裤袋里面。”

他狐疑地看着女友当着自己的面问着其他男生的情况，他紧张了，难道她移情别恋了。他假装淡定地问：“怎么了，你喜欢他，那你去追他好了。”

她感觉到了醋意，很开心地应着：“好啊，我去帮我的好朋友追男友啦！”他都没反应过来就说：“好，去吧去吧。等下，什么，帮你朋友追男友？”他揪着的心放开了。

他知道她的朋友，最好的朋友是浠浠和甜甜，甜甜已经有男友了，那么是浠浠有喜欢的人了——那个喜欢把手插在裤袋里面的，难道是他，轩？

优优看着沉思的男友——离，这么久都没给自己一个回答，便踢了踢他的腿，他大跳起来，说：“知道了，知道了，我知道他是谁，我告诉你还不行吗，老婆。”

她满意的边整理衣裳，边抛了个媚眼，他一股脑儿的把轩的信息全招了。

第二天，优优笑着对浠浠说：“浠浠，你的风度翩翩，在我的离的班级里面，他跟离是死党哦。”

浠浠瞪大了眼睛，又脸红了。

甜甜比浠浠还激动地说：“真的啊，离的班级，好像在五楼啊，要不我们现在去瞧瞧，快去快去。”

浠浠就这样被推搡着上了五楼，优优一眼就看到了轩，眼睛发亮地叫浠

浠看。浠浠不敢抬头，明明知道自己喜欢的人就在眼前，却一直不敢上前。

离看到优优来，一点都不惊讶地跑过来，又看到轩也在，知道有好戏看了。

浠浠此时脑子里是一片空白，这个夏天一直有个声音在逼着她说："去告白吧，去告白吧。"

于是，她真的做了。

跟着感觉走。

她走到他面前，抬起一直低着的头，很简单地说："我喜欢你。"

他看着她，很紧张的样子，果断地说："很抱歉，我不喜欢你。"

她应该知道结果的，她突然感到自己很无趣，明明知道结果却还要尝试一下，她又低着头悄悄离开了。

优优和甜甜愣着，没想到浠浠会告白，也没想到会被拒绝。但她们知道浠浠现在一定很伤心，优优给离一个眼神，跟着就离开了五楼。

五楼，对浠浠来说，以后就成了一个阴影，本来是个很小的点，现在就像个巨大的空洞，仿佛要将她吞噬，她再也不敢去五楼了。

但她的心里一直摆脱不了他。

有时候在房东家遇到他，她还是低着头，她没脸再面对他了。

浠浠走后，离问好友："轩，你不是还没有女友的吗？今天来表白的那个也不错啊，怎么不考虑考虑？"

轩拉下脸说："你不觉得她很萨达吗？"

离知道浠浠很爱玩，就和自己的女友一样，但也不能用萨达来形容吧。

放学后，离又把轩对浠浠的评价告诉了优优，优优很恼怒地在第二天就把这个告诉了浠浠。

浠浠感觉很可笑，他凭什么说自己萨达，她特别想哭，强忍着不要落泪，因为她知道自己会很坚强的。

从那以后，她开始变得很沉默，即使优优和甜甜一直陪她说笑，她也笑不出来，有时偶尔会挤出一丝微笑，因为不想看到她们替她担心。

那一年的高考，想到快要离开了，离开这里，离开学校，离开楼梯，更可以离开他，她心里的思念在那一刻泛滥成河。

高考的那一天，她整个考试都在想他，想到又要离开他了，她无法集中精力写答卷。考完后，她知道自己考砸了，一切都因为他。

但她还是一如既往地喜欢他，虽然她很讨厌在别人后面说人坏话的人，但却不讨厌他。

为了能再看到他，她决定复读，要考上他的大学。

知道浠浠考砸了，优优和甜甜趁着放假来到浠浠的家里，浠浠告诉她们她要复读的决心，她们以为她是要忘了他，重新开始，很开心。都说："就是嘛，这才是我们认识的浠浠嘛。"

第二年，在复读班里，沉默的浠浠让男生们很好奇，为什么这个女生总是不说话，就连早读课也是闭着嘴巴，难道是哑巴？

最好奇的是年，年是这一届的校草，他也一直关注着这个女孩儿，她沉默的气质一直吸引着他，他的感觉告诉他，她的心里一定有故事。

年走到浠浠的面前，递给她一张画了笑脸的卡片，浠浠受宠若惊地看着他，他不是校草吗？

年微笑着看着吃惊的她，什么也没有说，就走了。

浠浠看着那张有着笑脸的卡片，她觉得他是个好人。

日子一天一天地过去，她一直在等待着高考的那一天，一同等待的还有年，因为年决定，高考后要跟她表白。

高考前的那一夜，浠浠又想到了那个害自己高考失败的他，她握着拳头，发誓她要考到他那儿。

因为他，浠浠复读的那一年里，不再疯玩，每天都只是学习，也变成了一个成熟的女孩，看到她的人根本不会觉得她是个萨达的女孩儿，而在年的眼里，她是个安静的女孩儿，安静中带点疯狂。

考完后，她很自信地翻着大学参考书，轩的那所学校她是去定了。

果不其然，她真的考上了。一同考上的还有年，因为年在报考的前一天问了她去哪所大学，凭着优秀的成绩，年很自信地报了那所大学，想到快要跟她表白了，他每天都是笑着的。

开学报到的那一天，她是和年一起去的。但是，很不巧的是，她遇到了他——轩，她不再是低着头，她抬着头给了他一个笑，但又迅速地恢复了冷漠。从没看过浠浠笑过的年更心动了，但那个笑不是对着自己，又笑不起来了。

浠浠走到轩的面前，异常冷漠的口气："你，过得好吗？"

轩顿时感到很冷，心想：她的声音怎么变得这么刺痛人心，她不是很爱疯的吗，怎么一年不见这么成熟了。不对，她怎么也在这儿，难道——她还想追我？

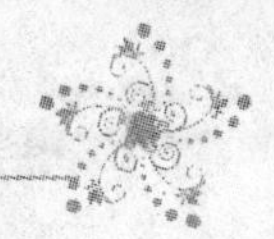

看着傻笑的轩，浠浠突然又想笑了，他还是那么帅。这一切都是因为他，现在要再试一次吗?

她又给了他一个微笑，随和地说：“你还记得高三那年的事吗?”

他当然记得，他还记得他说她萨达的。难道这个女生真的要再告白一次，他更相信了。

她顿了顿，说：“我，我喜——”

等下，怎么说不出口了。

轩看出了她想说什么，平常追自己的女孩儿也多得可以装一火车了，更何况这个曾被自己拒绝的女孩儿。轩明知故问地说：“你想说什么?”

自己怎么了，明明喜欢他很久了，怎么现在说不出口了，难道?

浠浠也不想尴尬，机灵地说：“我想要你的电话。”

轩上下打量地看着浠浠，这丫头，一年不见，确实也变漂亮了啊，想要电话，看来真的铁了心要跟自己交往啊。那就玩她一次吧。

一直在一旁看着的年，心里酸酸的，本来今天他要告白的，现在这场面，看来这个男生是她埋藏在心里很久的故事了吧。

轩也很自恋地说：“喜欢我就直说，不要拐弯抹角，行，要我电话是吧，把你手机给我。”

还没等到浠浠反应过来，轩就把浠浠的手机抢过来了。

“好了，这是我的电话，你要跟我交往是不，好的，我答应了。”

在旁边看着的年心里不是滋味儿，他还是男人不，怎么这样子和女生交往。

不管浠浠是不是和他交往，年还是一样的对浠浠好，虽然年的帅气不比轩差，甚至还略胜一筹，也经常有女生来追，但他心里只有浠浠。

浠浠曾经为了他去复读，现在也终于等到了他，也一口答应了，但心里却产生了很多的放不下。

跟轩开始交往了，浠浠觉得每天都应该是开开心心的，可是一想到年，任何跟轩在一起的时光都不能让浠浠开心。

而她不知道，轩在大一的那一年，学会了抽烟，学会了打架，学会了逃课，学会了赌博，她不知道他学坏了。

知道轩有了女朋友的女孩儿一个个都睁大了眼睛，都想知道什么货色勾引了轩，轩时而把浠浠带到酒吧，看到漂亮美女进酒吧，男人们都嘴馋的盯着她。

包厢里面，也有好多跟自己一样大的女孩儿，但她们都穿得很暴露，唯独自己……

轩炫耀的跟眼前的小弟说：“看好了，这个是你们的嫂子。”

知道是大哥的女人后，男人们一个个都猥琐地上去讨好：“嫂子啊，真漂亮啊，嫂子，你是我们见过的最漂亮的，你是最配我们大哥的女人。”

浠浠愣住了，轩变成大哥了，他怎么变成了这样。

轩给小弟们一个眼神，小弟很识趣的走出去，并把门带上。

包厢里面只剩下浠浠和轩。

轩立刻拥住浠浠，说：“老婆，等好久了吧。”

“什么？老婆?”浠浠很不自在地说。

轩抓紧了浠浠的胳膊，开始在她身上摸索，浠浠察觉到了不对劲，狠狠地挣扎着，不给他任何一个机会。轩用大哥的口吻说：“你给老子装什么纯，我知道你等这一天很久了，给我乖乖地听话。”

一直被压在下面的浠浠知道接下来要发生的事，不停地挣扎着，她不敢相信自己曾经喜欢的男孩儿变成了这样。曾经的“风度翩翩”不是这样的，不是这样的，不是这样的。

浠浠一直叫着、喊着，但没有人理睬。

轩乐呵地说：“你叫吧，外面全是我的人，谅他们也不敢过来打搅我们，放心吧，乖乖享受吧。”

浠浠被强行摆弄着姿势，浠浠哭了出来，她很害怕下面发生的事情，她很害怕，很害怕。

就在快被强吻的时候，浠浠听到了外面的吵闹声，隐隐约约传来年的嘶喊声，咚的一声，门被踢开，看到在轩身下挣扎的浠浠，年的心里像是被石头砸了。

轩大叫道：“来人啊，这人怎么在这里，给我拉出去。”

看着没人进来，轩意识到惹麻烦了，但又很爱面子地说：“你来干什么，我跟我马子正快乐着呢。”

看着哭泣不成样子的浠浠，年把心里的痛全都撒到轩身上，一个拳头、两个拳头、三个拳头、几百个拳头挥出去了，轩立刻变成了白胖子，哭着的浠浠一下子笑了，是对着年笑的。

年看着对自己笑的浠浠，说：“什么都别说，我们走吧。”

年把自己的外套给浠浠披上，搀着浠浠走出了酒吧的大门。

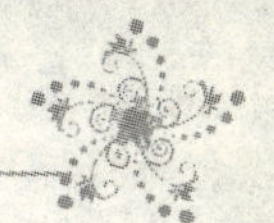

那一夜，是浠浠最快乐的日子，因为年来救自己了。

走的离酒吧很远了，看到有个长凳，年搀着浠浠坐下，浠浠的心里很高兴，一直笑着说：“我知道你会来救我的。”

年摆出最灿烂的pose说：“那当然了，你是我最爱的浠浠。”

那一刻，浠浠知道，原来自己从没有喜欢过轩，一切都是自己咎由自取，其实，自己一直喜欢的是年。

“呵呵，你也是我最爱的年。”其实，从那次年给自己那张笑脸卡片的时候，自己的心里就一直是年了。

学生会大战学生科

■ 明若白

一

“……你也知道，学生科想取代学生会不是一天两天的事了，事关全校学生的切身利益，我想同学你一定不会袖手旁观的。”听少年如此说，秋惠在心里翻了个白眼。她从不参加什么社团，哪来的什么切身利益。

秋惠所在的乔林中学，有两个对立的学生组织机构：一个是学生们拥戴的“学生会”，另一个是学生们万般抵触的“学生科”。

学生会主管一切娱乐活动，从核心干部到普通成员，全是学生。学生科主抓纪律和学习，成员清一色为本校老师。由于分管内容不同，所以这两个机构建立之初相处和睦。

在学生会的鼓励下，学校的社团组织如雨后春笋般冒出，学生们的课外生活丰富多彩得让周边学校的学生直流口水，不少小学生纷纷以考上乔林中学为目标奋斗着，中学生则绞尽脑汁说服父母让他们转到乔林中学。

乔林中学成了Q城最受欢迎的学校，学生科却一点都不高兴，在他们看来，随着社团活动的增加，许多学生荒废了学习，更有因为参加社团活动不惜违反学校纪律的。为此，学生科要求解散学生会。

学生会自然不会坐以待毙，双方在校长面前陈述自己的理由，公说公有理，婆说婆有理，校长沉吟良久，让学生会在下周举行一场文艺会演，如果全校学生都愿参加这次会演，都申请加入社团，那就证明不论对哪个学生来说，课外活动都是不可或缺的。如果有人不愿参加演出，哪怕只有一位学生不参加，学生会也算输，得自动解体。

这个苛刻的条件，对学生会来说，不答应也得答应。

拉票演讲会周三才举行，但学生会的成员一走出校长室就开始拉票了。而秋惠很不巧遇上了眼冒绿光的学生会会长向阳。

“同学你看，你是要报哪个社团哪个节目呢？是文艺类还是运动类……”

秋惠小心地捏着嗓音说：“向会长，我对这些不擅长也不感兴趣。”此话

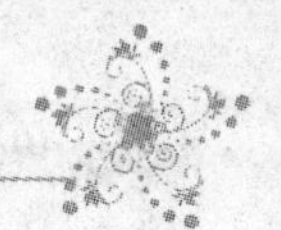

一出，周围的同学纷纷指责她自私、不合群。秋惠耸耸肩转身离开，她向来都是这么不合群的，好吗？

本以为事情就这样结束了，谁知每节课的课间，向阳都像幽灵一样出现，烦得秋惠最后不得不在“歌唱社——大合唱”上打钩。反正是大合唱，混在人群里，她不出声别人也看不出她没唱歌嘛，秋惠觉得自己真是太聪明了。

二

也不知学生科科长邱老师从哪得知秋惠不想入社团参加文艺会演，趁着下午在他们班上生物课的时候，当着全班的面表扬她，“什么是学生？那就是以学习为重，你们都要向秋惠同学学习，不要玩物丧志，沉迷那些无聊的活动。”

这句话霎时传遍学校的每个角落，还不到半个钟头，“楷模”秋惠就成了同学们心中的内奸。她正郁闷着，被向阳通知放学后到礼堂集合，参加排练。

秋惠走入礼堂就被震懵了——每一个角落都塞满了人，平日看起来宽敞明亮的大礼堂显得分外逼仄。她看着跟她一样后到的同学把手放嘴边做成喇叭状，大声寻找自己申请的节目组，忍不住打起鼓来，反正都当她是内奸了，她不如就这样回家写作业好了。

就在她决定转身离去一刹那，向阳的声音蓦然响起，“秋惠同学，这里这里。”人海被无形的力量推开，向阳手拿着扩音器走一步跳一步朝她的方向蹦来。不知是被向阳猴子似的动作逗乐了，还是被大礼堂热火朝天的气氛感染了，秋惠弯了眉眼，扬了嘴角。

秋惠平时在学校，说好听点是独善其身，其实就是孤僻。长得明媚亮眼，可就是不爱说话，也不爱群体活动，一个学期过去了，和班上有过交流的同学算起来还不满五个手指头，久而久之，大家也习惯她这个冷美人的“点头”“摇头”式的回答。

大合唱的成员多数是她班上的同学，在大家使出浑身解数，比嗓音卖萌介绍自已时，秋惠简单的“一（7）班秋惠”并未让太多人介意。

站在人群中间唱歌，这对秋惠来说，是相当新奇的体验，手心捏得都可渗出水来了。特别是在兼当合唱指挥的向阳，视线有意无意朝她扫来时。

一个半小时后，向阳宣布当天练习到此结束。当大家哑着嗓子互相告别时，秋惠难得地说了句“再见”，再次引来向阳的目光。

向阳示意秋惠跟他走，“秋惠同学，能耽搁你几分钟吗？”秋惠很想说不要，但最后还是无奈地点头应下。

“秋惠同学喜欢大合唱的吧，那为什么要假唱？从头到尾，就没发出过声音。”少年的声音轻缓温和，带着些许不解和试探，尽管听得出他没有任何恶意，秋惠仍觉十分难受。

三

第二天，邱科长找了四名同学谈心，其中就有秋惠，“老师知道，在座的同学一定不会让老师失望的对吧？”秋惠在其他同学眼中看到了犹豫。

拖着沉重的脚步回到教室，看到向阳就在她的座位旁站着，她的头又痛了几分，果然，向阳对她说，“秋惠同学，希望你不要被邱科长影响，坚持正确的选择。”秋惠还没来得及说什么，周围的同学纷纷向她投以“我就知道她是内奸”的目光。她深吸一口气，问向阳，“学生会的创办宗旨是什么？”

“通过社团活动，培养同学们的兴趣和爱好，提高综合素质。”

“会长大人觉得学生会自创办以来，做到了没有？”

不知为什么，看着那双幽静的眼睛，向阳无法将那声“有”说出口。

也许是那低沉声音的力量过于强大，整个上午，向阳一再自问：学生会的创办宗旨是什么？我们做到了没有？

秋惠质问向阳的话迅速流传开，昨日将她视若“战友”的歌唱社成员集体孤立她，更糟的是，由于大家一直关注她，假唱的事被毫不留情地揭穿。

“秋惠同学，在学生会这种生死存亡的关头，每位同学都竭尽全力，恨不得自己能多贡献一份力量，在舞台上展现最美好的自己，展现自己和学生会、社团存在的价值，而你，在做什么？”

“真搞不懂，不是投靠学生科了吗，怎么还来排练？怎么，是不是想监控我们做什么，好去告密啊？”

静静地听来自四面八方的指责，视线却不离那个在人群外看她的少年，几次见他欲言又止，秋惠笑了笑，闭上眼睛，唱出了合唱曲目，当她唱出第一句的时候，全场寂静下来，一歌唱毕，全场喧哗。

“天啊，这是狼嚎吗？”

“没想到秋惠同学唱起歌来，比她平时说话还……粗犷。”

“喂喂，就算不喜欢，也不用特地唱这么难听来寒碜人吧。”

“对啊，肯定是故意唱得这么难听的吧?”

耳里充斥满了这些议论，秋惠朝少年走去，侧首对他说：“向会长，这就是昨天欠你的答案。另外，我申请退出歌唱社。”然后深吸一口气，昂首走出礼堂。

谁不想在别人面前展现最美好的自己？可是，本身就不美好，让她怎么展现？她明明是一名女生，却有一个大叔音色的嗓音，从小到大，只要一开口就会被别人嘲笑。更悲哀的是，不是每个音色喑哑的人，都能成为那英、田震、曲婉婷之类的优秀歌手。

没有人会懂的，没有人会懂，她多渴望像同龄女孩一样，有属于少女独有的好听嗓音。

四

当周三秋惠以学生科代表的身份上台演讲时，全校师生毫不惊讶，但秋惠愣是在上面站了二十分钟也不开口说一句时，就没有人能淡定得了了。

看着沉着脸的邱科长，向阳为秋惠担心之余忍不住满怀疑问，刚得罪完学生会，又来得罪学生科，这个女生，到底知道自己在做什么吗？或者说她到底要做什么?

又是新的一周，全校师生瞩目的文艺会演如期举行，但气氛从开始就一直弥漫着淡淡的伤别，这种淡伤到会演末期，浓的让越来越多的学生落泪。

在最后一个节目结束时，向阳上台致辞，“感谢大家一直以来对学生会的支持，所以，即使明知结果如何，我们也坚持如期举行会演。同时，我谨代表我个人向大家道歉。很抱歉在我任职会长期间，没能向往届的学长们那样，贯彻实施学生会的宗旨。我只一味鼓动大家参加社团活动，却没能使大家从中有所受益。”

“那也不一定，只不过，现今的学生会，确实做得不太好。”强有力的声音自角落传来，压下会长大人的声音。一束强光打向声源，两个身影闪亮登场。在看清为首的人是谁时，全场哗然——一身牛仔打扮的竟然是他们的校长。而抢了向阳话题，手拿话筒的居然是秋惠。

“让大家久等了，我们是‘梦之队’，请大家欣赏我们为大家带来本次会演的最后一个节目。”

没有音乐，没有任何解说，事实上，那个叫秋惠的少女手中的沙，就是最美好的语言了。只见她就那么一扬，一抹，一幅幅生动的画像就立在众人面前：被严厉父亲寄于厚望的少年，日复一日学习着枯燥的钢琴，参加一场场评级比赛，常年处于抑郁和高压下，升上中学时，只要一开口就会结巴。班主任为了他，特地办了个口技社团，通过与同学们快乐地学习口技，他不仅找回了失去的流利语言，也收获许多的快乐。

最后一幅画的是一个怕被人嘲笑“大叔音”的少女，站在人群中忘情歌唱，她音色“独特”，走音功力无人能比，震得她周围的人个个紧捂耳朵。

“学生会的宗旨是什么？社团的意义何在？”秃头校长从背后摸出一个麦克风微笑着说，“在我看来，再没有比与伙伴互助互爱更美好的事了。让每个学生都能找到志同道合的伙伴，让每个学生都相信自己是最棒的，这是我从我老师那秉承的教育理念，也是我当年创建社团的目的。”

“加入社团的你们，把社团里的成员当成伙伴了吗？而你们，让自己和伙伴学会坚强自信了吗？”

随着校长的话音落下，沙画定格在一名少女远离人群，抱膝蹲在地上痛哭的画面。而秋惠，红着眼眶盯着那画眨也不眨，向阳不禁举步朝她走去，刚要出声说什么，就听到有人起哄，“会长，人家秋惠早不是你们歌唱社的人了。要我说，秋惠同学，你沙画画得这么好，不如自己成立个沙画社，我来当副社长。”

合唱团的人不甘示弱的反驳，“就你这样还当社长？”

“嘿，不然当学徒也成啊，秋惠师父，你就应了吧。”

秋惠被他们弄得哭笑不得。唔，要不要跟他们说，邱科长说中学生生涯中的学习和玩乐占的比重应该是一样的，以后凡是平均分达不到七十分，一律不准参加任何社团活动呢？看邱科长的样子，这次像是说真的了。算了，让向会长头疼去吧。

青蛙要是成为国宝了

■ 申屠雪

那些年我们都曾天真过，执着过，心动过，悲痛过……

一

开学的第一天，褚佶背着个大得离奇的旅行包踏入D市重点高中，因来得早，校内几无人迹，清晨的风轻轻吹过，带来沁骨的清凉，他不由得深深呼吸了几下，丁香花淡淡的幽香进入鼻腔，唉，糟遢这花了……

褚佶扶了扶眼镜，四下张望。刚刚报道时那美女老师登记了名字后给了他一本巴掌大共二十页的《一中简介》，内附《校区全景图》，当然也没有忘记收费二十元。

褚佶鄙夷地翻了翻小册子，有用的就只有那一张图。按照图很快他就找到了新生公寓。

值班室没人，没办法，只能自己找寝室了，他翻出通知书，上面标着他的寝室为“6号公寓205舍3号床”。

寝室门关着，钥匙插在锁孔里，一进寝室，褚佶不由得一声惊呼，这一中真是人性化服务呀，地面干干净净，被子叠的整整齐齐，各个橱柜都锁着，想必晚上就发钥匙吧。这么想着，他找到叁号床，将背包放在一边，躺在床上在心里排练着稍后如何向新同学介绍自己，不知不觉沉入酣眠。

也不知过了多久，褚佶只觉得有人在推他，睁开眼，入目的是一张极标致的女生脸蛋。他拍了拍额头，嘿嘿傻笑，今儿这梦真不错，有大美女相陪。

突然，他呆住，抬手掐了自己一下，紧接着猛地蹿起，却显然忘了这床还有上铺，只听咚的一声，上铺的床板自此留下了一道触目惊心的裂痕。

那女生后退了两步，警惕地注视着眼前这个貌似精神不太正常此刻抱头蜷缩在床上的古怪的小男生，许久，试探着问，你……还好吧？要不要叫救护车？

褚佶痛得憋着气不敢呼吸，好一会儿，长吐了口气，摆摆手，极郁闷的问：大姐，你没事儿钻到男生公寓来干吗？

那女生微怔，半晌，依旧神情冷淡地说：青蛙同学，这里是高二女生公寓，我建议你最好趁现在多数女生还没回来尽早离开。不然的话，你会被她们踩成扁平的青蛙丢出去！

褚佶血液瞬间凝固，立刻滚下床冲了出去。

标致女生愣了愣，轻轻把门关上，可她刚转过身门就又被撞开了，而刚刚那个古怪的男生正泪流满面的手捂着鼻子蹲在门口，血自指缝滴在地上。

女生心头一颤，略有一丝惊慌地问：青蛙！你怎么了，要不要叫救护车？

褚佶依旧摆摆手，说：没事，吃了个酸枣。说完捂着鼻子取了刚刚被落下的背包又冲了出去。

二

已近晌午，校园内颇多学生，褚佶自女生公寓冲出来立马吸引了不少惊诧的目光，于是当天下午《校园八卦》头版头条，“新生变态青蛙男，入女公寓偷窥，摧残校花未知几何”！

找到自己真正的寝室时室友已来齐了，众人皆诧异这位狼狈的室友，关心了两句，见褚佶不愿说便也没追问，作了自我介绍，然后依年龄排出老大至老幺。不过他们显然并不知道他们中的老四褚佶竟是日后轰动全校的“超级变态青蛙男”。

随后的日子还算太平，虽然总听人谈起进女生公寓的变态青蛙男，但褚佶暗自庆幸八卦刊并未登出照片。

两周后，褚佶加入了学校的网球社。加入的原因并非他喜欢网球，而是他超爱日本动漫《网王子》。

据说网球社社长曾是全国高中网球联赛的冠军呢，褚佶琢磨着这定是近似于手冢国光的人物，不过遗憾的是他入社后一直未曾见到这位传说中的大人物。

副社长名叫韩陌闳，人很帅，但有风度没温度，褚佶来的第一天就被韩副社长安排给学长拣球！满腹怨怼的褚佶挑战韩副社长，不过战绩却是六盘二十四局未得一分，并且前后未过十分钟。

此后每日捡球时褚佶都会认真观看学长打球，空闲时间就自己对着墙

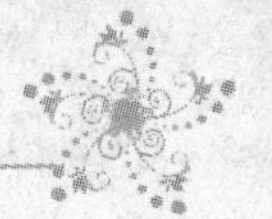

练，倒也进步迅速。

这一日，褚信下了课就冲到了球场，他自以为快，可有人比他更快，练球场内一道靓丽的身影对着墙不断的挥动着球拍。

褚信只瞥了那人一眼，便急急的练球去了，毕竟他的时间可不多，一会儿学长们来了他就要去捡球了。

喂，你的站姿不对。

褚信瞥了一眼隔着铁网提醒他的人，这一瞥只觉心惊肉跳，却忘记了挥拍，被反回来的球重重砸在了鼻梁上。

啊！褚信一声惨叫，扔了球拍，捂住鼻子蹲了下去。

那女生一愣，缓步绕了过来，停在距褚信尚有三米之处，问：青蛙，又是你！你还好吧，要不要叫救护车？

褚信眼泪在眼眶内打转，摆摆手，说：没事，又吃了个酸枣而已。

她不解，问：什么叫吃了个酸枣？

褚信站起来，看怪物似的瞅了瞅她，说：你用球拍撞一下鼻子就知道了。

忽然，褚信似乎想到了什么，做贼似的四下张望了一下，问道：你怎么会在这里？

这女生似乎总不会笑，俯身捡起被褚信扔了的球拍，抓了抓拍网，说：我也是这个网球社的社员。

她把球拍递给褚信，说："你的站姿不对，有时间可以找学长请教，还有，你的球拍网松了，有时间去校一下。"

褚信接过球拍还没来得及说什么，她就转身走了，不过临走时却轻轻留下一句：如果你敢将你在女生公寓见过我的事说出去，我就割了你的舌头。

三

周六，学校休假，网球社里也没什么训练任务，褚信独自练了一会球，总觉得极不顺手，于是便去了校外校拍网。虽然那个冷女人的最后一句话着实吓人，但褚信看得出，这个没有一点学姐风度的学姐球技可不是他能比的。

校拍网的文体店的位置较偏僻，大多数文体店主并不会这活计，褚信可是经多方打听，才知道了这么个稀有的店铺。

褚信进入店内时，遇到了一个熟人——韩陌闳。

褚佶极不情愿地叫了声学长，随后转过头，盯着柜台内低头校球拍的老头，蓦地，竟想起了《网球王子》中给龙马校球拍的那个慈祥的老头，心中不由得一阵感慨：若我是龙马该多好呀！不过我更喜欢不二周助！

老人看了眼拎着球拍的褚佶，又低下了头继续手中的活计，说：校球拍得明天取，买东西自己去挑。

褚佶略显尴尬地扶了扶眼镜，将球拍放到柜台上，说：那我明天来取。麻烦老伯了。

说完褚佶也没瞅韩陌闳，转身就走了，走到门口后，他又恋恋不舍地回头看了一眼柜台内最上端的那顶越前龙马限量版的帽子，这才准备离开。突然，店门被撞开，褚佶因心不在焉来不及闪躲鼻子被门重重撞了一下，顿时，他一声惨叫，后退了两步捂着鼻子蹲在地上泪流满面。

门被撞开后，进来的是高高的一摞球具盒，当然，这后面有一个长得极标致的女生抱着它。

这女生显然并未发现褚佶。韩陌闳上前接过这摞高高的盒子，然后放在一边柜台上。这女生微点头，算是道了谢，然后转向那老头说：张伯，这是隔壁李叔让我送过来的。

女生说完看着张伯与韩陌闳古怪的表情顿时愣住。韩陌闳以目示意她回头，却丝毫不减儒雅风范，说：被你开门撞的。

这女生走近看清褚佶时明显一怔，略显歉意地问：你还好吧，要不要叫救护车?

褚佶一听这声音，身体一颤，怒火瞬间被点燃，抬头以泪眼怒视这女生，大姐，你属恶鬼的?阴魂不散呀!

韩陌闳的脸上闪过一缕怒意，却又片刻被其儒雅掩盖。

这女生看样子也有点生气了，不过一想到褚佶的鼻子，这气不知为何也就消了，反倒生出些许内疚来。

褚佶站起来，转过身本想再吼两句，可一见这位女生原本冷漠的脸上此刻竟有淡淡的内疚，不由得一愣，不知该如何张口，但一想到她给自己的鼻子带来的噩运，不由得背对着门又退了两步。尴尬了半天，说了句再见，却又如遭电击，噢不，再不见!

说完猛地转身却显然忘记了与门的距离，一声惨叫后，额头凸起了大大的一个包。

那老头的嘴角似是抽搐了一下，看着这个再不愿在此多待片刻的少年摇晃着逃走，却也没好意思起身检查一下门是否被撞坏。

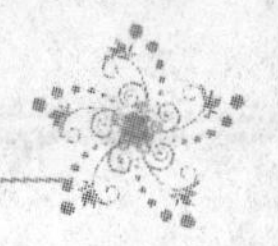

四

晚上，学校有晚自习，美其名曰自愿参加，却实为强制执行。褚佶自进了教室就躲在课桌上那摞高高的课本后面，毕竟他此刻近似独角兽的外形实在有损形象。

课间，整个教学楼一片嘈杂，忽然，站在门口的同学高呼：褚佶……有美女找……

褚佶诧异，想想自己在外班并不认识几人，哪儿来的什么美女找自己呀，这么想着，他还是捂着额头走到了门口。只那么一看来人，他冷不丁打了个寒战，下意识地护住鼻子。

能令褚佶如此反应的怕是全世界也只有那标致学姐一个人了。

褚佶刚想说什么，却突然发现身边这群色狼正没出息地流着口水，便只叫了声学姐就急急下了楼。

她自然领会了褚佶的意思，跟着依旧死死捂着鼻子的他下了楼。

出了高一楼褚佶便停住了，转向她没好气地问了句：你怎么找到我的？有事吗？

她依旧是让人难以接近的冷漠表情，递过来两盒药，说：你在网球社有档案。这两盒药一盒外敷，一盒口服。

褚佶微怔，护住鼻子的手不自觉地放了下来，却没有接这两盒药，说：谢谢，不用了，没那么严重，晚上睡一觉明天就好了。

这位学姐显然不善交际，褚佶说不用了，她也没再让让就把药收了起来。不过她可不觉得褚佶真的没事了，至少，他额头上的大包可是触目惊心的。

那……我教你一个星期的网球，就当是补偿你，我不愿亏欠别人什么。她盯着他平静地说。

褚佶本欲拒绝，但看到她严肃而认真的表情，鬼使神差地点了点头。

回到班级时全班炸了锅，一个个或凶神恶煞或不怀好意的质问褚佶：刚来的是谁？和你什么关系？

经别人这么一问，褚佶忽然想起，自己还不知道她的名字。

褚佶一阵头大，解释着：我们网球社的，我和她也不熟，不知道她叫什么。

我知道她是谁！这时只听褚佶宿舍的老六杜淼一声高呼，全班一片寂

静，皆投以询问的目光。杜淼得意地清了清嗓子，学着单田芳的声音说：她乃是本校校花榜第三，高二有名的美女，复姓皇甫单名一个翊字。

说完，全班再次爆炸，老六更是带头起哄，以至于班主任怒气冲冲走进教室，所有人瞬间噤声的刹那，老六依旧站在椅子上摇头晃脑的鬼叫。

是夜，无风，天际圆月高悬，D 市一中高一新生 6 号公寓 205 室老六奔驰在田径场上，涕泗横流，口中并高声吟诵着：弟子规，圣人训，守孝悌，次谨信，泛爱众，而亲仁，有余力，则学文……

五

周一，褚佶下午下了课就奔向了球场，如今有人免费教打球，再划算不过，必须好好加以利用！

不过到球场时褚佶却是吃了一惊，这位据说名叫皇甫翊的学姐竟似是可以不用上课，此刻怕是已来了有一会儿了。

皇甫翊一身运动装，颇是干净秀气，秀发梳成简单的马尾。皇甫翊看了看手表，也不看褚佶，冷冷地说：五分钟之内，去把校服换成运动服。

褚佶怔了一下，撒腿就往更衣室跑，虽已是尽了力，但回来时还是超了两分钟。

皇甫翊面无表情地说：一秒一个俯卧撑，超了两分钟，一百二十个，做吧！

褚佶瞪大了眼睛，支支吾吾地说：学姐，我平时最多只能做六十个，你看是不是……

皇甫翊又看了看手表，现在已过了一分钟，如果十分钟内完不成，每超两秒加一个。

褚佶再不敢说什么，就地趴下，俯卧撑开始……

七分钟后，褚佶终于完成了，但如死猪般趴在地上却是起不来了。

皇甫翊也还算人道，给了他两分钟的休息时间，但随后又露出了魔女的本质，她扔给他八块铅块，说：绑在腿上，每条腿四块，然后慢跑三组两千米……

当三组两千米结束后，褚佶以大字形躺在训练场上，真可谓出气多入气少。

皇甫翊看了看时间，刚想叫褚佶，却见韩陌闳正在训练场外看向这里，看样子来了有一会了。

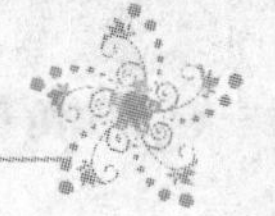

韩陌宏见皇甫翊看自己，迟疑了一下，招了招手。

皇甫翊嘱咐褚佶一会儿自己练球，随后向着韩陌宏走去。

褚佶大口喘息着，见皇甫翊离开顿时心情大悦，偏过头入目的是皇甫翊与韩陌闳站在一起。不知为何，心头一紧，口中低喃：他们真的好般配……

倏地，心底升起一片阴霾，只不知是妒忌韩陌闳的优秀还是其他什么原因，他什么也不愿再想，爬起身，给自己又加了一组两千米。

训练场外，皇甫翊看了眼又起来疯跑的褚佶，转过头问韩陌闳：最迟能拖到什么时候？

韩陌闳依旧儒雅神态，说：最迟星期五，否则取消参赛资格。

皇甫翊沉吟片刻，那就订周五晚上的机票吧，说完返回了训练场。韩陌闳看了眼训练场上那个疯跑的白痴，转身离开。

皇甫翊拦住褚佶，瞪了他一眼，说：你神经病呀，不要命了！

褚佶挠挠后脑勺嘿嘿一笑，扶了扶眼镜，说：我这不是想早点出师嘛！

忽然，皇甫翊直直地盯着褚佶的眼睛，准确地说是盯着他的眼镜，问：你……你这眼镜有镜片吗？

褚佶清了清嗓子，语调颇为平静地说：我妈说女孩子都喜欢有文化有涵养的男生，所以我……

还不待褚佶说完，皇甫翊已转身离开，只冷冷地留下了一句：休息五分钟后带着球拍到网球场地找我。

六

第二天，当褚佶拖着快散架了的身体跑到训练场时，皇甫翊依旧已等在了那里，她看了看表，冷着脸说：迟到了一分二十五秒，八十五个俯卧撑，五分钟内完成！

褚佶一听，火气瞬间蹿起，吼道：你是训练我还是整我？我身体都快散架了，你想弄我死呀！我不练了行吗！

皇甫翊脸色苍白，呼吸略有些急促，盯着发疯了似的褚佶，许久，冷冷地说：那就不用练了，我也没时间教你。

说完，她转身走了，一如她的性格，决绝，干脆。

褚佶初时的怒意渐渐散去，不知为何，看着皇甫翊离去的背影，竟莫名的好失落，心头一紧，再难自持，冲过去拦助了皇甫翊，低着头，一如犯错的孩子，小声商量着说：学姐，我错了，我不是不想学，我就是想学姐可以关心我一下，哪怕对我笑笑也好……

皇甫翊哼了一声，看也没看褚佶一眼，只冷冷地说：我做不到，让开。

褚佶自然是不肯让，可一时竟也不知该如何劝好这位坏脾气的学姐，急得直跺脚。忽然，褚佶弯身自腿上抽出一块铅块，后退了两步，眼睛一闭就拍向自己的鼻梁。

皇甫翊身体一颤，想要阻止已然来不及了。

褚佶一声闷哼，扔了铅块，双手捂着鼻子蹲了下去，眼泪自然又是无法控制的狂涌而出，鲜血自指隙流出滴在地上。

皇甫翊气得身体颤抖，第一次，无法抑制自己的情绪，失声吼道：你疯了！

彻骨的疼痛使得褚佶不敢呼吸，过了好一会儿，才舒了口气，轻轻地说：我错了，学姐，你别生我的气了。

皇甫翊愣住，走近佶，缓缓蹲了下来，伸出手想要触碰他的头，却又忽然停住，收了回来，声音柔了许多，说：傻瓜，即使我生气你也不该这样对自己呀。

之后，皇甫翊把褚佶送去了医院，医生说他的鼻子轻度变形，除非做整形手术，否则这一生也就这副模样了。

回来的路上，皇甫翊沉默着，却难掩心中悲意。褚佶看皇甫翊这副模样，心里也是不好受，小声道歉：对不起，学姐，我又把你惹生气了。

皇甫翊突然停住，看着身旁可怜楚楚的褚佶，好半天，问：明天还能训练吗？

褚佶本以为皇甫翊要骂她的，但听她这么问，顿时欢喜异常，挠了挠脑袋，嘿嘿笑着说：“这都是小伤，不碍事，只要学姐不生气我再来一下也行！”

皇甫翊白了他一眼，继续向前走。而褚佶跟在一旁，则滔滔不绝地说开了：“学姐，其实我拍自己那一下最后一害怕收了一半的力呢，要不估计得把鼻梁拍塌了，你说到时候毁了容再娶不上媳妇可咋办呀……”

七

晚上的自习课褚佶基本上是在睡眠中度过的，鼻梁上时而涌起痛楚又总会把他从梦中拉出来，不过还好，他并没有因为鼻子呼吸的困难而睡觉打呼噜。

接下来三天的训练内容与第一天大同小异，褚佶也渐渐地适应了，虽然

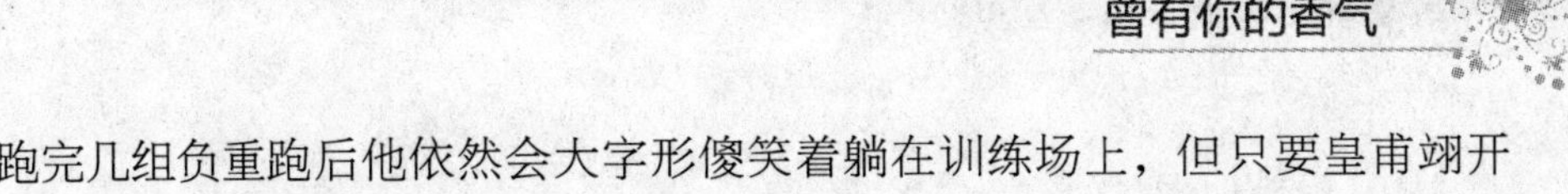

跑完几组负重跑后他依然会大字形傻笑着躺在训练场上，但只要皇甫翊开口，他立刻便能继续投入训练。

周五傍晚，一系列的训练之后，褚佶依旧大字状，傻笑着大口喘息。皇甫翊看了看手表，说：今天就到这儿吧，你若想打好网球以后就自己来练吧。

那你呢？你不教我了？褚佶的声音中带着一缕紧张，可他自己也不知道自己在紧张什么。

我要去外地参加一场比赛，大约要两个月才能回来，今晚九点的飞机。

褚佶突然爬起跑走了，很突兀，如同负气的孩子。皇甫翊愣住，似乎不明所以。

八时四十分，D市机场大厅，韩陌闳把皮箱交到皇甫翊手中。

路上注意安全，到了以后给我回个电话报个平安。韩陌闳的语气温柔，仿佛是在为自己的妻子送行。

嗯。皇甫翊应了一声，同学校的几位领导打过招呼，拖起皮箱与陪同的老师一起向安检走去。

学姐……一声嘹亮的呼喊吸引了所有人的目光，皇甫翊若有所思，回过头，看到的是极狼狈的褚佶。

褚佶穿的依旧是训练时的运动装，不过此时已然被汗水浸透，而原本鼻梁上架着的那个眼镜框也已不知所踪。

皇甫翊微蹙眉，问褚佶：怎么出这么多汗？你那眼镜框呢？

褚佶挠了挠头，喘着粗气，嘿嘿地笑了，镜框不知道丢哪了，路上堵车，我跑过来的，对了，学姐，我给你买了这个！

褚佶说着递到她面前一顶帽子，并解释着：这可是越前龙马的限量版帽子！越前每次打球都戴它，所以每战必胜。

皇甫翊迟疑了一下，接过帽子，问：应该是在张伯的店买的吧，这个时间他的店都已关门了，你是怎么买到的？

褚佶不好意思地挠着头，说：我向他隔壁店的人问了他的手机号，给他打电话说他店里失火了，没到五分钟他就赶过来了。

皇甫翊哦了一声，身后的老师催促道：阿翊，我们得上飞机了。

皇甫翊点了点头，将帽子放进随身的包里，对褚佶说了句谢谢，转身进了安检。

直到看不见了皇甫翊，褚佶才落寞地转过身向回走，也许是因她没有立即将帽子戴上吧，总之，他很难过，倏然，一道眩晕感袭来，之后，他失去了知觉。

八

这天夜里，褚佶晕倒在了机场，不过送到医院后医生只给他输了一瓶葡萄糖，据说他只是体力透支而已。

回到寝室时已近晚上十一点了，那哥几个都还没睡，不知在讨论什么，兴致勃勃的，一见褚佶回来，老大吴浩立马问道：老四，听说你们网球社社长去美国打比赛去了。

褚佶毫无兴致，病病怏怏的样子，说：我也不知道。

你怎么会不知道，这几天你不是和她在一起的吗？老六杜淼张口反驳。

我什么时候和……褚佶的话只说了一半，他直直地盯着老六，问：你是说……学姐就是网球社的社长？

老六拍了拍胸脯，开始了长篇大论：据最新可靠情报，皇甫翊自幼随祖父生活，父母于其三岁时死于空难，家产颇丰但为人低调，且不近人情，立志自立自强，申请住校。韩陌闳与皇甫翊自初中就是同学，韩陌闳追求了她五年，并协助她创办网球社，但两人到目前仍然只是朋友关系而已！不过她似是有言，若韩陌闳能够摘得明年的国际中学生网球联赛的冠军奖牌，她会考虑韩陌闳的。不过此次皇甫翊代表咱学校参加国际中学生网球联赛，她的一个追求者为其送行因离别伤心过度激动晕倒在机场……说到这里，老六不怀好意的瞅着褚佶。

那哥儿六个一副恍然大悟的模样，一个个一脸的坏笑却大呼：竟有这等怪事！这人会是谁呢？

褚佶的脸唰的一下红了，结结巴巴地不承认：谁……谁知道是谁！你……你怎么知道的这么详细。

陪皇甫翊去美国参加比赛的老师是我小姨，这些是我小姨上飞机前给我打电话说的。老六摇晃着脑袋，样子着实气人。

这下褚佶的脸更红了，一时不知该如何反驳。可一想到皇甫翊当时冷漠的反应，顿时觉得心灰意懒，也就没力气再反驳什么了。

老六似是看出了褚佶的苦闷，神色稍有收敛说：四哥，我小姨说皇甫翊学姐过了安检就把你那个幼稚的帽子戴上了。

褚佶神色一震，面露喜色，心头仿佛浇了蜜。

第二日，因是周六，不上课，寝室那哥几个都在蒙头大睡，唯有褚佶早早地就起了床，洗漱之后，跑到楼下的食堂简单吃了点早餐就奔向了训

练场。

到了训练场上，褚佶绑好八块铅块，却不知又想起了什么，又加了四块，且在两条手臂上也各绑了三块。于是，一天的自虐式魔鬼训练就这么开始了。其实褚佶自己也搞不太明白自己为什么这般自虐，只是心底总会有那么一丝期盼，期盼着当学姐回来时，可以满意地笑一下。

九

命运总是可以轻而易举地将人玩弄于股掌之间，就如同，褚佶从不曾想到，他会以如此的方式迎接皇甫翊学姐的回来。

在皇甫翊离开的第三十二天，周日，老六突然找到正自虐训练的褚佶，神色复杂地说：四哥，皇甫翊学姐回来了，一个小时后下飞机。

褚佶心中一喜，却隐隐察觉事有蹊跷，再细问，老六却只是说：见了皇甫翊学姐你就知道了。

不管怎么说，皇甫翊回来了，褚佶还是异常欣喜的，他匆匆换了身衣服就赶往了机场。

韩陌闳也在机场，可不知为何，在他的脸上，褚佶竟找不出丝毫的喜色。

褚佶忐忑着，注视着前方，可当看到皇甫翊时却呆呆地傻在了原地，皇甫翊戴着他送的帽子，坐在轮椅上。

韩陌闳早已上前接过行李箱，并与皇甫翊和她身后的老师不知说些什么。

皇甫翊看到了褚佶，她轻轻地对身后的老师说，老师，我想和那孩子单独聊一会。

这位女老师轻轻地把皇甫翊推到褚佶的身前就走开了。而韩陌闳则早已把脸转向了别处。

皇甫翊看着这个眼泪在眼眶里打转的个头比自己还要高一些的并没有长大的小男孩，唇角微微勾起一抹弧度，轻轻地说：“学姐回来了，你也不说欢迎一下吗?”

褚佶缓缓蹲在皇甫翊的身前，看着她的腿，张了张嘴，却似有什么卡在喉咙，终究什么也没有说出来。

皇甫翊看他这副模样，那抹笑意更盛了些，伸手揉了揉他的头，说：傻瓜，我只是肌肉拉伤而已，休养一段日子就好了，干吗这副表情!

褚佶一听她如此说，眼泪再控制不住，不争气地落了下来，但其实是笑出来的，他嘿嘿地挠了挠头，嘟囔着：电视剧里这场面都是暗示这辈子不能再打球了的，吓我一跳，原来只是肌肉拉伤呀。

皇甫翊拍了拍褚佶的头，故作生气状，都多大了，还哭鼻子，也不怕别人笑话。

褚佶经她这么一提醒，顿时做贼似的四周环视了一下，见没人向这里看，松了口气，赶紧抹去脸上的泪痕，又见皇甫翊正笑着盯着自己，脸不由得一红，小声说：学姐，不要和别人说这事啊，要不他们会笑话我的！

皇甫翊点了点头，说：那咱们可以走了吧，我时差还没倒过来呢！麻烦你把我送回家呗。

褚佶看着皇甫翊，她浅微的笑颜竟似是昙花黎明前美丽不可一世的绽放，使人痴醉……

远处，韩陌闳直直地望着这里，儒雅亦难掩盖眼中阴霾，拳头攥起，额头青筋微微突起。

十

褚佶将皇甫翊送回了家，是她自小生活的家。虽然褚佶已然知晓皇甫翊的家境很好，但看到她的家时，依旧忍不住羡慕忌妒恨了一下。

这是位于城郊的一栋豪华别墅，看到这别墅，褚佶心中莫名浮起一个称谓，潜伏在中国的资本家。

有仆人将皇甫翊与褚佶迎进去。一个中年男子告诉皇甫翊：皇甫翊小姐，老爷子在书房，他要单独见褚佶。

褚佶心头一颤，暗道：电视剧里这个时候男主人公会受到严峻的考验！

皇甫翊显然并没有想那么多，点了点头，对褚佶说：你和他去吧，我去房间休息一会儿。

褚佶愣住，心说哪有这样待客的，他还没走，她就去休息，她爷爷也是个怪人，她都受伤了他也不出来看一下。而这时皇甫翊已被人推走了。

褚佶无奈，只得随中年人去了书房。

书房很气派，满屋的书规整地立在书架上，

在书房的中央，两个老头正围着一张檀木圆桌对弈，中年人将褚佶带到房间就走了，并没有知会两位老人。褚佶尴尬地站在原地，欲言又止，忐忑了好一会儿，见没人理他，胆子也渐渐大了些，上前几步，站在一旁静静观战。

围棋乃是中国的国粹，褚佶曾在闲暇时读过有关围棋的书，略懂些常识，但未经实战终是菜鸟一个，此刻见两位老人神情专注，落子如山，心里不由得又是敬佩又是羡慕。以致当日近西斜，褚佶依旧乐在其中。

直到一个老人长舒了口气，叹道：又输了，明天咱继续。说完起身告辞。

另一个老人呵呵地笑了笑，说：随时恭候！

送走了棋友，老人转过头瞅了瞅一旁站着的褚佶。这两个多小时，他就一直一动不动地站在那里，而此刻正龇牙咧嘴地揉着腿，想是酸疼得害。

老头摇头笑了，指着一旁的凳子，说：坐那儿揉揉吧，这傻孩子，怎么也不自己找个凳子坐。

褚佶不好意思地笑笑，站直了身子，却没坐下。

老人见他如此，也没再让，直切主题：你是在追求我孙女吧？

褚佶猛地呆住，也许是没想到这老爷子会问得这么直接，也许是他从没想过这个问题，许久，才答：我……我并没有追求翊学姐。

老人哦了一声，说：那你回去吧。说完，向着书桌走去，打开桌上的灯，看样子是要看书。

可就在这时，褚佶转过身，向着老人极为政重地鞠了一躬，平静而坚定地说：我想从现在开始追求翊学姐。

房间外，架着拐的皇甫翊正欲敲门的手生生停住，冷漠的脸上浮起一丝欣慰。

十一

星夜，清风，树影，万家灯火。褚佶坐在皇甫老爷子派人送他回学校的车上，盯着车窗外向后疾驰的树影，愣愣出神。

就在不久前，他对皇甫老爷子说他要追求皇甫翊。老人随后的一段话让他沉默了。

老人说：你今年十六岁了吧，阿翊十七岁，也算是半个大人了，也懂事了，可你知道两个人在一起意味着什么吗？它意味着一辈子，不论未来祸福贫富，不离不弃，但能做到的又有几人。你们的事我都知道，你的家庭我也已调查过了，你家在乡下对吧，你能保证将来给她充足的物质条件吗？钱我不在乎，但作为一个男人，这是你必须给妻子的保障，不要说你没想过未来，我不会拿我孙女的未来开玩笑，你应该知道韩陌闳吧，这些话我也对他说过，我对他说，纵使他家境再好，终不属于他，我不会放心把孙女交到一个富二代的手中。他很不错，只高二便已有了自己的商贸公司。虽然他是富二代，但为了获得国际中学生网球联赛冠军，他付出的努力不亚于你，如果我的情报准确，你训练时的负重共十八块铅块吧，韩陌闳如今的负重是四十二块，这个强度正常人走路都困难。

褚佶听后呆住了，离开书房时，皇甫翊平静地站在书房外。两人都沉默了，过了好一会，褚佶突然抬起头，对皇甫翊说：学姐，若你信我，等我五年，五年后我回来找你，那时我会成为一个真正的男子汉。

皇甫翊看着褚佶，许久，微笑着轻轻点了点头。

此刻，坐在车内，褚佶的脑海不断回响老人的话，终于，他似下定了决心，轻轻握起了拳头。

一周后，当皇甫翊回到学校时，才知道褚佶已经走了，就在她回国的第二天。

她仰起头，看着天，第一次眼睛竟湿润了些，随后拿出了手机。

电话接通的一刹那，她就吼了起来："青蛙！你快给我滚回来！不要以为自己真成了国宝了！"

泰迪熊比我更想你

■ 佚名

一

已经十五岁了，夏雪菲还是喜欢搂着泰迪熊跟它说心事。

泰迪熊是五岁时爸爸送给她的生日礼物。

她记得爸爸送给她时说，泰迪熊是专门为了安慰难过的孩子才存在的，假如哪天爸爸离开了，就让它来安慰雪菲。这句话仿佛有什么暗示一样，没过多久，病重的爸爸就永远离开了雪菲和妈妈。那些日子，她很难过，夜夜抱着泰迪熊说心事，抱着它睡觉，后来就成了习惯。

雪菲班上的人数是单数，所以她独自占了一张桌。班上有一个规定，每隔一个星期就要轮换座位，每一大组都往右平移，最靠右的那一组就往最左边去。但是雪菲却是个例外，无论别人怎样乾坤大挪移，她都纹丝不动地占着最后一排靠右墙的位置。

班主任几次劝她说这样对眼睛不好，无效后，也只好放弃了。雪菲特别喜欢靠墙的感觉，那带给她极大的安全感。有时候，她把所有的课本，作业本摞起来，堆得高高的，甚至挡住了左边所有的视野，为自己营造了一个安全、静谧，与人隔绝的小世界。

第一节是语文课，班主任兼语文老师周老师迟迟不来，在教室里又开始喧闹起来的时候，周老师带着一个陌生女孩走进教室。周老师用一向干练的语调指着新同学向大家介绍："这是刚转入我们班的同学，林晓阳。"

下边有调皮的男同学吹口哨起哄："果然是美女啊!"

这位叫林晓阳的美女有月亮般姣美的面容，还有高挑的身材，班主任正在发愁把她排到哪儿安坐的时候，她就自己拿了书包坐在全班唯一的空位——雪菲的身边。

二

雪菲不喜欢有人强行闯入自己的世界。林晓阳明显是个不安分的因子。

从她坐到雪菲身边开始，就每天往她的书桌里塞糖，各式各样外国进口的糖果。有时候糖果下还压着一张小字条，字条上是千奇百怪的问题——“世上最有钱的动物是什么?”

“一块七分熟的牛排和一块五分熟的牛排在街上碰了面，却没有打招呼，为什么?”

雪菲从没有动过那些糖果，对那些字条也没有回应。她不希望有人打扰她的世界，但是林晓阳却乐此不疲。

雪菲和林晓阳的关系就这样不咸不淡地持续着，直到班长林暮哲过生日那天。

很多人都送了礼物给林暮哲，他在一堆礼物中发现了一串紫风铃，没有署名。李暮哲在早读课上连问了三声，也没有人站起来承认。班上很安静，林晓阳听到雪菲的呼吸急促起来，接下来李暮哲做了一件让林晓阳气愤的事。

李暮哲说：“谢谢那位同学的好意，但是我不接受来路不明的东西。”说着，手一扬，紫风铃在空中做了一个完美的抛物线后，准确地落进了垃圾篓里。

林晓阳腾地就站了起来，捡起了那串紫风铃，走到李暮哲面前，说：“对不起，这串风铃是我的，但不是送给你的，而是给你的同桌李锋的，我放错了而已。”说着，林晓阳就把风铃交给了李锋：“李锋，祝贺你在全市数学竞赛中得了金奖。”李锋脸红着接过了礼物，李暮哲的脸则是青白不定，一脸尴尬地站在那里，不知所措。

那串紫风铃是雪菲送的，只有林晓阳知道这个秘密，因为只有她看到雪菲在课下折风铃的样子，眼睛里有亮亮的光芒在闪烁。

然后，在课间的时候，雪菲细嫩的声音就传到了林晓阳的耳朵里：“你的冷笑话好像都只说了一半，现在把剩下的讲完吧!”

三

雪菲跟林晓阳成了朋友。她终于相信，世界上原来真的存在没有任何隔阂的最知心的朋友。

雪菲开心地抱着泰迪熊：“泰迪熊，你开心吗？我终于有了朋友。”

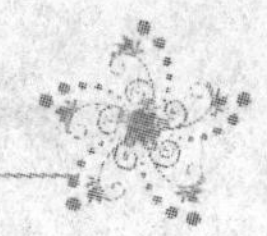

雪菲烦恼的心事终于有了倾诉的对象。

雪菲曾经和林晓阳一起坐在她的被子里，笨手笨脚地缝补着泰迪熊的耳朵。泰迪熊已经很旧了，脸上的绒毛掉了一大块，耳朵也脱了线，可是雪菲一直都舍不得丢掉它。

雪菲拿出小熊口袋里一张发黄的照片给林晓阳看，那是一张自己骑在爸爸脖子上的合影：“这就是我的爸爸。小时候，他很疼我，但是后来他离开了我和妈妈。”

雪菲有一搭没一搭地说着自己的心事，月光皎洁清寒，渐渐地把两个女孩子都变成月光下美丽的瓷器。

四

林晓阳有一头乌黑的长发，走路的时候，便随着风飘起来，远远看过去，像一团乌黑的云朵，簇拥而来。她的裙子都是牌，即便是普通得不能再普通的校服衬衫，被林晓阳用五彩缤纷的纸将上面的扣子一个个加以包装，也有了别样的神采。

这样的林晓阳无疑是引人注目的，平凡的雪菲只能充当向日葵背后的阴影，被人忽略。不过雪菲不在乎，偶尔雪菲也会和林晓阳开玩笑：“你看，别人喊你美女，却叫我熊，不是在影射你跟我是美女与野兽的现实版吗？所以你的美丽也有我一半功劳哦!”

自林晓阳进校报当上了小编后，雪菲也经常跟着她并经常在素描纸上涂鸦。雪菲随心所欲的这些涂鸦，有一天被林晓阳发现了，她就在旁边配了诗，推荐给了校报主编谢沐然，居然被采用了。

雪菲就此进入了校报编辑队伍。三个人经常借了“公务”的名义，在清凉的午后，在校报编辑室里，为了一篇文章的修改和一幅插图的选用而争吵不休。

林晓阳和谢沐然常常在讨论问题的时候，忘了雪菲，甚至在忙得不可开交的时候，会像打发小妹一样让她去买饮料和零食。但和雪菲得到的幸福相比，这些其实算不了什么。

雪菲喜欢看谢沐然手里握着自己的画稿沉思的样子。有时候，风从窗外吹进来，吹起他的白衬衫，十五岁少年的魅力就这样波澜壮阔地散发开来。

这是雪菲唯一没有对林晓阳透露的秘密。因为雪菲知道林晓阳的心里也有谢沐然。虽然林晓阳掩饰得很好，但雪菲还是从细枝末节中发现了端倪。

那一次，林晓阳双手涂了胭脂红的指甲油来上学，一伸手就是簇新的明艳，但是谢沐然一句自然的女孩子最美，就让林晓阳花了整个下午的时间，用小刀把指甲刮得干干净净。

“什么都比不上我和林晓阳的友谊，这是上天赐给我最好的礼物。”雪菲的日记本上这样写着。

也许雪菲真的是有些小才气的，她的画，成了校报的主打栏目。谢沐然甚至在校报上为她开了个专栏——雪菲画语。那是雪菲最快乐的日子，她眼睛里散发的自信笑意，使她浑身散发着说不出的魅力，同学们不再嘲讽地喊她熊，而是亲切地叫她熊猫。当她减肥成功后，她的外号就成了小猫。

雪菲很满意这个绰号，她希望这样的日子可以天长地久下去。但是她忘了，世间任何的东西，都是有始有终的。

那个周末，雪菲跟着林晓阳和谢沐然去玩蹦极。雪菲坐在一旁，一边为他们看守书包，一边看着林晓阳和谢沐然一起摔下悬崖，再又弹上来，如此往复，乐此不疲。可是后来，林晓阳和谢沐然不知道为什么吵了起来，当时周围有很多人，有人在休息，有人在兴奋地尖叫，还有人在教新手蹦极的经验。在这样的环境里，雪菲听不清他们在吵什么。等她跑到他们身边时，林晓阳已经解开了身上的绳索，飞快地收拾了书包，不理会雪菲的喊叫，仓皇地离去，只留下一个苍凉的背影。

雪菲和林晓阳就这样疏远了，无论雪菲和她说什么，她都是机械地用“嗯”、“哦”这类的叹词回答。

谁也不知道曾经形影不离的两个好朋友，如今为什么会变成路人，就连雪菲也不明白。她问过谢沐然，他对此事也是三缄其口。后来，林晓阳将座位换到了最左边，她和雪菲之间隔了整整四条不可逾越的鸿沟。

五

没过几天，雪菲在走廊转角处看到林晓阳，她刚想主动上前向她示好，有女生上去跟林晓阳讲话，雪菲就先回教室了。转过走廊的时候，雪菲听见一个女生说：“晓阳，你当初怎么会和雪菲成为朋友呢？那时她除了会考第一外，什么都不会！”

“她只是我的陪衬人而已！你知不知道，做她的朋友，就不能做别人的朋友了。从没见过这样的怪人，早就想离开她了。”

陪衬人？原来如此，没想到自己珍视如钻石的友谊，原来只是缘于一个

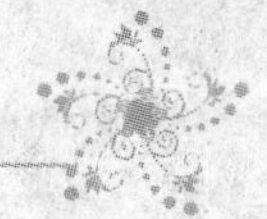

阴谋。那天，雪菲回到家后，把褐色小熊旁边的黄色小熊扔到了地上，那是林晓阳送给她的，当时林晓阳还说："有了它，你的泰迪熊就不会寂寞了。"

"一切都是假的，只有你不会离弃我。"雪菲哭了好久好久，眼泪把小熊都打湿了，小熊的眼睛也亮闪闪的，好像流泪的样子。那是除了父亲去世那次，她哭得最厉害的一次。

再后来，雪菲妈妈的咖啡馆经营不下去了，雪菲妈妈准备回姥姥所在的城市发展，雪菲随之转了学。

她和以前的所有同学断了联系，包括林晓阳，包括谢沐然。曾经有过的如火友谊和朦胧的少女情怀，全都被时间过滤成了标本，封存在记忆里。

雪菲在新学校里依旧是独来独往，她没有朋友，也不想结交新的朋友。有一天，她独自在角落里背着英语单词，一个叫谢小天的同学走过来，从裤兜里拿出一封粉红色的信。

信好像是经历了千山万水到达雪菲手里的，已经皱得不成样子了。雪菲打开信，看到熟悉的字迹时，一下子就怔住了。

看完信上的内容后，雪菲开怀地笑了。

林晓阳在信上说："雪菲，对不起。因为我的忌妒，伤害了我们的友谊。开始的时候，同学们提到你，总是说：'咦，不就是总跟在林晓阳身边的女生吗?'可是什么时候，她们开始说：'雪菲，林晓阳怎么没在你身边呢?'从小熊到小猫，一个美少女的蜕变过程，也许你自己都没察觉到，什么时候你的光芒已经盖过了我。所以，谢沐然当着我的面说出'你不要再用自己的字玷污雪菲的画'那样一句话后，我就彻底爆发了。我既羡慕又忌妒，所以我在别人面前不承认我们的友情。可是现在，我才明白了，我不能没有你这个朋友，你能原谅我吗?"

那些年少的隔阂和积怨，不过浅浅的一层，容易被春风吹化，如花的少女其实连心都是水晶做的，晶莹剔透，纯白无瑕，没有什么是真正龌龊和见不得人的隐秘，在阳光明媚下，最真实最美丽的彼此便一闪而现，呈现在面前。

名叫方时的窗

■ 承诺年龄

他有多久没来了呢？

雨下得不大，爱抚地把仿佛只曾停留在旧时光里的啜泣声恰巧湮没掉。我想着，为什么世界上所有空荡的房间都有一扇尺寸合宜的窗？

屋外的雨，下得有些萧条。为了寻求分享的喜悦，点点雨滴毫不吝啬地窜进窗户，逃到案台上，叽叽喳喳地顺流而下，厚积薄发的不懈努力，正南方向的白墙软塌着心被蹂躏地灰蒙一片。

恍惚间，孤独的气息萦绕在只有十二平方米的房间里。我默然叹息，徒留一整个冬季的眼泪。

“有多久没来了呢？”很久了吧……我闭上眼不敢细数，怕眼角又止不住刺痛。

方时，我想你。想你曾说的：“陈小樱你就是一间不足二十平方米的房屋，里面堆满了垃圾，苍蝇乱飞，臭气熏天！”；想你在我曾央求你给我买面包时那副愣是不情愿的样子；也想我们最后一次吵架时各自脸上难以置信的狰狞。

我总觉得好笑。你瞧，房子哪能只有几平方米？偌大的病句却惹得我，伤心了一整天。难道你忘记了每间屋子都有一扇通往外界的窗？离得不远的事悲哀地用“曾”隔断，我敞开心了，所有污秽被我日夜清洗掉，而你，愈发离得遥远。

来来回回那么多次，我终于肯承认你是对的。彼时，我想你想到可怜地乞求你能否来看看这个快老死的朋友？曾经，都已过去。

一

在新教室新位置上坐定后，我开始努力甩掉紧张的情绪。待会儿的自我介绍一定要够大气、够全面、够优雅！

“别紧张、别紧张！这是第一次哦！别紧张！吸气……呼气……”我用

手使劲儿扇风，额前的刘海忒义气地狂魔乱舞。

我忐忑不安地四周乱瞅，蓦地眼睛刺痛了？

“那是，那是……什么?!”坐在我前面的男生居然目中无人、自以为是、毫不避讳地挂着白色耳机，睁眼一瞧，他桌下的MP4屏幕上熠熠生辉。

“忒大胆了!”得学着，得学着，多优秀的心理素质啊！顿时以45°角仰视他。

“下一位。”

“……”

半晌，无人应答。我四目张望探询了周遭同学和老师的神情。

“喂！叫你呢!”我使劲用手里的笔戳了戳前面男生的后背。他斜眸怒视我，继而极不情愿地蹭到讲台上。

那一刻我有革命烈士赴刑场的错觉！只见那个男生理了理衣服，直径跨步到饮水机旁，极其绅士地弯下腰手伸进饮水机旁的柜子。男生身高一米七五的个儿映衬得有一米八，带领的衬衫袒露出他轮廓分明的锁骨，猜不透他葫芦里到底卖的什么药。

男生的手在柜子里摸索了半天。是要变魔术吗？我心里猜想。

“还真是有趣的自我介绍!”我小声嘀咕道。

“你在找什么，这位同学?”老师扶了扶金丝眼镜，凑近问。

“粉笔。”多么淡定的语气呀！

他皱着眉鄙夷地从贝齿缝中挤出俩字。好像教室里的气温突然下降到负摄氏度都跟他无关！

“切！言情小说看多了，尽整些装帅扮冷酷情节！鄙视……”他不客气地接过老师在隔壁借的半截粉笔。

“方——时”两个大字歪歪斜斜地印在两米多长的黑板上。

“方时？咦?！方……时?”这名字竟然那么让我激动。

方时方时方时……“哇！哦！噢噢……”我不由自主地站了起来，七十多双眼睛看猴似地“刷刷”转向我。

“你你你你……”我按捺住欲罢不能的心跳，激动的内心仿佛爆发欲出的岩浆，仿佛奔腾而至的千军万马，仿佛……

“你该不会是四年级整天跟我屁股后面转悠、爱哭鼻子老逗女孩儿、偷我波板糖、超级喜欢打嗝和吹口哨，特怕被你妈用鸡毛掸子收拾的方时吧?”一时激动，全捣鼓了出来。

瞧着男生的脸像打翻了五味瓶，一阵青一阵白，我竟然有种欲哭无泪的冲动："没想到赶今儿个大老远奔到城里来读高中，还遇到个怪亲戚！可乐呵乐呵啦，方大帅哥，你妈还好吗？记得我不？"

杵在老师旁一愣一愣的方时，摘掉耳机，全然不顾七十多位同学的"O"字嘴，热泪盈眶地甩着大步扑向我。

脑袋灵光一闪，这画面和某个旺仔广告上竟出奇地相似。

"妈妈……妈妈……"我"啊呀"一声，见他泪奔的模样，怕是这孩子太激动一时口误吧……

"你，你，你就是小时候老刮我耳光子骂我流氓又不忍心让我没糖吃偷李大爷店里过期货塞给我，害我被老妈逮到拿鸡毛掸子收拾还站在一旁幸灾乐祸笑到岔气住医院的那个陈！小！樱！"

我感动地拭去眼角热泪，看着他上气不接下气说完这段话还生龙活虎地站在我面前："嗯啊！就是你的老大哥！"

"哇哈哈哈……"方时高兴地又喊爹又喊娘，拉着我坐下脸对脸地聊开了。

"咳咳！课堂纪律还要我重申一遍？"迫于老师能够秒杀数十头牛的白眼，我俩笑嘻嘻地压低了声音继续畅谈美丽的高中邂逅。

"既然方时同学已经帮陈小樱同学自我介绍过了。那么，有请下一位。抓紧时间。"

什，什么？

二

"有缘千里来相会，会一会，醉一醉。"

有上帝吗？我相信缘分跟上帝一样不真实。即使在某一个转角处遇见始料未及的人，那不过是巧合。

方时与我相逢后的第二天，便在课桌上刻下：我相信缘分，我相信上帝。倒不如用因为彼此有着想念不舍的心才会相聚在一起来形容。我找不到恰当的词来表明相遇相逢后的兴奋，只殷切希望这份友谊再长久一点。

多少个美丽的瞬间被我们淡忘，还记得小方时红肿的屁股，方姨给他上药时的心疼和我乐得直不起腰的夸张表情。我们经历了太多爆点，在童年的记忆里，谁也无法抹掉那些你追我赶的身影。尽管方时愈发帅气，尽管我愈发怪脾气，那曾经拥有过的只属于我们俩的最美好的回忆，谁也不能分享。

高中的又一个三年，后面的苦再多再难以承受，我也不过笑着喃喃自

语："怕你啊？还有我从小到大的好哥们儿呢！"庆幸陪我相知、相守到永久……

自从开学第一堂课后，我和方时颇不情愿地成为轰动全校的"牛人"。时不时地有来自各个班级的师姐小师妹们躲在窗外一睹号称"本校最牛×之认亲"的芳容。我不敢翘着尾巴自认长得多闭月羞花、沉鱼落雁，明摆着"芳容"是说高一五班方时方大帅哥。

我几次拿着方时的学生照研究，一个曾经流着鼻爱打嗝的小屁孩儿怎么就长成高大英俊、玉树临风的花样美男？

"想不通。着实想不通……太诡异了！"我小鸡啄米地赞同这一观点。

"想什么呢？我亲爱的老大哥？"

方时拿了本《1Q84》递给我，我一个激灵抓住他的脸："说！是不是方阿姨带你到韩国旅游了一趟？"

他那小心脏吓得哟！支支吾吾道："没—没有啊……我跟老妈一直在家里待着的呀！"

"哦！那就是方阿姨给你打了雌性激素，长得一人妖像！"

方时："我……"

我和方时除了晚上睡觉时间互不见面不斗嘴外，白天无论刮风下雨、电闪雷鸣只要见着对方都要斗斗嘴，都要说些刻薄和鄙视对方的话，否则心里像搁了千斤重的石头，压抑得喘不过气来。

这是我自私心理下最想要的结果——我永远都是他最最最要好的朋友，没有之一。直到那个美丽的夕阳西下，直到那次我大汗淋漓地清扫教室。不止一次地想，我没有那么好心地替他值日，这份浓稠的友谊该一直保持下去吧……

临近末考大概二十几天，高二每一次大考小考对一心想要上大学的人来说都至关重要。自然，方时和我都抓紧时间学习。一个普通的星期三，下午第三节课上，我的同桌偷偷传过来一张粉红色便条。我左瞟右瞟，望见方时嬉笑着脸，顿时打开便条的手止不住颤抖。

果然……趁老班不注意，我赶紧偷偷回了个"OK"手势。

"陈小樱，到黑板上做第六题。"我赶紧看了看课本，天！第六题居然有四个小题……

"我……"支支吾吾地走到了讲台。

"我洗刷刷洗刷刷……"当我满头大汗地干完大半个教室时，才气若游丝地坐下来思考"为朋友两肋插刀"。

感情他是罚扫！“唉，自求多福吧……”

臭方时烂方时，指不定现在在哪里逍遥快活！一想到这，心里便更觉不平衡。我怒发冲冠、面部狰狞地狠踢了挡垃圾的桌子！“该死！哎哟喂……”

我满腔怨恨地扔掉扫帚，抱着心爱的脚“呼呼”吹气。

“明天我不收拾你！老子就不活了。该死！”

那是什么？拖着病痛的脚我如同侦察兵爬行在裸露的地板上。

“粉红色？情书??嘿嘿!!”我挽起袖子傻笑着打开信封，嘴里砸吧着“我不是故意的哈！只看一下啦!”

一目十行看完了一遍，半眯着眼睛不敢看落款。嘴里却读出了让自己泪流的话。

“王叶一，愿意和我交往的话，放学校门口见。方时。”感情真的是会情人去了呀!

“呵！真好……”

锁上教室门后，我利索地走出了学校。还有许多作业没完成呢。那方时呢？明天又要被老师批评。

我不自觉地加快了脚步。露出半边脸的太阳，失去了往日刺眼的光芒。我提着书包，将目光落在山的那头，“还真的只敢在冬天如此放肆地盯着太阳。”

我以为方时和我有一样的梦想，我以为方时一直是看着我一个人的，我以为每天放学时街道上都是我们俩的身影。是什么时候方时开始注意王叶一了呢？是老师当众羞辱她时，方时拍桌子挺身而出为她辩护吗？我误认为他是看不惯。最后，才明白，都是在自欺欺人啊!

“呵!”可真喜剧。

我伏在案上睡得迷迷糊糊。夜晚的风惬意地掠过发梢，凉飕飕地。

“陈小樱，陈小樱!”

“嗯？妈，谁在叫我?”

“好像方时。喊了有一会儿喽！丫头，听说你们的友谊很深呢！呵呵。”妈辗转在各个房间，收拾着屋子。“哪有。一般啦！我下去了。”我吐了吐舌头“咚咚”下了楼。

“谁啊？这是。”

“我!”

“你是谁啊？我只看见一条大黄狗。”

“我！方时。你过来。”

“咦？什么时候你改做狗了？”我满脸问号地凑近了方时，说：“你妈什么时候给你整了件大黄袄？老远看，真像一条狗！啧啧。”

“去去去。小孩子家家懂什么？这是进口货。”

我搓搓手，哈了口气。“说吧！啥事？我还得上去背书呢。”

“你还真用功！给你拿好东西来了啊。我妈就是疼你！”方时兜笼着手里的东西说。

我接过来，靠着昏黄的路灯瞅了瞅。“谁让我外号叫‘眼线’呢。哼，今下午去哪儿了？那么要紧。还得劳烦你的老大哥帮你做值日。”

我噘着小嘴，没好气道。

“得得得！我老实交代。下午到书店去了，顺带谢谢老大哥舍命为我。这下你该高兴了吧？”方时作揖道，俨然一副痞子相！

“好好，你走吧！我上去了。”

我摆摆手，说了声再见，将他的最后一句话留在耳畔风声中。我顺手将一袋子东西甩在桌上，关上了门。

“我的姑奶奶！我还要我的耳膜呢！这什么？哎呀！大冬天的哪来的荔枝啊?!”

“方阿姨送的。”

“你和他儿子是好朋友，你还跟着沾光！改天好好谢谢人家！这冬天的荔枝不知道口感怎么样！我去洗洗，待会给你拿来。”

“反季的水果小心吃坏肚子！”

“这孩子！真是的……”

我翻看着手机，找到方时的号码，大拇指下的拨号键闪着绿光。

方时最后说了句什么？是告诉我他恋爱了吗？怎么可以对朋友都不坦诚？更何况，我们的感情……

“你最后说什么了？我走得急。”手机震动显示短信发送成功。

我躺在床上，任思绪乱飞。他们俩在一起，方时会想到我吗？会不会去吃校门口曾是方时发现的怪味甜筒？会不会到方时带我去的游戏机房玩赛车？会不会两个人偷偷躲在树下亲吻？为什么要骗我说是到书店去了？他以为我在演《线人》么?!

“嗞嗞……”我几乎下意识地读了短信：我说，以后放学不同路咯！

“听说，你谈恋爱了？”转到洗手间，我面无表情地洗漱完。

“瞧瞧你这表情！好像谁又欠了你钱似的？”我无心理会老妈的话，我径直走到卧室。看着亮闪闪的屏幕，我竟有些怕了。怕我以后又是一个人！怕

他最终选择抛弃我。

余光瞟到字幕上，简单明了的一个“嗯”字如同晴天霹雳让我悲恸欲绝。泪水终于逃脱了我的束缚从我的双眼中哗啦啦地畅快流淌出来。

“给方阿姨道声谢。睡了。”我“啪”地合上手机。手背反复擦着眼泪缓缓爬上床，被褥遮住了刺眼的灯光。妈妈悄悄进来关掉灯，幸好没瞧见半湿的枕头。今夜，竟下了入冬以来第一场雪。若是以前，现在方时和我还在江畔上庆祝瑞雪兆丰年吧……

剩下的十几天，我对方时不理不睬。虽然自我安慰地想他有他的生活，方时恋爱了是好事，但我的心都经常会心痛。

再见到方时，期末考已经结束。在我预料中的，他真的没来考试。方时曾发给我一封邮件，信中并未解释他为何不来上课。只淡淡地道了句自以为极其经典的话：陈小樱，你就是一间不足二十平方米的房子。里面堆满了垃圾，苍蝇乱飞，臭气熏天。我笑了，那时，也开始习惯流泪。希望的长久，最终抵不过一张纸的情书。

他曾经说，我们要一直这样淡淡的幸福下去。不为别人，为自己，为有这样的朋友。而现在这个傍晚，我却苦涩地咀嚼方时曾说过的话，听着屋里播放的《十年》。

听说 Eason 唱得歌最富有灵魂，当初我嗤之以鼻，当作笑谈。如今，却抡圆了耳光狠狠扇了自己。有本事，听到《十年》不准哭！

“陈小樱！陈小樱!!”我循声而望。名叫方时的小伙子穿了一身白跟周遭的白雪融成一片，我看得不真切，愣了许久，才着好装飞速下了楼。又怕他再走！怕他彻底离开我的生命。

“为什么每次都对着窗口叫我？不上来坐坐吗？期末考为什么没有来?”

我翻着白眼，很是生气。怕他跑开，便又追问道：“暂且原谅你忘了我。”

“先不说这些。有钱吗？给我三百。”许久，方时干枯着嗓子沙哑道。他的确是瘦了，原本灵动的眼黯淡了许多。脸愈发消瘦，竟有浅浅的胡碴。

“为那女孩?”我突然没了底气，温柔地问。

方时低着头，像一头受挫的羊，“不是。”

“你还想骗我多久？上回你骗我说去了书店！这回三百你准备拿什么话敷衍我?”方时蓦地紧盯着我，眼神陌生地像我是一路人甲。

“借我。我会还给你。尽快。”

我掏着腰包甩给他三张红票子。

第一次见他弓着背捡钱的模样，我顿时喉咙发热，眼泪再一次无意识落

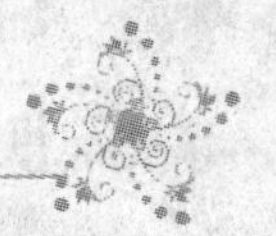

了下来，“你值得吗？你为了虚无缥缈的爱情，把自己搞成这样你值得吗？”

我几乎是吼着出来的，枯树枝上的雪很配合地“噗”的一声落在地上的皑皑白雪中。

时间仿佛停止了，万物失去了生命。整个世界苍白一片。方时滞留了脸上的表情，空洞地没有了灵魂。

“你到底还想不想读大学？难道你曾给我的承诺都是假的?！你是高中生，快要高三的学生！你还有什么时间资本去谈恋爱？你想过谁？你只想过你自己该怎样跟女朋友耍好吃好幸福好！你有把我放在心上吗？我是吃着醋，没错！吃着朋友的醋。曾几何时，我以为我寻到了知音。起码我们感情比你那可爱迷人的女朋友长久！你想过我吗？每天我一个人走回家，你感受过那样的孤独吗？你……”

我哽咽地停住后面的话，眼睛已被手套擦得生疼。

“……”

沉默，无尽的沉默。除了沉默，方时又能说些什么？他没资格！

“我从来不相信你会是我的什么。可偏偏，我把你融进了自己小小的生命里！你说我是房子？可是你知道不足二十平方米，只能叫屋吗？你知道吗？”

我步步逼近，数个“你知道吗”问得筋疲力尽，我哭着，不再闹腾，安静地坐在地上，陪他一起沉默。

以前，他怎么样，总有我陪着。方时喜欢发呆，我陪着他一起看天；方时喜欢吃冰激凌，我陪着他在高一那个冬天吃下八个甜筒；方时喜欢被风吹着的感觉，我顶着黑眼圈陪他爬上小城最高的山。

那些风轻云淡的日子回不来了吧？那些青春里最纯洁美丽的瞬间，只能成为回忆了吧？

“方时，每一间屋都有一扇窗。就像以前你总喜欢站在窗下叫，那扇窗是与外界有联系的。”

“陈小樱。”我无力地抬起头，方时居高临下地望着我。

“陈小樱。你知道我有多恨你？为什么我只想到我自己？那我告诉你！全都告诉你！我喜欢王叶一，是的。是喜欢，并且交往了一周。跟她分手的那个晚上，我回到家居然迎来我爸的一阵毒打，我妈被我气得进了医院。我当时还纳闷他们是怎么知道我在谈恋爱的呢！呵呵……”

我倏地站起来，紧张地盯着雪地，听他说下去。

“你可真是敬业的眼线啊！照片你都能搞到！多能耐！你怎么不到中情

局工作啊?”

方时瞪红了眼，怒发冲冠地看着我。嘴角那抹笑惹得我全身鸡皮疙瘩掉一地，我冷，我害怕。

“不不！不是那样的……”我后退着，步履蹒跚。

“每个人都有迷茫的时候吧？是不是做你的朋友都必须绝对的清醒？必须同你一样?！你吃哪门子醋啊？我倒想听听，难不成你喜欢我？呵呵……你可是老大哥！我惹不起，我也伤不起。以为你多纯真呢！这就是朋友啊？你口中的朋友？我从来可不就没在乎过你。”

方时裹紧白色羽绒衣，轻轻地，从我身旁路过。

“方时，对不起……”他也不会再回答了吧……我知道解释也是多余的，那照片同我没任何关系，从小时候到现在，我没有打过你一次小报告。一直忘了告诉你，我亲爱的爸爸因为有人给妈妈告密说他外面有女人，只是不像你那样证据充分，便离了婚。你问我，为什么我爸爸对我这么好？

因为……因为他永远代替不了父亲的位置。可，我们彼此都没有真正了解过。比如，我不会猜测那只是你一时糊涂去交往的；比如你从未捕捉到当你说的大嘴巴是眼里沉重的伤痛。是不是从今往后，我们都不再是我们?

“方时，对不起。真的对不起……”雪地里，偷偷藏了你的热泪和青春年华里我悔恨的笑。

三

还好吗？这个二月份的早晨。雨透过窗落在脸上，凉凉的。我吸吸鼻子，加大音响声，喝着热气腾腾的咖啡独自倚在窗沿上，习惯涣散着眼眸看远方。耳边永远是容易落泪的歌，眼前是稀稀拉拉的白，春天快要来了吧……

手指反复摩擦着杯底，我轻叹一声，收回目光。看得再久，望得再远，那个想等的人永远不会来。

方时，仿佛离我有半个世界那么远。许久未听到他叫的“陈小樱”，何止是怀念？坐在书桌上，窗沿木头间那行字刺痛得眼泪无声息地流?

名叫“方时”的窗。我的世界只有一扇窗，是很自私地。不似别人有宽大的胸怀，我的这窗只为方时而开。你走进了我心里，我打开窗却看不见你，何等的悲哀？方时，那些回不去的曾经你还记得多少?

大概，怕是，应该把我忘了吧……

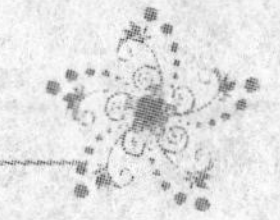

“千里有缘来相会，会一会，醉一醉。”等到窗前茉莉花开的时候，方时你会来看我吗?

看看这个永远祝福你，永远忘不了你的朋友吧。我岂止是喜欢你?你是我看得比自己都重要的朋友啊!

你有过看到自己觉得重要的人跟别人在一起了的感受吗?我有。那时的我，是会常常落泪的。

有多久没来了呢?谁敢数数这日子?我又害怕了。勇敢点，我闭上眼……

“一个月，两个月，半年……”

“陈小樱!陈小樱!”

“哎?”我“扑哧”一笑，如往昔那般幸福。

当我吃着你的醋时，朋友，你便从此以后成了我最重要的人。

那年，我不是漂亮女生

■ 雾都瓦拉

如果那年的我是漂亮女生，你会不会在人海中多望我一眼？

如果那年的我是漂亮女生，你会不会与其他人谈论起我？

如果那年的我是漂亮女生，你会不会，会不会喜欢上我？

可是，那年的我，不是漂亮女生，但却有一个关于我喜欢过你的故事。

一

前两天爸爸妈妈就一直在催促着苏小小收拾东西，准备三天后要搬入新区的住房。苏小小躺在软软的床上，望着满屋子簇拥却摆放整齐的物品，满心的不舍。

这里毕竟是苏小小生活了十八年的小窝，温馨而舒适，在十二岁那年经过自己精心装扮后，这里更像一个温暖的小天堂，令自己依赖不舍。这里有着多少的回忆和小秘密啊。墙壁上贴满了自己喜欢的漫画人物海报，靠墙有一个玻璃小橱窗，透过玻璃能看见很多摆放整齐的小物品，它们可都是这些年来苏小小过生日亲戚朋友送的礼物，水晶苹果依然还是那么晶莹好看，音乐盒的音乐像被封禁的小生灵在盒盖打开的瞬间跳跃出来，动听的乐曲在整个房间环绕……

写字台放在靠窗的位置，苏小小曾日夜趴在这里为了梦想练习语数物化生的习题，常常有夜晚的清风徐徐吹进来，让疲惫的大脑又变得舒缓清醒。两只紫色的千纸鹤总在头顶居高临下一副自在闲适的样子。苏小小曾常常在心里默默地说，再坚持坚持我就解放了。如今在桌面上静静躺着的同学录，宣告苏小小已经高中毕业了。

最令苏小小舍不得遗弃的就是旁边高高而立的书架上的读物，它们都是自己在疲惫不堪或百无聊赖时陪伴自己的精神食粮，张爱玲的《倾城之恋》、霍艳的《生如夏花》、饶雪漫的《校服的裙摆》还有安妮、韩寒和八月长安的作品整齐的排满整个书架。《沙漏》有些淘气的向外支着身子，苏小小顺手抽了出来想随便翻翻，却不想一张照片从中掉了出来。

苏小小蹲下身去捡，映入眼帘的是一排清秀整洁的字迹，如果我是漂亮女生，你会不会喜欢上我？

翻过照片，是一个年轻气少的男孩，他有着一张俊秀的脸，嘴角有一丝微微阳光的笑容，眼神中露出一点傲气，忽又觉得让人不可亲近。

这个男生，名叫董子豪。

二

初二，夏至。

太阳将大地炙烤得火热，体育课不到五分钟就结束了，很有敬业精神的男生们仍然在篮球场上狂追夺篮，躲在树荫下乘凉的女生虽然无法理解男生们对篮球的如此热爱钟情，但看球的她们到会时不时地发出雀跃欢呼的加油呐喊。

女生并不在乎自己看不看得懂篮球赛，她们只在乎谁在场上跑起来更酷更帅。

也许青春的萌芽就是如此不可名状，体内所有的躁动不安都在尖叫中和沉默中释放，却没有人说得清是为谁为什么。没人在乎关不关及未来。

夏天对于满身赘肉和脂肪的苏小小来说简直是要命的。即便躲在树荫下避着太阳，体内的水也在不停的急速蒸发。苏小小总在悔恨以前不该吃太多肥肉和垃圾食品，让现在的自己看上去总像一个粽子，一个活粽子。

小卖部在操场的另一边，要穿过操场才能买到自己想喝的冰冻矿泉水。

苏小小穿过操场的时候在想，就把这帮不怕死的男生烤成干尸吧。想着想着竟情不自禁的偷偷笑起来。“喂！小心！”一个人将苏小小推开并迅速接住篮球。

被推到一边的苏小小惊慌失措的抬起头，原来是个面目俊秀的男生，他满头大汗，额上的汗液粘着几根刘海。仅那一眼，那张脸便快照般迅速的存入苏小小的脑海。

苏小小的嘴角轻轻上扬起来，正想说声谢谢，就听见远处有人向这边喊到：“子豪，赶紧把球传过来呀！”“来啦！接住！”反应如此迅速。

子豪。跑远的身影，在强烈的阳光下有些微微刺眼。

苏小小目送子豪远去便转身向小卖部走去。

三

从小学过渡到初中的男生和女生的脸上或多或少都少了些稚气，多了些青涩。男生讨论女生不再是谁的头发里藏着虱子，而是哪个女生长得更好看；女生讨论男生也不再是谁把衣服裤子穿反了之类的话题，而是哪个男生更帅气。

仿佛整个校园都被一种朦胧的气息所笼罩。

苏小小察觉到有些男生女生看彼此的眼神里有一种独特的风景，那是不是像自己那天在球场上看被叫做子豪的男生的眼神?

周围总有一些八卦女生会扎堆讨论某某男生长得有多帅或怎么怎么样，语气里充满着崇拜和暧昧的情愫。苏小小从不参与这种被班主任禁止的，列为学生不学好，竟说些乱七八糟东西的活动。

到底是从哪一天开始，在班里那几个女生谈论男生的时候，苏小小开始坐在位置上拿着笔做习题半天不动，一个劲地心神不宁的发着呆。是当知道他叫董子豪起?

班里的那几个女生总是谈论隔壁班的董子豪在篮球场上跑起来很帅，投篮姿势酷呆了，走起路来也那么有型，尤其每次在和董子豪他们班同一时间上体育课时，她们都会盯着他的身影不放。

其实苏小小每次上体育课也是盯着他的身影不放。觉得他，开始有那么一点帅，后来确实有些帅，很帅。现在苏小小觉得他特帅，一想起他时心跳比平时快，脸蛋也会微微泛红。少女的青春泛着青涩的涟漪。

苏小小从来不张扬，只是静静地看、静静地想，就像在自己的小房间里偷偷地静静地读一本言情小说。那是一个属于自己的秘密。

在楼道会偶尔遇到一手顶着篮球边走边和身边男生们有说有笑的董子豪，笑声煞是爽朗，楼道里飘散着他说王姗姗长得漂亮的“赞美”。王姗姗和苏小小同班，在老师眼里她是除了脸蛋好看点其他一无是处的学生，不爱学习，叛逆、轻狂。

他喜欢她？可为什么他会喜欢她呢？他或他们只喜欢漂亮女生?

苏小小发现，身边的男生女生在谈论起异性的时候，他们不会关心那个人的学习如何、家境如何，几乎都是谈论那个人的长相和自己的感觉。班里

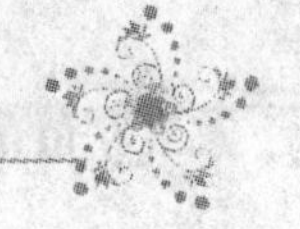

学习成绩向来排第一的江月除了老师的夸奖几乎没有被人谈及过，是不是因为她和自己一样长得像一个活粽子？苏小小在心里叹了一声气，自己写得一手好文章却因为外貌不佳也没什么异性缘。

苏小小分不清这种感情算作轻浮还是算作单纯。那自己对董子豪呢？不也是除了他的长相其他一无所知吗？

也仅仅只是一种感觉。

四

大部分的女生已经开始在外表上注重装饰自己了，苏小小有些羡慕那些在夏天穿着裙子露出略显好看身材的女生。想到自己的大坨肥肉，顿时有些自卑滋生出来。

苏小小讨厌这种自卑感觉。

外表暂时改变不了，好在阅读写作还可以提高内心的修养。内在美也是一种美嘛。

苏小小的暑假除了写作业，就是靠啃食读物度过。因而写作似乎又提高了不少呐。除了长相，苏小小也不是一无是处啊。

五

初三的学习略渐变得紧张起来，老师们已经开始强调起中考的事情，告诉学生从此时起脑子里就要将那根弦绷紧，直到中考结束。

看电路图还有点晕，化学公式偶尔也会记不起来，历史的事件和时间也还有对不上的时候。苏小小确实紧张了，也许还有点想抓狂。

只有当语文老师每次拿着自己的高分作文站在讲台上与全班同学分享时，才会让苏小小有那么一点轻松的感觉，至少语文科目还是很有希望的。语文老师突然换了，因为上一个老师请了产假。新换的老师也是董子豪他们班里的语文老师，因此苏小小的优秀作文和比赛获奖文章也常常被拿到隔壁班分享，让大家相互交流学习。

苏小小想到这，内心总会有一股兴奋，在心里偷偷地乐了。董子豪会不会因为自己的文章而提及到自己呢？

苏小小的确如愿以偿了，但却也失望了。

董子豪和几个男生趴在栏杆上有说有笑。苏小小经过他们身后的时候，听到董子豪的声音："你说那个苏小小啊，文章的确写得不错，可惜长得不漂亮，不然我可能会喜欢她哦。"苏小小的心里像打翻了的五味瓶，迅速奔进自己的教室。她的心情很复杂，难过难过难过！还是宁可不要提及自己的好！

第一次，苏小小在自己的小房间里捂着被子偷偷地哭了，为什么这么简单的喜欢都让人如此伤心。苏小小不再想了，别人根本不会喜欢自己这样的粽子，自己又何必如此多情呢！

六

中考在即，苏小小全力以赴备考，整天整夜埋在书堆和习题里。月考成绩明白地告诉她自己的努力都没有白费，还得再接再厉。

王姗姗突然跑进教室，在她的桌子上找了半天东西没找到，便转身望向旁边的苏小小说："苏小小，借一下你的历史书！"然后夺走匆匆跑出教室。苏小小站在窗边向外看，看见王姗姗跑到刚跟别人打完招呼转过身的董子豪面前，殷勤地献上手中的历史书。苏小小有种说不出来的滋味，便埋头使劲做习题。

放学前王姗姗将书还给了苏小小，傲慢的表情里始终没有写着感激两个字。苏小小将历史书装进书包里带回了家。窗外的风吹进来很凉爽，已经做完了一张数学试卷的苏小小略带倦意的打开历史书，却看见一张照片安静地躺在里面。是……董子豪？苏小小以为是错觉，睁大眼再仔细一看，的确是董子豪，还是那张好看的脸。

苏小小这才想起白天王姗姗为董子豪借书的事，他一定以为这本书是王姗姗的。苏小小所有的书都没人能找到她的名字，因为她从来没有在书上签写名字的习惯。所以董子豪不可能知道这是她的书。

显然，董子豪的这张照片是给王姗姗的。在纠结了很久要不要交给王姗姗之后，苏小小最终拿起笔在照片背后一笔一笔写上：如果我是漂亮女生，你会不会喜欢上我？然后从书架上抽出《沙漏》，插了进去。

苏小小的中考成绩很优秀，顺利进入了市重点高中。苏小小在那里奋斗，改变，无论是相貌和成绩都在人群中脱颖而出。

对感情淡定从容是苏小小的强项，于是高中顺利毕业，带着梦想即将奔

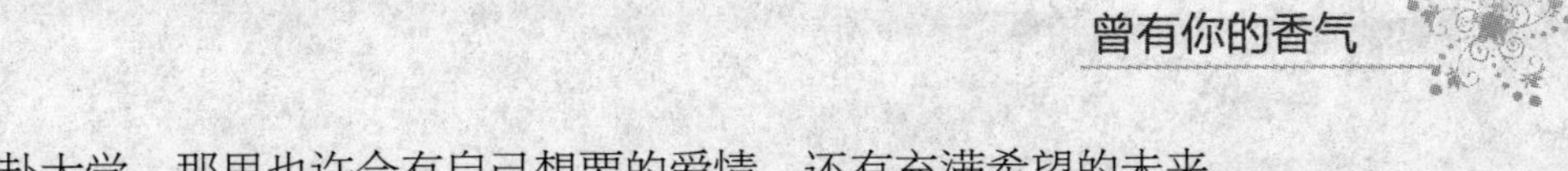

赴大学，那里也许会有自己想要的爱情，还有充满希望的未来。

七

苏小小几乎带走了房间的所有东西，终还是舍不得丢下什么。那张照片依然安静地躺在《沙漏》里，《沙漏》依然安静地躺在箱子里，回忆依然安静地躺在脑海里。

一切还是那样安安静静的。

如果，那年我是漂亮女生，也许，也许你会喜欢上我。

只是，那对于后来注定会各奔天涯的我们来说到底又有多少意义呢。

倒错悲伤

当“公主”遭遇“仙女”

■唐文雁

1. “公主”请客不给面子

开学后不久，某高校计算机系某班就成了焦点，原因就是班里有一位既漂亮又有钱的，“富二代”公主。她叫刘菲菲，是某集团公司老总的宝贝女儿。刘菲菲出手大方，开学时就给班上每个同学都买了礼物。这不，眼看着元旦将至，刘菲菲周五下课前宣布，晚上请全班同学去吃必胜客。

同学们立即欢呼雀跃起来，只有靠窗子坐的秦逸薇低着头，没有表现出高兴的样子。

同桌用胳膊碰了她一下，笑着说：“别看书了，去解馋了。”

谁知，秦逸薇马上转过脸，皱了皱眉头，好像很不情愿的样子。

不远处的刘菲菲看到了，就走过来关心地问：“怎么了，不舒服？”

秦逸薇摇摇头，小声说：“菲菲，我不想去了……”

“有约会？”

“没有。我就是……还是你们去吃吧。”说完，秦逸薇把书本往课桌上一放，低着头挤出人群，跑出教室。

“真不给面子！”刘菲菲嘟囔了一句，马上又恢复了常态，高喊道，“杀啊！必胜客！”同学们欢呼着冲出教室。

刘菲菲只是随口这么一说，但却引起了几个闺密的注意。其中一个长得高高大大的叫梁娟的女生对刘菲菲说：“菲菲姐，秦逸薇不识抬举，等我找机会教训教训她！”刘菲菲说：“算了，也许人家有什么难言之隐。你想啊，请客还有不去的？或者说，人家早就有了约定，去见男朋友也说不定。”梁娟鼻子里哼了一声，说：“我看就是故意摆谱。你想啊，如果有约会，明说就行了，谁还会拽着她去？再说了，从一开学我就看她不顺眼，整天除了看书就是趴在桌子上，好像谁欠她八百万一样。这样的人就是欠抽！”梁娟这么一说，刘菲菲突然想到，这个秦逸薇确实够神秘的，别人都住校，她不住，说是和母亲住在学校附近的出租房里。因为学校有规定，除非本地学生

由家长带着户口簿来学校登记，可以走读外，其他学生是不允许校外租房住的。秦逸薇并不符合条件，校务处却同意她住在校外。不仅这样，秦逸薇自开学起，就没在学校吃过一顿饭。难道秦逸薇的父母比自己的父母能量大，能改变一个学校的规章制度？想到这里，刘菲菲气呼呼地拨通了爸爸刘东来的手机，不等爸爸说话，就喊道："爸，我也要申请住在校外，学校的宿舍太烂了，我住不习惯。"

刘东来正在开会，就敷衍道："好，等我开完会就给你王叔打电话，让他给你们校长说一下。"

刘东来说的王叔在教育局工作。刘菲菲认为，这次可以找回面子了。谁知，过了几天，刘东来打来电话，吭哧了半天，最后说这事不好办，学校不能开这个先例。

"已经有人违反学校规定了，现在倒说不能开这个先例？那秦逸薇为什么能住在校外？爸，你真没用！连这点事都办不了！"在爸爸面前，刘菲菲从小就是蛮横的公主，因为父亲的宠爱，一家人拿她没办法。

"菲菲啊，你怎么能这么跟你爸爸说话？"刘东来有点生气了，"你不想想，从小到大，只要能办的事，爸爸哪一次推脱过？只是这个问题太棘手。我也说了秦逸薇的事，但校长说，这是特例，本着维护学生声誉的原则，不能告诉背后的原因……你说，你王叔都不能办的事，你爸有什么办法？"

事已至此，刘菲菲把所有怨气都撒到秦逸薇身上。她想，是这个貌不惊人的小丫头让我这么没有面子！梁娟说得对，是要教训她一下！

周一晚自习快结束的时候，刘菲菲和梁娟早早来到秦逸薇回住处必经的小巷里，等着秦逸薇。十几分钟后，秦逸薇拿着几本书走了过来，昏黄的路灯把她清瘦的影子拉得老长。

看到秦逸薇走过来，刘菲菲从阴影里闪出来，挡在路中央。

秦逸薇奇怪地问："刘菲菲……你怎么在这里？"说着，又看了一眼虎视眈眈的梁娟。

"等你！"刘菲菲说着，慢慢走到秦逸薇面前。这时，梁娟已经转到秦逸薇的后面。

秦逸薇预感到不妙，她紧张地看着刘菲菲，嘴唇哆嗦着，问："刘菲菲，你要干什么？你不要胡来啊，我妈妈每天都来接我，她就在巷口……"刘菲菲还没说话，梁娟说："刘菲菲请客你都不去，你牛什么？不去是吧，我给你留着呢，现在请你吃肉！"说着，伸手抓住秦逸薇的头发，将一根油腻腻

的鸡腿塞向秦逸薇的嘴里。秦逸薇紧紧闭着嘴，将头尽量摆向一边，但她单薄的身体哪是梁娟的对手，挣扎了几下，整个鸡腿就被塞进嘴里。刘菲菲叉着腰站在一边，刚想问“滋味怎么样”，突然，秦逸薇喉咙里发出咕咕的声音，随即，有液体从鸡腿和她嘴角的缝隙里流出来。梁娟只觉得手里的秦逸薇身子一软，瘫倒在地上。

刘菲菲吓了一跳，赶紧将鸡腿从秦逸薇的嘴里拽出来，拍着秦逸薇的脸说：“装什么装？快起来！”但秦逸薇头一歪，晕了过去。

2. 原来是“仙女”下凡

一看秦逸薇吓晕了，刘菲菲慌了。她只是想教训一下不识好歹的秦逸薇，哪知道她这么不经吓，竟然晕过去了。

“怎么办？打120吧。”刘菲菲说着掏出手机就要拨号，却被梁娟一把夺下来了：“你傻啊！我们半夜拦路，要是秦逸薇出了事，我们会被开除的！”

“那也不能见死不救啊？”刘菲菲虽然想教训秦逸薇，但没想到会出事，急得原地打转。正在这时，胡同口那边传来一个妇人的喊声：“是逸薇吗？今天怎么回来得晚啊？”

刘菲菲一听，知道是秦逸薇的妈妈来了，心说：阿弥陀佛。伸手拉着梁娟就跑，一直跑出去好远才停住，然后躲在树影里，直到看着救护车把秦逸薇带走了，才一屁股坐到地上……

第二天，秦逸薇没来上课，刘菲菲和梁娟紧张得不行。如果秦逸薇出了事，她们两个都有麻烦。她也想去班主任那里说明真实情况，但被梁娟拉住了。梁娟说，不到万不得已，不能承认这件事。

正在她们紧张的时候，班主任把她俩叫到了办公室。班主任看看低着头直打哆嗦的刘菲菲，严肃地说：“秦逸薇昨晚下晚自习回家的路上晕倒了，她母亲说，看到有两个人影慌慌张张地逃跑。另外，秦逸薇在昏迷中说着胡话，其中就有你们两个人的名字，求你们不要伤害她……我不多说，这件事是否与你们两个有关，希望你们说实话。”

刘菲菲看看梁娟，咬咬牙说：“我们又没怎么着她，只是让她吃鸡腿，谁知她那么不经吓。”

“什么，你让她吃鸡腿？”班主任急得站起来，来回踱着步，“你们不知道她是不食烟火的‘仙女’？”看着刘菲菲和梁娟奇怪的眼神，班主任才觉失口。他摆摆手说：“既然到了这个份上，我就告诉你们两个吧。原来想的是为保护学生的隐私，这件事不能说出去，没想到倒惹来了麻烦。”

班主任说，秦逸薇从生下来就患有一种叫苯丙酮尿症的怪病。这是一种先天性代谢疾病，简称 PKU。因为病人身上先天缺少一种酶，因此无法分解、代谢苯丙氨酸，所以病人不能吃所有含有蛋白质的天然食品，就连母乳都不能碰，否则，孩子的病会越来越严重，严重的会变成智残、白痴，甚至死亡！由于是罕见病，我国还没有针对治疗 PKU 的药物获得上市批准，唯一的治疗方法是低苯丙氨酸饮食疗法。也就是说，病人不能吃平常的饭。吃的米、面、奶粉都是特制的，需要到专门的医院买。光是买药食，一个月要 3000 多块钱。当然，病人也可以吃点水果和蔬菜，但都有严格的定量。一点都不能马虎。而婴儿，只能吃经过特殊处理的“奶药”，这种药颜色像咖啡一样，发出一种腥臭。所以，秦逸薇从小不仅没有吃过母乳，连基本的食物都没吃过，如果不慎吃下，就会恶心呕吐不止。因为这个毛病，邻居都说秦逸薇是下凡的“仙女”，不食人间烟火。秦逸薇小时候，她妈妈也这样哄她，说她是天上的“仙女”，不能吃人间的食物。可想而知，闻着饭桌上的香味而不能吃，这种折磨不是常人能承受的。所以，这次，可能是心理的排斥加上紧张害怕，秦逸薇才昏厥的。

听班主任说完，刘菲菲的肠子都悔青了，没想到自己无意中竟然做了这么一件龌龊事。她掏出一张银行卡，对班主任说：“老师，这是我爸给我的两万元零花钱，拜托你交给秦逸薇的妈妈。我知道，这种情况，他们是没钱住院的……等秦逸薇出了院，我要当面向她道歉。”

班主任说：“学校已经帮着垫付了医药费。这件事因你而起，先看看教务处怎么处理吧。”说着，把卡又还给了刘菲菲。

回到教室，刘菲菲怎么也静不下心来，她又跑到班主任那里，要来秦逸薇的病床号，打电话给爸爸，把情况简要说了一遍，下命令道：“爸，不管你现在多忙，赶紧给这个城市的朋友打电话，让他买上礼物，去医院看望秦逸薇……我，我现在不敢去……”刘东来一听女儿给自己惹了这么大的祸，哪还敢怠慢，连忙找这个城市的朋友帮忙，带上慰问金和礼品赶往医院。

做完了这一切，刘菲菲仍觉得不够，开始上网查资料，看看怎么帮助秦逸薇。梁娟父母是一般市民，也不在这个城市，无法像刘菲菲一样找人帮忙，她只好埋头坐在教室外的石凳上，嘴唇都咬出血来了，心里既后悔又害怕。

3. 两件特殊礼物

一周后，秦逸薇出院了。这天，秦逸薇来到教室，同学们都不知道怎么回事，围上去问长问短。刘菲菲和梁娟心中有愧，趴在桌子上不知该怎么面对秦逸薇。尤其是班主任说，这件事性质相当严重，如果秦逸薇不能原谅她俩，可能就会受到处分。

这时，刘菲菲的手机响了，她走出教室接听完电话，高兴地走进来，对秦逸薇说："秦逸薇，不管怎么说，请你原谅。"秦逸薇笑着说："没啥，同学之间开玩笑而已。是我自己身体不好，所以……不关你的事。"

"真的?"

"我骗你干什么。"

旁边的梁娟羞的无地自容，她看了一眼刘菲菲，撇撇嘴，意思是看咱俩干得这龌龊事。

因为秦逸薇没有追究这件事，所以校方对刘菲菲和梁娟进行了教育后，此事就算告一段落，同学们又恢复到刚开学时的欢乐心境。

半月后，是秦逸薇的生日，刘菲菲终于找到了表现的机会。她在酒店定了包房，要用实际行动表达对秦逸薇的歉意。这次，秦逸薇没有拒绝。

生日蜡烛点起来了，同学们给秦逸薇戴上寿星帽，一起唱起《生日歌》。那个大蛋糕是刘菲菲特意定做的，秦逸薇分给大家吃时，不免咽了几口唾沫。是啊，虽然她有这种奇怪的病，但美食的诱惑一点没减。刘菲菲没有吃，而是不时地望着门外。秦逸薇说："刘菲菲，你看什么？吃蛋糕啊。"刘菲菲说："等一会儿，还有礼物没到。""礼物?"秦逸薇奇怪地问，"还有什么礼物?"刘菲菲正想说话，服务员进来了，手里拿着一个铁盒，说是有人送来的。刘菲菲赶紧接过来，打开闻了闻，递给秦逸薇说："这才是今天最重要的生日礼物。"秦逸薇一看，是一盒巧克力。

"可是……"

"你不用说，我什么都知道了。你听我的没错。"刘菲菲小声说，"你先尝尝。"

秦逸薇半信半疑地拿起来，试着咬了一点点，慢慢咽下去，紧皱的眉头舒展开来。这块巧克力，竟然没有不适的感觉。

刘菲菲说："放心吃吧。从今天起，你的食物我包了。不过，我可不是送你的，是卖给你的，等你毕业了，要去我爸的公司打工'还债'。"

刘菲菲一说，秦逸薇才明白。自从那次自己昏厥后，刘菲菲内疚极了，她想尽可能地帮助秦逸薇，以减轻自己的负疚感。后来，她在网上查到，日本研究出了针对PKU症患者的“特食”产品，已经形成了一个产业，有大米、巧克力、酸奶、饼干等。但因为这种“特食”产品价格昂贵，像秦逸薇这样的一般家庭根本承受不起。刘菲菲就打电话给爸爸，让他托日本的生意朋友买了一些，先让秦逸薇试试，如果没有不良反应，以后，秦逸薇就可以吃上香喷喷的大米饭和美味的巧克力、酸奶了。现在看，成功了。

看着秦逸薇陶醉的样子，刘菲菲小声说：“幸亏梁娟出馊主意要教训你，不然，可能你要一直隐瞒下去。唉，我现在才知道，‘仙女’也不是好当的。”秦逸薇不好意思地笑了，她感激地看了一眼刘菲菲。现在，不光食物解决了，刘菲菲还让她爸爸在公司给预留了职位。刘菲菲说，等秦逸薇一毕业就去她爸爸的公司上班。

这时，梁娟也走过来，说：“我也准备了生日礼物。”说着，递过一个信封。刘菲菲夸张地说：“不会吧？送现金啊！”梁娟说：“逸薇，打开看看。”秦逸薇打开信封，抽出几张纸来，展开一看，竟是美国PKU联盟申请奖学金的信息。美国PKU信息联盟（National PKU News）设立的The Robert Guthrie PKU奖学金，是美国为纪念第一位发现该病的医学博士所设立，任何国家的PKU患者都可以申请，但一定要是在读大学生。每年全世界有很多优秀的PKU患者去申请，但名额甚少。虽然奖金只有1000美元，但大部分申请这个奖学金的PKU患者，都把这看成一种不向病痛和困难低头的见证。

梁娟说，她表哥在美国留学，听她说了秦逸薇的事，就开始帮着联系。现在，秦逸薇所要做的就是努力学习，争取拿到美国PKU联盟的全额奖学金。

看着手里的两份生日礼物，秦逸薇的眼睛湿润了。

“逸薇，许个愿吧！”

秦逸薇点点头，擦干泪水，双手合十，在心里许了一个愿：她要努力学习，争取早日成立一个中国的PKU爱心组织，帮助那些贫困家庭的PKU患者解决生活问题……

秋天与不请自来的你有几个版本

■ 佚名

一

高二一开学，分文理科，一切全都乱了。报到点名那天，一个身着白衣白裙白鞋的女孩被安排坐在我身边，她的长发中分，很浓郁很凌乱，她非常的瘦，并且冷漠。没错，她就是沈芳。文科班，三分之二是女生，两个女孩做同桌没什么稀奇的。稀奇的是，和她坐在一起，还不知道有多少是非不请自来。

跟古代人的玩法一样，高中生最爱没事在校园里瞎评个四大美女什么的。沈芳一直排在前两位，匪夷所思的是她的学习成绩也排前两位，数学和英语经常是满分。她平时不大露面，她绝不会在大家希望的公开场合出现。比如周一护旗班的那种美女方队，运动会举班级牌走模特步的……但外国人来给学校捐银子剪彩的那两次，在旁边递个剪子或花束的，都是沈芳。

哲学上三大基本定律之一就是真理的相对性。也就是说，我们认定的很多事，其实最后都是相对的，都是飘忽的，也许最后都会被改变，甚至朝着相反的方向故意去改变。

比如，我认定的，我永远不稀罕和沈芳做朋友这件事儿。

我不得不承认，如果有一个最佳同桌评选，沈芳一定又是第一。她对我学业上的帮助太大了。她冰雪聪明得简直就是金庸小说里那些女主角，尤其是几何，老师在台上一讲，她立马就领悟。那些诡异的辅助线，也不知道是她从哪个星球牵过来的，看得我一愣一愣地。

这年冬天挺冷的。听说，就连湖南、云南那些我们心目中绝对的热带都惊人地下起了暴雪。便是在这样的天气里，沈芳求我陪她去邮局发一封特快。她说，她不敢，不敢一个人去。

我当时并不知道，她这封信要发到哪儿发给谁。却很侠气地说，发个信有什么敢不敢的，走，我陪你去。

二

一直有人把东北的雪描绘成拟人的小百合小桃花什么的，其实，东北的雪从天上下来的时候，就已经是雹子那么硬了，根本没什么漂亮的形态，顶多是带着风声的暗器，是噎死人的豆子，吸到肺里很疼，快上不来气了。我们走了一会就成雪人了。沈雪人一直不说话。的确，这么大的风，也没法唠嗑。

沈芳把一张挺薄的信纸小心地放进 EMS 硬纸壳里撕去封条压牢，我偷看了一眼，好像是发到深圳一个什么工业区。

回来的路上，等红绿灯，看我冻的那可怜样，沈芳突然摘下手套，握住了我小胡萝卜样的左手。她说，你还好吧。你的手这么凉，很冷吧？她又觉得这样也不够保暖，便把她的一只毛线手套套到我右手上，把我的左手牢牢握着揣进了她的羽绒服兜里。

恐怕我这一生也不会忘记这一幕。暴风暴雪，一个白眉毛白嘴唇的雪人在我眼前忙三忙四的。她的手掌柔软但也很冰凉，我以前认为沈芳是骄傲冷漠的，但其实，她温暖得不得了。

下了晚自习，沈芳继续延续她的慈母作风，非要把手套借我，说哪有寒冬腊月不戴手套上学的，女孩子最重要的就是手和脸。

城市灯火阑珊，透过 Q7 格外宽大的倒后镜，我坐在副驾驶上，看到推着自行车在雪地里挣扎走着的沈芳越来越远……我不知道，这么厚的雪，这么糟糕的天，她还要推着车走多久，到家的时候，会不会浑身湿透，要过多久，才能恢复到白天握我手时的那种体温。突然有一种心疼的感觉。一种根本不属于我这小小年纪的一阵一阵的心疼。

三

友情永远是高中时代最美好的一颗珍珠，因为它生成于最柔软最单纯的那枚蚌心。

不珍惜这个的人，只有沈芳。

进入北国最宝贵的春天，沈芳却独自又返回了冬天。她越来越阴郁，冷漠。不和我说笑，甚至不和我说话。很多时候中午不吃饭就出去，下午回来的时候看起来很累。

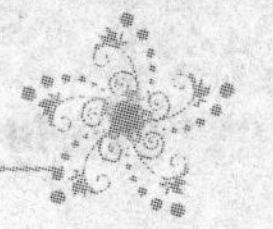

我想，她兴许是恋爱了，才这么酷。

可传闻让人崩溃。传闻有鼻子有眼有名有姓，说她管校内校外几个男生借了不少钱。最多的一个人好像都超过一千元了。

我真的非常非常生气。我看着在我心里最重要的朋友越来越瘦，我看着流言像苍蝇一样叮着这个女孩不放，我看着那些带着瞄准箭头的眼光像针一样扎在她背上。我非常生气而且焦灼地等她开口，时间一天、一周地过去了。我真的好几次都想吼她：说吧，你要借多少钱才够？我爷是将军，我爸是卖房子的，我妈是医生，说呀，你要借多少，我都借你！

还记得那是周一吧，种种心情达到了极限，体育课没上我就跑去了银行。我有个红色的定期存折，那是我出生后不久父母替我办的，此后，我所有的收入都在此——压岁钱及升学等各种名目的红包奖励。加起来也超过六位数了，我从来没取过一分钱。但这次，我一次性就取出了一万元。

刚测完八百米，女生都坐在教学楼前的台阶上猛喘。你去哪儿了，沈芳皱眉问我。我没回答，而是把一个挺厚的信封塞进她怀里。

她眉头紧锁，看了一眼信封口，全是淡粉色的票子。

她又露出那种云淡风轻，好像什么都不在乎的笑。然后说，以为自己是天使啊。

也说不准啊。

但我是了解沈芳的，她是一个坚硬易折的人，很多拒绝她都会处理成伤痕。我马上又真诚地说，你不是一个乱花钱的人，你最近什么都没买过，连铅笔都没买一支新的，我想你一定是遇到什么难题了，我只是想帮你。真的，把那些男生的钱还了吧，如果不够。我还有。

沈芳久久地看着我，看到后来，似乎有点眼泪汪汪的，但是，她没哭，真的没哭。动画片里这样的造型最有杀伤力。

四

那天我们逃晚自习了，沈芳带我一直坐车，到了城市边沿的一个肿瘤专科医院。

进了病房，我看到一个面容慈祥的老人正在睡觉，她太瘦了，被子又那样大，就像一条老毛毛虫裹在一堆枯叶中间。

沈芳弯着腰，轻轻叫，奶奶，奶奶，叫了半天老人才醒。沈芳温柔地抱起她的头，把一千多元一颗的药丸放进老人嘴里，又喂她喝了几口水。

老人叫了一声宝宝，老泪纵横。

这是多么心酸的一幕。我大约知道了是什么铸就了这样奇特的沈芳，她漂亮、刻苦，成绩数一数二，但是，她坚硬易折，她冷漠又孤傲，她太过于成熟和计较，她无法沟通。

我们坐在六路汽车的最后一排，沈芳第一次向我讲起她的身世。她才三岁多的时候，她爸就因病去世了，她妈说是去南方打工给她挣学费，但是把她扔给奶奶后的第三年就音信皆无。这样的母亲世间少见，但真的不是没有。去年，沈芳最亲的人——奶奶患了肿瘤疾病，她鼓足勇气给她妈发了一封快递，希望她回来，因为沈芳快撑不下去了。

那封信，当然石沉大海，就像同样沉入大海再也没有回应过沈芳的母爱。

下了车，沈芳看起来情绪好多了。她说要请我吃章鱼小丸子。在夜市摊前，我们像两个七岁不到的小孩，笑嘻嘻又迫不及待地等着，看烤章鱼小丸子的大叔灵巧地翻弄着，施魔法似的变出一个个圆圆的小丸子，然后又在上面撒上苔条和酱汁。

沈芳好像又开始关心我了，说，最好是趁热吃，吃的时候翻翻看，说不定还会意外吃出块章鱼肉呢，不过要小心被烫到哪。

边说边帮我擦去嘴角的酱汁。在夜市昏黄的灯光下，我看到沈芳蝴蝶样的嘴唇，我看到她那潭水般清澈的眼睛，也看到眼底那些细如粉末的悲伤。沈芳真的太美了。

我问她，为什么不向我借钱，我记得她说，就是怕你看不起我。

五

一场轩然大波正等着我。

我妈已经哭得快吐了。我七大姑八大姨全来了，我爸正准备报警。因为，我从银行提了一万元钱之后，就消失了。他们这么有钱，一直就觉得我应该被绑架。

至于他们是如何知道我今天从银行取钱的事，其实很简单，我妈给我的存折设了短信提醒，只要当日累计提现超过三千元，银行就会短信通知她。看吧，大人就这么阴险。

我爸知道我把钱借给沈芳买药后，还是很生气。一直指责母亲，说：你非得女孩要富养，都把她惯成什么样了！一万元出手，眼睛都不眨一下。

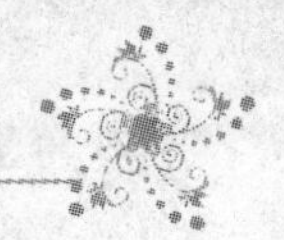

我妈后来抱着我，倒是舍不得说我。我闻着我妈身上的味道，母亲的味道，世间都是相同的吧：有些世俗、沉重、甜蜜，始终深沉。不知为什么，又想起没妈的沈芳，深深地叹了口气。

第二天我爸还阴阳怪气地教训我：孔子曰，富与贵，人之所欲也，不以其道得之，不处也。

我明白他的意思，不就是怀疑沈芳骗我吗。在商人眼里，这世界上没好人。气得我早饭没吃，就上学了。

五月，阳光灿烂。我早上来的时候就发现沈芳不见了，她的书包还在座位上。等了两节课，还是不见她，我无心上课，在校园各个角落里找沈芳。但始终没有找到。

我又去校外，沿着校墙找。终于，在学校后面的小庙台阶上找到了沈芳，她低着头抱着自己单薄的肩，眼泪一颗接一颗砸进土里。我蹲下来，仰脸看着她泪流满面，我的眼泪马上也涌了出来。我也不知道为什么，本来高兴的事数都数不过来，可是一见着她，就很难过。

奶奶，没了……沈芳从无声流泪变为大哭。

心又疼了。我陪她哭了一会，仍不知道怎样制止她的悲伤。突然，我不能控制地捧起她的脸，吻了她的泪水。

仅仅一下，她没有看我，甚至最爱皱眉的她都没有皱眉，但我觉得，我好像疯了。

等她哭够了，我决定带她回我家住两天。总不能让她一人回到那空洞洞的老房子里。而她那么脆弱又那么柔顺地跟着我。

我不同意沈芳睡客房，她需要安慰，我妈倒是很理解。连着好几天，沈芳都是抱着我的一只手臂睡觉，我喜欢她散淡的发丝拂过我的脸颊。我一直睡得很轻，我怕她半夜醒来，一个人哭。

六

快乐一分钟和悲伤一分钟，单位时间是一样的，但你会感觉，快乐很短暂。

转眼高三了。

高三最重要的一场战役，就是争夺保送名额。也就是说幸运争得到保送名额的人，不用亲临残酷的高考了，而且，整整一年时间，你可以作壁上观，俯瞰大家抱着柴火在火坑里火烧火燎，那景象太虐了。

我可没指望什么保送，我的摸底成绩顶多中等，够不着保送的边儿。我爸妈们可不这么想。我爸的确老谋深算，不就是综合排名吗，社会活动可以捏造，发表文章我爸好几个在报社杂志社当老总的同学可以同步解决。加分，加分，不停地加分。直到我的排名不可思异地飙升至全校第六。

大红榜贴出来的时候，我简直乐得手舞足蹈。我被保送到全国排名第二的师大了，而且就在本市。我听到议论纷纷，排第一的男生非清华不念，主动退出了。但不知什么原因，沈芳也退出了。她不是一直想去师大吗，因为学费是全国最低的。

想着，沈芳这些日子对我的冷淡。心中的狂喜已被某种害怕冲刷得无影无踪。

晚上回家，我妈准备了一桌子的硬菜。我其实也准备了一天的台词。

吃饭间，我故意轻描淡写地问，妈，那个钱我想向沈芳要回来。

我妈变脸道，那钱，你可不能要！沈芳那孩子太懂事了，我本来是去求她的，哪怕她开个价也行，可是，一提让的事，她想都没想就答应了……

我就知道一切都是她们设计的，她们也一定深深伤害了沈芳，她们根本不知道像沈芳那么傲气的孩子内心是多么地脆弱易伤。

妈，你们太过分了，你们有什么权利剥夺她保送的资格，你们有什么权利改变她的人生？你们就知道护着自己的孩子，欺负一个没父母的孩子，你们太自私了！

我跑出家，打车去找沈芳。

敲开了门，我带着哭腔说，对不起。

沈芳平淡地牵了牵我衣领的褶皱，说，是我心甘情愿的。反正要分开了，也让我为你做一件事。

为什么要分开呢？她答应过我，我们会在一座城市里念大学，找工作，然后结婚什么的。

后来，我挺难过。我们就坐在她家地上，沉默着看天上的星星。

沈芳问我，你知道星星死了会怎么样吗？

它不会消失，它坍缩变成一个黑洞，巨大的能量吸收堆，它不单单会自我瓦解，它还会夺走周围一切的光芒。

听了这些，我更难过了。

沈芳说，告诉阿姨，那一万元，我会还给她的，虽然不知道是什么时候，但是我会的。我的眼泪终于流出来了。

七

我还是正点上学正点放学，感同身受着高考的重压和忙碌。因为我得守着火炕里的沈芳。

对于沈芳，我太想像校园里那么多对好朋友那样处之，互相投点零食，窃窃个小语，搂搂抱抱个腻歪，争夺个手链、男生什么的。但似乎记忆中的沈芳，对我就只有若即若离。

沈芳最近总是和一个叫大帅的男生在一起。吃饭，晚自习前散步，有时候等着放学，两个方向，不知道怎么一起回家？两人长得挺像，夫妻相，都那么白，那么瘦，那么冷漠，就像暮光之城里那对纠结的吸血鬼。

我以前看王朔小说觉得，青春期里遇到的人，越是掀你的裙子，越是骑着自行车撞你，其实越是在乎你。那是不是，沈芳越是折腾我，越是在乎我？但现在我知道了，她不是在乎我，她是不重视我。

我连着一个礼拜没上学，可是，她一个电话也没给我打。想她，就只有想她，考车票，打游戏，逛街淘宝，什么也打不起精神来。

我只好又去学校里蹲火炕。她依然和那个大帅有说有笑，对我依然不好。有一天我忽然很伤心，就去学校后面那座小庙前静坐，饭也不吃，水也不喝。就看阳光在红墙上飘移，一会中午过去了，一会下午也过去了。沈芳终于来找我了。

她说，你怎么了？

我掏出口袋里的情书，说，你看我也不是没有追求者，你看这些信啊……但这些人都比不上你。

沈芳说，那你想让我怎么对你？

我说，我也想让他们比不上我。

沈芳说，好。

沈芳竟然拉着我去找大帅，对他说，我以后再也不会理你了，不因为什么，就这样吧。

虽然有点小卑鄙，但是，那一天我非常高兴，非常非常高兴。那一天是我 19 岁生日。

高考过后，沈芳没有考上全奖学金的香港中文大学，于是，她按第二志愿去了云南。

她永远是这样，我不会怪她。她说，只有分离，才能开始新生活。她的生活就是一个悲伤的版本，但她希望，我还有其他版本，在那儿，我过得顺心如意。她喜欢这个想法，真不错——在某个地方，我仍在欢乐年华。

我不在乎，她丢给我的这个纠结的版本。我一直在想当秋天过完我去云南看到她的版本，我想我要说的第一句话，就是：别让我走。

爱丽丝的爱，在哪里

■ 璎珞之谜

知道花与爱丽丝吗？爱丽丝对宫本说了两句中文，我爱你，再见。

沈嘉柯第一次见到夏凡是在明媚的春天里，那时校园的几棵樱花树开得很茂盛，在春风的吹拂下许多花瓣纷纷飘落，落到地上又转一个圈飘向了远方。午后的阳光很是温暖，将教室里照耀的很明亮，雪白的墙壁上印着淡淡的粉。因为是自习时间同学们都百无聊赖地做着自己的事，有的甚至在睡觉，沈嘉柯望着窗外一棵樟树上的鸟窝发呆，鸟窝里有只小鸟，鸟妈妈在喂小鸟吃虫子，鸟爸爸在不远处守护着它们，沈嘉柯看着它们心底有一丝悲伤偷偷地冒了出来。

夏凡就是在这个时候跟着班主任走进教室的。刚才还懒散的同学们都纷纷看向了讲台，沈嘉柯一时没有注意到走进来的老师，还继续看着窗外，直到教室里响起了响声她才转过头，她一眼就看到了讲台上那个干净的少年，他就像踏着阳光而来，白皙的皮肤，细碎的刘海，棱角分明的脸颊被倾泻的阳光镀上一层金边，给沈嘉柯的感觉是那么的温暖，心底有些许似曾相识的感觉。

少年自我介绍："大家好，我叫夏凡，夏天的夏，神仙下凡的凡。"沈嘉柯愣了，飘舞的樱花像倒退的时光，一点一点的记忆涌来。沈嘉柯记得最后一次见到自己的父亲也是在春天自己家的樱花树下，阳光透过满树的樱花洒下来，树下斑斑驳驳，随着风那些斑驳在舞动，她就在树下和父亲玩耍着，父亲突然从身后变出了一个洋娃娃递给她，她咧着嘴笑得特别开心："爸爸，你真厉害，你是怎么变出来的呢？"父亲抱起她温和地说："爸爸是神仙下凡啊，只要阿囡有什么愿望，爸爸就会帮阿囡实现的哦。"那时沈嘉柯是多么天真，以为自己的父亲真的是神仙下凡，因为父亲对她来说总是无所不能，可是父亲走了再也没有回来。第二年樱花树依然开的茂盛，只是树下的人已不在，沈嘉柯站在树下面对蓝天小声说："爸爸你是神仙下凡，阿囡希望爸爸回来啊。"想到这里沈嘉柯微微湿了眼眶，心一下痛起来，慢慢的轻轻地流到骨髓里，低下头抹掉眼角的泪，然后跟着同学们鼓起了掌。

她的举动夏凡是看到了的，夏凡觉得沈嘉柯很特别，忍不住想去温暖她。沈嘉柯是不爱说话的，总是喜欢自己发呆，尤其是喜欢看着天空，一个人安安静静地在自己的世界里，她一直孤零零的，在班里没有朋友，不像夏凡才来没多久就有不少朋友，每次下课沈嘉柯大多看着窗外发呆，而夏凡身边总围着一群人，当然大多是女生，青春期的少女那点小心思，总是希望和喜欢的人亲近的。偶尔沈嘉柯瞄向夏凡的位置，看见他和一群女生在说话，脸上还露出了温柔的笑容，她竟然觉得有些落寞，说不上什么感觉，像一根刺一下一下在心上剐蹭着。有时候沈嘉柯看向夏凡那边，又正好对上夏凡的眼睛，她心里就会突然慌张的要命，像好多鼓槌在心里同时敲打着，令她措手不及，她是听得那么清晰，红着脸赶紧低下头像个做错了事的孩子在等待大人的发落，沈嘉柯以为自己肯定喝酒了，不然脸为何如此之烫呢？

那天周五放学是沈嘉柯和其他两个男生值日，哪个晓得那两个男生老早跑走了，只有沈嘉柯在打扫教室，她习惯了，反正从小那些男生都欺负她。偌大的教室沈嘉柯一个人打扫起来有些吃力，不一会儿热得满头大汗，脸颊也因此微微泛红，扫着扫着两只辫子也散了一只，散开的头发挡住了扫地的视线，此时的她看起来有些狼狈。妈妈还在家等着她回去煎药，爸爸也不会回来保护她了，同学们老是欺负她，而且她又没有朋友可以倾诉，想着想着沈嘉柯的眼泪大朵大朵往下掉，于是她坐在自己的座位上哭了起来，哭着哭着也许是累了就这么睡着了。夏凡回来拿落下的作业本，看到了沈嘉柯的这副模样，一只辫子散着，另一只也耷拉着，脸颊通红还挂着泪痕，口里轻轻地叫着爸爸。夏凡忽然觉得此时的沈嘉柯挺可爱的，很让人想伸手去抚平她的伤痛。

夏凡轻轻地替沈嘉柯做完了值日，然后把自己的外套给她披上，便悄悄离开了。沈嘉柯在夏凡给她披外套时就醒了，只是她没有勇气睁开眼睛独自面对他，从小到大没有朋友的她不知如何去表达自己的情感，沈嘉柯觉得自己挺没用的，不过看着他的外套心里真的好温暖，连外套也有阳光的味道呢。

沈嘉柯本来想把外套还给夏凡的，可是她自己竟不知道该如何开口，课间也找不到机会，她怕因为自己招惹别的同学会说他闲话。夏凡成绩好，人长得帅，他是那么优秀，而自己真的很平凡，她的自卑像棵杂草怎么都拔不掉，就这样想感谢的话和那件外套一直默默的放在角落里。有一天夜晚沈嘉柯突然想既然说不出口不如写下来好了，于是大半夜提笔写信去了，可是想啊想，也不知道该怎么写才算好，写了撕撕了写，沈嘉柯怀疑自己的语文水

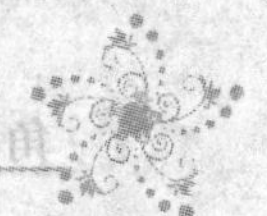

平退步到一年级了，最后就只是在一张纸上写着谢谢你三个字，她想这就够了吧，自己真心感谢就够了。

沈嘉柯起个早把那封信塞到了夏凡的抽屉里，糟糕的是她忘了把外套带出来了，然后她每天紧张地等待着什么，其实也没什么好等待的，但是沈嘉柯就是紧张。夏凡是看到了那封信，他没有打开，他每天都会收到一些女孩子的信，他都没有打开过，而是交给了自己的妈妈，他是懂事的，知道现在不是能承担什么的年纪，只是沈嘉柯给他的信他唯独自己保留着，虽然也没有打开它。但是沈嘉柯的那封信夏凡也迷茫了起来，他怕面对一些为难的问题，这让夏凡很懊恼，对于都是学生的他们来说都是不好的影响，所以说单纯的心复杂了就不是小孩子了。

很多天过去，沈嘉柯发现夏凡也没什么不一样，在心底松了口气的同时也有失落，她是愿意当面对他说句谢谢的，就是想和夏凡说说话，只是纯粹地这样想着。

学校组织春游，就在本市的某个景点，那座山很有名，这让沈嘉柯很开心，她很少有机会去那里玩，她的母亲身体不好，就算有机会习惯孤单的她也宁可安静地待着。沈嘉柯记得隔壁奶奶说过，那座山上有种草药对她母亲的病有帮助，所以去春游的同时也可以去采一些草药。

春游那天早晨的天气很好，校园里很多花儿生机勃勃在迎接着朝霞。沈嘉柯看见夏凡朝她的方向走来，她立刻低下头跑走了，一口气跑到远处的樱花树下，扶着树干大口大口地喘气，不争气的红了眼。

山有些高，同学们排成一条龙慢慢向上爬，前方的老师在引导着队伍，中间的老师在疏导队伍，沈嘉柯看看后面的老师寻找机会去采草药。到达山顶后好多同学都累趴下了，老师要求大家就在附近休息就餐，大家拿出自备好的食物三五成群地吃开了。沈嘉柯独自去了远处的树下喝着矿泉水吃着包子，没人过去搭理她，山上的风景很好，到处都是盛开的花草，小鸟儿在林间言语着，蝴蝶和花朵亲吻着，虽已近午时山上还有薄薄的雾气笼罩着。不经意间她看到夏凡和那些女生在说笑，她们都在把自己好吃的食物塞给他，再看看自己沈嘉柯觉得内心有什么堵在那里，快要窒息，她以为自己患上了感冒，有点无力，有点迷蒙，还有点伤心。

她还是找到了机会，母亲是唯一给她温暖的人，为了母亲她什么都愿意。

草药长在山的背面，这是喜阴的植物。山的背面比较陡峭，所以没有什么人，虽然害怕，但只要母亲能好起来就什么都不怕了，沈嘉柯好不容易采

到草药，谁知回来的时候不小心滑了一跤，结果衣服上都是泥巴，尖锐的痛从脚上传来，沈嘉柯疼得龇牙，偏偏这个时候下起了雨，早上明明还是个好天气，忍着痛沈嘉柯慢慢找到下山的路，雨越下越大沈嘉柯用外套包好草药，自己却已淋得湿透，一瘸一拐艰难地走着，下山比上山还要辛苦，而且沈嘉柯还扭伤了脚，想想母亲沈嘉柯忍耐着，她必须要坚强才行。

老师和同学们早已回到车上，点数时才发现沈嘉柯不见了，夏凡听到班长说沈嘉柯不见了，一瞬间大脑一片空白，立刻站起来下车冲到了雨中。“沈嘉柯，对不起，你不能有事啊”他在心里这样喊着，焦急地朝着山上跑去，大雨将他淋得湿透，雨水顺着刘海一滴一滴往下掉模糊了他的视线，周围因为大雨更加朦朦胧胧，台阶因为雨水的冲刷很容易打滑，可是他顾不了那么多了，爬了好久也不见沈嘉柯的身影：“沈嘉柯你在哪里？”夏凡着急地吼道。然后沈嘉柯就真的“华丽丽地出现了”。

夏凡看着沈嘉柯那个模样没由来的心痛，自己受伤了，还淋雨了，却像宝贝一样护着那些草药，他什么都没说走到沈嘉柯身边轻轻背起她下山去，沈嘉柯就这么顺从地跟着他，在他的背上分明有一股暖流从眼睛里跑了出来，雨水泪水都落在了夏凡的背上。回家后第二天沈嘉柯发高烧没有去学校，夏凡时不时看看沈嘉柯的座位，空空的座位也让自己心里某个角落空落落的。一连几天都没有看到沈嘉柯，夏凡开始急躁起来，这是从前所没有的，每天习惯性的看着沈嘉柯的座位，每次都失望，他一定会等她回来的，同学们都说沈嘉柯因为发烧请假才没有来学校，可是这也太久了。

夏凡永远也不会知道这么多天沈嘉柯一直在偷偷地跟着他，每天上学放学远远地看着他的背影，沈嘉柯想在这个城市最后的日子里，好好地记住唯一给她温暖的夏凡，有时候她会想夏凡也是神仙下凡，来温暖她的内心的吧。不管时间长短，她觉得满足，就算是看着背影也很幸福、很满足。

正好春季运动会就要举行了，更没人会在意沈嘉柯的事。只是夏凡从心底觉得寂寞起来，每每的失落让他很不安，他想见沈嘉柯，他看着那些樱花就要飘零干净忽然有种预感，树下的人已不再回来，是自己亲手弄丢了很重要的东西。夏凡决定打开那封信，当他看到那三个秀丽的字时，心狠狠地被绞了几下，原来沈嘉柯只是真心的感谢着自己，而自己却想了那么多，辜负了这份真心，他怎么可以这样，他恨自己，后悔逃避着什么，夏凡想起第一次见到沈嘉柯她眼底的那抹悲伤，夏凡觉得有把刀在割戳着自己的心，可是他怎么也找不到沈嘉柯，毫不起眼的她没人关心她在哪里。

运动会那天，教室里的人都在操场参加比赛或者当啦啦队，只有夏凡趴

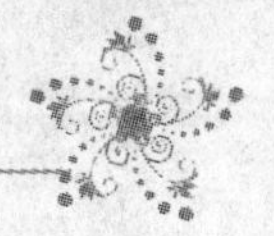

在桌子上睡觉，刘海遮住了半边脸，长长的睫毛微微颤动，实在是个好看的孩子呵。沈嘉柯悄悄地溜进了教室，她拿走了自己抽屉里的东西，又悄悄走到夏凡身边，把那件外套轻轻盖在了他身上，她就那么看着他，春日下午的阳光从窗子里投射进来，暖暖的弥漫着，四周静悄悄，只有远处比赛的吹哨声，窗外绿意快然，清风吹动着窗外的樟树，发出沙沙的响声，一片樱花花瓣被清风吹进了屋子落在了夏凡柔柔的黑发上，时光仿佛在这一刻停止着，那么美好。沈嘉柯不忍破坏这份恬静，她是个知足的孩子，想着便低头轻轻地在夏凡的额头上隔着花瓣落下一吻，然后轻轻的呢喃了一句：谢谢你。然后一秒没有犹豫地离开了教室。

夏凡也永远不知道春游那天去找沈嘉柯的班主任看到了冲出去的夏凡背着沈嘉柯，等沈嘉柯高烧痊愈后，班主任找到了沈嘉柯谈话，大体的意思是夏凡成绩优秀，不要影响夏凡的学业……刚好因为母亲需要治病要离开这个城市了。

是的，他永远也不会知道这些了。

丢失了的不再回来。

也许这就是最好的结局。

我爱你，再见。

萤火虫的光始终太短暂

■ 莫墨默

一

你说，如果付出和收获可以成正比的话，我是不是应该很幸福。

亲爱的S，你知道吗？每当我想到你的这句话时，我有多么为你悲伤多么为你心疼。可是这些，我也许无法再对你说出口了。我们都太过倔强太过逞强。

如果上天的缘分能再一次幸运的降临到我们身边的话。

在我这里，你会幸福。我一定会将它一字不漏地说给你听。

可惜，如果这个词始终太渺茫，就像萤火虫再美丽也始终亮不久。

我们始终都追不上时光匆匆的脚步，我们荒废了一座又一座的满城悲喜。当一切破碎，当尘埃落定时，我们就开始后悔了……

二

我初见你时，我还是因为我妈是我们的班主任而骄傲的女孩儿。而你，则是一个因为右手残疾而心生自卑的女孩。我们的相遇很简单，只是因为我需要帮忙而已。是啊，你一直很卑微地讨好着每一个人，因为你自卑。

那天，天下雨，可是我没带伞。你借了我一把蓝色格子的伞，一把并不漂亮的伞，虽然那是一把长年累月被雨水冲刷的伞伞面已经显得又老又旧，可我还是心生感激。我问，你怎么回去。你说，没事，这雨下不了多久的，雨停了我再走。说罢还冲我笑笑。多年后回忆起来，那个笑容从来都是那样温暖。

那天的雨并没有像你所说的不会下很久，相反地，雨一直淅淅沥沥地下，不大不小的一直下了很长时间。我趴在窗台上，望着那把暗淡无光的老伞，我有些为你担心，我知道，你家并不近。

第二天我把伞还给你的时候，你一边打着喷嚏一边应着我说不用谢。我

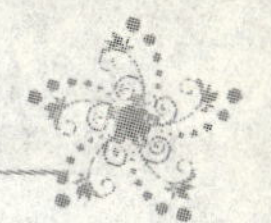

是很善良很容易被感动的人，但我同样是倔强又好强的女生。

嘿，我们做朋友吧。我像往常一样的大大咧咧。

你像孩童般的高兴得手舞足蹈，一连回答了我三个“好”。

那时的我有很多朋友，可大多数都是在你面前说你好在背后说你坏的人。可是你不一样，你可以和我一起去食堂吃饭，可以帮我在图书馆占坐，可以一起一圈圈地、毫不厌烦地陪我逛操场，也可以在别人说我坏话时力挺我……

我们，形影不离。就算彼此互相沉默无言，也可以一起度过一整个下午。

我们第一次吵架的时候，我负气地跑掉。留下你在原地不知所措。我那时是极其任性且骄横的，而你不一样，你是宽容且隐忍的。那次我们只是因为我感冒想吃雪糕而你不准就吵起来的。现在想想，要宽容那样一个蛮不讲理的我，是很不容易的吧。

没有意外，你来找我道歉，我哭着摇头说，是我……是我不好……对不起。

后来，我们总是坐在一起，吃着草莓味的廉价冰激凌望着天空发呆。

有时候，我转过头来看到你的侧脸，美好天真得一塌糊涂。

静静的画面，静静的我们，静静的幻想，如果时间能凝固在这一刻，我会有多么感激。

三

当我的大姨妈在毫无征兆的来临时，我看着学校的小超市却怎么也不敢进去。你看出了我的窘迫，便走过来问我怎么了。我吞吞吐吐地说，我……我要买东西……可是……我，你问，你要买什么？我帮你。我忸怩了好久，才缓缓地吐出三个字，卫生棉。你没有说什么便直接走向小超市，然后在一堆坏男生的哄笑声和不怀好意的目光中走出来。

下课后你给我冲了一杯红糖水放在我桌子上，你还说，不要吃冰的听见没。我乖乖的“哦”了一声，你看，此时的我多像是你的女儿一样。

但是，不知道为什么，有一天你突然变了。而那天晚上，我妈跟我说了很多我不爱听的话。你知道吗，她在说你，她说，你再别和她玩，且不说她的成绩，她是有病的难道你不觉得吗？她总是笑，被老师骂也笑，罚站也笑。她和你是不一样的人……

我很难过我妈妈说这种话，可让我更难过的是你开始慢慢地疏远我。我不止一次的把你堵在楼梯口问你为什么，可是你什么也不说，最后被逼急了，你说，我真的受够你的任性了，行了吗？后来我无法再拦你，因为你已经有了更多的朋友。可是，我曾很多次都听到过他们在背后说你傻，说你不好。我告诉你，你却满不在乎。

你说，我们还是朋友。

可是我还是不解，为什么一个人能说变就变呢？你依旧喜欢穿红色的衣服，依旧是短头发的爱笑女生，但我们怎么越离越远。

我知道我是个粗心的女生，我记不清你的生日，记不清你的电话号码，记不清你的 QQ 号。我也知道我因为忽略了你的感受而就快要失去你。可是，我还是不会细心的记你喜欢的东西。

我们越来越爱吵架，友谊的裂痕越来越大。像易碎的水晶球一样，摔多了之后，碎了之后，再怎么拼凑，那些残留的疤痕却始终都在。

你的好朋友说我对她眼光不善，你便来质问责骂我，的确，我承认，她是把你当好朋友看待。可是，这也不能作为理由来扭曲事实。那一次，我是真的感到很委屈，你始终是相信了她而不是我。

那一年，我说了那么多对不起，可是为什么我连一个没关系都没得到？

四

你说，你可真虚伪，我真不觉得他有什么好的，不就是混得可以，然后家里再有点钱么。

是，我承认，我以为自己只是虚伪而已。可是我错了，当他和我分手的那天，我是真的很难过，哭了很久很久。第二天去上学还要装得无所谓的样子，然后云淡风轻地对别人说，有什么可难过的，我又不喜欢他。

在那个学校我不算很漂亮，但是因为爱疯爱闹爱笑，也有人追过我，曾经有一个男生追了我两年。是我善良，不忍心拒绝他，但也没有答应他，就一直一起疯啊闹。我和所有男生关系都还可以，每一个跟我告白的人，我不答应也不拒绝。其实我自己知道，我很爱自己，很想获得很多宠爱，所以和每一个男生保持好的关系，希望被肯定、被喜欢。

你再这么和他们纠缠下去，最后只会伤了别人，也伤了自己。

你给我传的纸条从那天起就变得直接起来。

毕业之后就一切拜拜，又有什么。

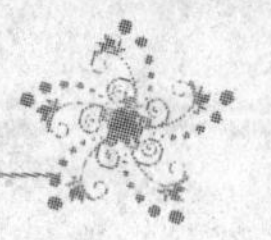

伤害别人的感情来满足你自己，你怎么能这么自私。

呵，我自私，那你当初一夜之间就变了的时候，你有没有想过我会多难过。

没有纸条再飞过来。

你说得没错，最后，我伤害了别人，也伤害了自己。

五

我们的关系始终不咸不淡的，平静得像没有起风的湖面。或者，偶尔我们会吵架。我爱笑，却也爱哭，可是啊，我越长大就越不敢在人前哭，不想自己的懦弱暴露在别人眼前。只是一味地笑，作假地傻笑。

萤火虫应该很漂亮吧，好想看啊。我装做轻松的胡扯了一句，用来打破我们的沉默，你看，多可笑，我们最终从无话不说沦为无话可说。

后来的某天早晨，我看见家门口有一瓶死掉的虫子。我是明显受到惊吓的，一边走一边骂是谁这么恶毒。

跟你们说，我今天超倒霉，一出家门就看到了一个玻璃瓶里全部都是死掉的虫子。真恶心。我很愤慨地向每一个人说着，却没有注意到坐在后面的你有多么失落。

后来，我听和你唯一联系的好朋友说，那一瓶死掉的虫子是你给我捉的萤火虫，夜里送去我家的，怕我妈在家，于是你等了一会儿就放下走了。当然，这些是在我们完完全全失去联系之后我才知道的。

我遇到那瓶虫子的后一天，便是我的生日。

我只是想听你说一句生日快乐而已，那么难吗？我在一天快结束的时候，还是拦住了你。

你会记得跟我说吗？呵，你突然很暴躁的冲我吼，其实你从来没有真正想跟我做朋友对不对，其实你从头至尾都在利用我对不对，你自私的只想让我为你做事情而已。

你明明都知道不是，为什么还要那么说。可是，那天我只是自嘲的哼一声，原来你是这样想我的。然后我的骄傲便拉着我大步离开。

独自一个人哭了好久。

我们没有说再见，便形同陌路。仿佛我们从未有过交集。

六

毕业。欣喜且悲伤。

当我决定放下一切开启我新的生活的时候，我将你拉进黑名单。我没来得及看你给我的最后一条留言。

你写，其实我很烂，不值得你记住。

后来，我再也找不到你，只是知道曾经我妈跟你谈过话，知道我粗心的记不住你的联系方式……

或许。我们的友谊，始终像那闪亮而不能长久的萤火虫。错过了短暂的惊艳，最终剩下的只是遍地残骸。

那年，我说了一句真恶心。

安妮宝贝曾说，因为激情曾经这样地丰盛和剧烈过。所以，黑暗里面才会有这样如花般盛开的幻觉和回忆。

我是一直将你当作我三年里黑暗中的光亮。或许我的世界从来都是明亮的，只是少了你之后，它一直暗无天光了好久。

但是亲爱的，我们的回忆始终是那样繁茂的盛开过。

那么多过去。

美好，如初。

谁的温柔喂过狗

■ 花崖

1. 狗尾巴花和燕小六的弟弟

“喂，不要走那么快。”“喂，不要总跟在我后面。”“喂，不要让人看出我们认识。”这是去新高中报到的第一天，我连续向燕小七下达的三条自相矛盾的指令。然后燕小七无奈地停下脚步，“王小花，你到底要我怎么样！”我一根指头对准他，又加了一句，“不准叫我王小花。”

我们是发小。发小是什么，就是从流鼻涕穿着开裆裤时期就认识，然后不停重复着吵嘴、打架、黏黏糊糊和好的一系列步骤，彼此知根知底又互相嫌弃，早已相看两厌的人。

所以，他说我是一根狗尾巴花，所以叫王小花，我说他是武林外传里燕小六的弟弟，所以叫燕小七。

之前，我和燕小七郑重商定，将过去的十五年中彼此的身影从记忆里一笔勾销，我们都被对方烦得够呛，要一身轻松地去迎接崭新生活。燕小七开始不答应，于是我的面部肌肉果断活泛起来，锁眉，皱鼻，撇嘴，另外再斜着眼看他。

我知道燕小七是纸老虎，我一生气，他立刻就低眉顺眼。

2. 那一场猴戏无与伦比

开学不久，燕小七居然通过竞选当上了我们班的班长，因为太熟，我在底下目光炯炯地研究着在讲台上做就职演讲的他，很纳闷地前后左右问了一圈人，最后得出结论：这小子，有一副颇具欺骗性的憨厚面相，大家纷纷觉得他有责任感，值得被信任。

我觉得身为班级一员，有义务揭开班长的真面目。我拿书挡着脸，撕下一张作业纸，揪一角，搓成小纸团，指头一弹，小纸团飞到燕小七的鼻子上，一个、两个、三个，这家伙依旧表面和颜悦色，可是眼睛却瞪着我，放出恶狠狠的光。

于是，我把整张作业纸团成个大纸团，里面包上瓜子皮、花生壳，作势要扔。燕小七眼睁睁看我做这一切，大惊，慌忙用胳膊挡住脸，猴子一样灵巧地跳到一边，教室在一阵冷寂之后爆发出哄笑。看清我得意扬扬举着纸团的手，燕小七终于不再温文尔雅，而是扯开了大嗓门吼："王小花，你能不能不要这么幼稚！"

我在台下对口型，不能！嗯，确定了，刚才一板一眼的全是假象，这个忍不住站在讲台上怒斥我的，才是那个我认识的燕小七嘛。

此后燕小七的江湖地位颇有些尴尬，当他想严肃地动员大家做某件事的时候，大家会条件反射地想起他那天的猴子模样，就都咳嗽着说班长先给我们唱首"你挑着担我牵着马"听听。可当他调整情绪决定轻快地传达学校指示的时候，大家又觉得他像是在骗人。唉，都怪我。

3. 树洞、回收站和垃圾桶

也许真是长大了，燕小七前所未有地端正稳重起来。和凡事成为大众楷模的燕小七比较，他那优良的基因一度让我觉得老天对我不那么负责任。我们曾经平起平坐，一样学，一样淘，可他像一台运转良好的机器，我却渐渐锈掉了。

我看着他笑容谦和，和男生们打球，教女生们数学题，被各科老师交口称赞。而我除却第一天因为扰乱他的就职演讲作为负面典型被大家稍稍关注了一阵，其他的时候基本默默无闻。我有点生气，不理燕小七，觉得我们不再是一路人，从此可以不必有那么多的交集。

燕小七也感觉到了我的别扭，他有点无可奈何，默默做了一个决定。

有一段时间班里不时传出令人发指的臭气，大家忍无可忍了才发现，是燕小七偷偷买了著名的华记臭豆腐藏在课桌里，经过一个上午的空气流通，中午吃饭时候正好拿给我吃。

大家被臭气洗礼了太久，怨气一触即发，把燕小七围在中间好一顿暴揍。

燕小七捂着头用哀怨的目光望着我时，我总会扑哧一声笑出来，因为他

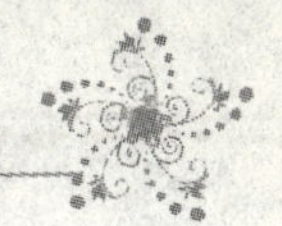

那张苦瓜脸实在有种莫名的喜感，能让我的心情瞬间阴转晴。

没错，即使他再优秀，再被越来越多的人喜欢。他还是以前的那个燕小七，他的倒霉相依然最能使我高兴，他是我的树洞，我的情绪垃圾桶，我的坏脾气回收站，从未改变。

4. 逛或不逛，海底城就在那里

燕小七和我很铁的消息终于大白天下。大家有事需要班长帮忙碍于各种原因不便直说的时候都会先辗转找到我，就好像我是燕小七的经纪人一样，成功率往往高一些。

有人说小花啊，学习太枯燥了，让班长组织春游吧。我说好啊好啊。于是伏牛山之旅顺利成行。

有人说小花啊，最近老师比赛似的留作业，班长应该考虑一下劳苦大众的感受嘛。我说好啊好啊。于是合理减负的建议得到批准。

有人说小花啊，那个同学仗着自己个大，老是欺负我，你看班长能管下不。我说好啊好啊。于是有人再也不敢恃强凌弱。

有人说小花啊，班长蛮帅的嘛，帮我把这封信交给他吧。我惯性说着好啊好啊，仿佛回答地慢一秒就像心里有鬼一样。

给燕小七递情书的妮雅很好看，搭配上娇怯的模样，我还真不好意思拒绝。燕小七征求我的意见，该怎么处理这件事。我说："人家又不是老虎，周末约个会而已，你去或不去，必胜客就在那里，你逛或不逛，海底城也在那里。"我很为自己的造句得意了一下，看燕小七没反应，瞪他，燕小七干笑了两声，表示赞许。

我给妮雅回复说："信已送到，燕小七没说话，他脸皮薄，就当他默许了吧。"

5. 恶作剧以及被孤立的时光

妮雅哭得梨花带雨找到我，我才确信燕小七没有去，当然他不会去。

可燕小七生气了，他的样子很吓人，他说："王小花，你从来不会顾及别人的感受，你自作主张，唯恐天下不乱的性子，没人能受得了。"我不以为然，"随便。"

妮雅有她的朋友圈子，我渐渐被孤立。我的课本被发现在垃圾堆里，我的水杯被灌上土，我走过妮雅身边，她们一群人立刻打眼色，一片静默。

我只有燕小七了，他安慰我说："你平时欺负我那凶巴巴的样子跑哪去了，怎么一遇到事情，就光知道哭呢。现在，也只有一个解决办法了。"

燕小七带我向妮雅道歉，我惊讶地看着他，不相信他会要我低头。妮雅扑扇着大眼睛，等待我开口，我转身想跑，胳膊却被燕小七一把拉住，他压低声音说："本来就是你做错了，只要赔个不是就好。"

我出奇地愤怒了，胳膊用力一抬，手掌直直扫过在燕小七的下巴、鼻子、面颊，发出一声清脆的响。大家都呆住了，我却还不解气，用力一推燕小七，他后退倒在妮雅的身上，远远地班主任跑过来，大吼："你们在干什么？"

我和燕小七留在办公室写检查，我偷看燕小七红肿的脸，讨好地问他："我渴了，你呢？我溜出去买水吧？你的脸也需要敷一敷，要不回家阿姨该骂我了，哈哈。"燕小七头也没抬，说："你知不知道你真的很烦啊？"我一抖，因为清楚分辨出那从眉梢眼角字里行间流露出的反感厌恶，再也不是熟悉的为逗我笑的伪装。

6. 最后的温柔

本以为是小到不能再小的小事，我们却终于变成了路人。

年少时，总会很霸道地欺负一个人，这种感觉很微妙，有种一个愿打一个愿挨的理所当然，而被欺负的那个仿佛活该如此，并且要表现出甘之如饴的大方，方显得亲密无间。

可是，终于有一天，情况有了变化，他不再忍受，学会了不回应，漠不关心，甚至无声反抗，以表示对我的不再迁就。

但是，我已经习惯了他的温柔、他的好脾气、他的有求必应，这习惯像个云梯，把我架在高空一时半会儿下不来。

于是，我端着架子等着他把我从云梯上解救下来，他等着我哪怕破天荒地向他道一次歉，但等待的时间超过预期，我们开始了漫长的冷战，直到毕业。

我腆着脸请燕小七签名留念，燕小七在我的高中毕业纪念册上留下来潦草一行字，"谁的温柔喂过狗"，算作对我无尽的谴责。我唯有苦笑，这个倔

强的一根筋少年，他之前对我有多好，之后就有多讨厌我。

事情为什么变成了这样，我是在上了大学之后才猛然醒悟，也许，那些自卑自怜的哀愁，弄巧成拙的作弄，莫名其妙的自尊，都只有一个伤感解释，就是我在他喜欢我之前喜欢上他，而无论他或者我，都并不知道。

就这样吧，青春里，用最错的态度表达最对的感情，是谁都会有的一段过往。不再与他共同进退，如他所愿离远一些，是那时的我能给予他的最后的温柔。

花焉彼岸

这是我最动听的话语

■ 夏桐

一

瑰丽的光线覆盖窗边的桌面。书本在吱呀转动的风扇吹动下，偶尔慵懒地翻阅几页。

苍白的纸张拥有鲜红的数字以及疏散的黑色笔迹和四分之一的空白。

张继伟修长的手指握着笔，笔头不断地点着卷面。镜片后面是无法抑制的失望。由于消瘦，喉结显得格外突出。他几次欲言又止。少女低着头站在一旁。手摆放在两侧，却因为紧张，不断揉搓着校服的衣角。

少女浓密的头发垂落着。紧紧依偎着脸颊。

似乎酝酿了很久的言语。

“苏离，你就不能用点心吗？你看你的数学成绩，倒数！你就一点都不着急吗？我很希望你的数学成绩可以和你的文科一样优秀。可是你总是让我失望。你这样子，怎么去应付升学考试？”

音调不断提高，情绪越发激动。只是对方，没有任何的回应。空气中的静默开始积压，对流速度陆续减缓，这是打不破的僵持。

门被打开。逆光中的少年，声音脆朗。“张老师，我来拿试卷。”张继伟叹口气，把试卷递过去。似乎有些疲倦，对苏离说，“你先回去吧。自己好好想想。”

像雕塑一般没有移动。安静得如同气体一般，却无法无视。

“陈恩，你能帮苏离辅导数学吗。你们毕竟是同桌，况且你又是课代表。”张继伟的声音很柔和，带着中年男子的干练。苏离微微抬头，略微惊异，却没有注视的勇气，只是不自然地，拉紧了衣角。

少年很爽朗地答应。余光看见桌面上的试卷，54 分。苏离的名字被写得很小。

陈恩有着俊朗的面容。微笑如夏季的栀子，干净而素雅。拥有着令人羡慕的理科成绩。下课的时候，女孩子们会拿着形形色色的练习册，羞涩地问他题目。脸上有着绯红。他从来不拒绝。除此之外，与她们没有任何多余的话题。

同桌两年，苏离和陈恩的对话却少得可怜。她甚至从未问过他题目。

陈恩走在苏离的后面，漫不经心地说，“不要难过。”苏离停下脚步，转过身，诧异地看着他。然后笑得很落寞，冷漠地应答，“我没有难过。”他的笑声宛若大海，“这样啊。”少女的步伐开始凌乱，最后变成了奔跑。

不难过吗。可是你的眼眶红了。你的声音哽咽了。你的笑容都酸了。

他第一次看清她的脸，病态的苍白，阳光下，似乎有点透明。

二

五点过后的校园显得冷清。偌大的教室里只有两个人的身影。

苏离在纸上写绵长的语句。黑色的字体绽放妖娆的花朵。一旁的数学作业本则是刺眼的叉和大片的空白。她咬了咬嘴唇，然后在作业记录本上，将数学画了一笔，表示已经完成。

陈恩放下笔，问她，“你讨厌我吗？”苏离摇头的幅度轻微。过长的刘海遮住了她一半的侧脸。“那为什么不问我呢？我有义务教你的。”

我有义务教你。

有义务。

有什么义务呢。不过是个很完美的借口而已。一个应诺罢了。

苏离整理着凌乱的书本，语气淡然，“我没有问别人题目的习惯。”男生笑得很勉强，却依旧保持着漂亮的弧度。他从课桌中抽出一张 A4 纸。对苏离说，“听不听是你的事。我就讲一遍。”可眼神中，是掩藏不住的狡黠。

磁性的声线接连不断地传入她的耳朵。是无法抗拒的悦耳与清晰。她放下手中的书本，怯生生地说，“这个步骤能重新讲一遍吗？我不是很明白。”少年的声音戛然而止，然后给她一个理解的眼神，放慢了讲题的速度，为她详细地解答。

原来数学并不是很难，在他的讲解之下。

他经常在讲完例题之后，出类似题型让她巩固知识点。在她练习的同时，耐心地为她检查数学作业。偶尔他轻声对她说，“苏离，你悟性很高。”女孩笑得风轻云淡，否认他的想法。顺畅的笔触，突然顿住，带着迷茫的眼神问他解法。

于是。苏离的数学作业开始有了红钩的降临。偶尔会有几个 A +。那时

候的她，兴奋地忘却了言语。笑容似六月葵花，生生不息。陈恩则在一旁浅笑。

夏天的夜晚经常来得很晚。

暮色四合。学校开始被旖旎的余晖笼罩。两人的影子被拉得冗长。却如同平行线，没有交叠的迹象。偶然的对话中，得知彼此的家仅是一条街道的距离。于是便开始放学一起回家。

忙碌的一天开始在很直白的一句“再见”中落幕。

陈恩渐渐会留意苏离在数学课做些什么。印象中很模糊地记得她常年趴在桌面，精神涣散，写长长短短的句子。就算是在现在，也没有多少的变化。只是偶尔会抬起头，半眯着眼睛，听张继伟片刻的思路。随后便是无法打破的沉默。

燥热的天气。会有少许的睡意。

陈恩看见微睡的她，刘海遮住了眼，神情安然。稍微侧探身子，便能看见书写在数学书上的语句，像是很用力，有凸显的感觉。

你是童话之中最绝美的幸福错觉。

他轻轻地推了推她，看着她惺忪的双眼，抱歉地笑笑。没有任何拙劣的言语。

按捺不住好奇心。补课之后，装作很随意地提起，“我看见那话了……”苏离合拢数学书，看着他，似乎在等待他说完余下的话。“有什么故事吗？”嗓音干涩。

苏离低下头，将笔一支一支放入笔袋。而后，眼睛注视着窗外幽蓝的天，目光零散、空洞。“以前曾疯狂迷恋言情，并喜欢上一个男孩子，很帅，但无良。当有天我终于鼓足勇气对他说我喜欢你的时候，他戏谑性地摸摸我的脸，浅吻我额头。他对我说，‘苏离，我也喜欢你。但是我要去巴黎了。’我很傻地告诉他我会等。他笑得落拓。只是很久之后才发现，他那是温婉的拒绝。而我对他并非喜欢，只是因为爱上了童话。”

陈恩听得有些入迷，喃喃，“这样啊……”苏离点点头。之后彼此却没有了可以值得继续对话的话题。陈恩摸摸后脑勺，说了句，“回家吧。”

道别前，他对她说，“数学课好好听，行吗？上课很重要的。”她的喉咙中发出蚊子般的单音。嗯。然后与他背道而驰。他注视着她的背影，直到融入人海无痕迹。

在转角处遇见了张继伟。他的身旁依偎着一个年少的女孩。稚气的脸上落满了童真。一手拿着冰激凌，一手拿着氢气球。他叫住了苏离，眼神中有

些欣慰，“苏离，你数学进步很大啊。”苏离看着小女孩，没有说任何话。

张继伟尴尬地笑笑，“我来家访。薇薇，叫姐姐。”小女孩的声音轻得有些缥缈。苏离定了定神，笑着说，“叫薇薇吗？是老师您的女儿吗？好可爱的女孩子啊。”语气中，有着隐藏不住的晦涩。

小区里开始零星亮起灯光。有些老人坐在花园里乘凉。饭菜的香味陆续飘荡。苏离径直走进楼道，没有回头张望一眼。

开门的一瞬间，苏离对屋内叫了声，“外婆，我回来了。”老人穿着围裙，从厨房蹒跚地走出来，双手沾满了水渍，看见苏离，脸上满是慈祥。她双手在围裙上擦了擦，取下苏离的书包，关切地问，“囡囡今天有好好上课吗?”看见苏离点头，她高兴地说，“饭马上就好了。囡囡先去写会儿作业啊。”一转身，看见站在门旁很拘束的张继伟和因陌生而感到紧张的薇薇。

张继伟自我介绍，“我是苏离的班主任，也是她的数学老师。来家访。”老人笑笑，“开学时我见过你，也听人说起过。请坐吧。吃饭了吗？留下来吃个便饭吧。”张继伟很客套地拒绝。可是薇薇嘟囔着，“爸爸，薇薇饿。”男子脸上流露出无奈且不好意思的笑意。

老人蹲下身，看着薇薇，“这小姑娘真水灵。和我们家囡囡小时候有点像啊。”苏离写字的笔僵硬在半空，有些不悦，“外婆。”老人摆摆手，走进了厨房。

四菜一汤。气氛有些僵持。大部分在谈苏离的学习成绩。外婆担心她的理科，着急体现在每一句话中。“不知道她到底像谁，她父母理科都很好的。怎么办啊。”张继伟喝了口汤，“苏离最近数学成绩提高不少。但还有很大的进步空间。还有一年，来得及的。”

薇薇显得很饱足。她把气球递给苏离，“姐姐，这个送你。我们一起去玩好不好?”烂漫的笑容绽放在苏离的脸上。

三

苏离年幼丧母。父亲在她的记忆中，占据了大片的空白。从小就和外婆相依为命。外婆告诉她，囡囡的爸爸去了遥远的天堂。

可是苏离又怎么会天真地去相信。从小就会听别人用很鄙夷的语气叫着自己“没爹娘的孽种”或者“杂种”“私生子”。从最初的哭泣到后来的无视，苏离没有花过多的时间。她从小就表现得坚强。

可看见薇薇的那一刻。还是会止不住地想到小时候。

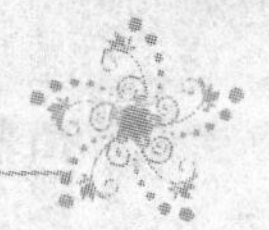

有次放学回家，无意间听见外婆和远方舅舅打电话。“我今天看见囡囡的班主任了。和他很像，会不会就是当年离开囡囡母女的张继什么的啊？可是他不是已经……”

原来自己真的是私生子。张继伟，竟然可能是她的父亲。

没有意料中的悲伤、仇视与愤怒。只是很平静，甚至出乎意料地淡然。

只是，开始抵触张继伟。从心底里排斥数学这门功课。逐渐恶性循环到数学成绩垫底。

看着张继伟的紧张，苏离竟然有些痛快。所有的愧疚在片刻之后都烟消云散。

看见这样的我，你是不是很愧疚呢。那么，当初为什么还要丢下妈妈和我。

数学考试交卷前的两分钟。陈恩对苏离说，“晚上我请你吃饭。”苏离看着少年线条流畅的侧脸，竟有些失神。

突然意识到没有写名字。匆忙地在角落郑重地写下苏离。而后，铃声响起。教室开始沸腾。依稀听见有人说，“听说揭发有人作弊可以加分。”语气是无法言语的得意和幸灾乐祸。

苏离不以为然地轻笑，走出了教室，趴在过道的栏杆上，大口地呼吸雨后清新的空气。张继伟路过时，问她，“感觉好吗？这次千万不要倒数了哦。”苏离看着他，没有回答。张继伟轻咳了下，摆摆手，“开个玩笑。”随即抱着试卷走开。

校门口的小吃店。招牌上写着各色的菜式。陈恩说，“这里的炸酱面很好吃的。”苏离拿了两双筷子，递给他一双，对他说，“我很期待。还真的有点饿了。”陈恩伸手，准备去摸她散乱的发，手却在半空中停住。然后缩回，笑得很勉强。

什么时候开始会有对你产生这么亲昵举动的冲动？什么时候开始如此的关注你，什么时候开始习惯有你的日子？因为时间吗？还是因为什么。有时候，会因为你的一句话可以高兴很久。偶尔竟然会很变相地希望你的数学成绩进步幅度变慢，那么自己可以教你很久，而不是估量着多久后的结束。

陈恩的炸酱面几乎没怎么动。他笑着看苏离狼吞虎咽。体贴地说，“慢点吃，没有人和你抢的。”

苏离一边吃面，一边点头。中间说了句发音很模糊的话语。可是陈恩听得清楚。

她说，“陈恩，你人真好。”陈恩看着她，微微笑。年少的脸庞上堆积了片片笑意。

回家的路上，苏离显得很高兴，“谢谢你哦，陈恩。”陈恩揉揉自己的鼻子，“我们是朋友啊。苏离，你是我唯一的异性朋友。”

“可陈恩，你知道吗，你是我从小到大唯一的朋友，独一与无二。”

朋友。听着窝心。心底里流淌过很温存的液体以及小小的雀跃。

“数学有把握考几分？”

“额……保守估计能上 80 分。但如果运气好，或许可以上 90 分。”

“呵呵。那不错啊。”

“那你呢？”

“我没检查。估计不会特别好。”

晨会的时候。苏离和陈恩被叫进了办公室。

张继伟对苏离说，“成绩真实吗？”她看见了自己裸露在桌面上的试卷。94 分。试卷的一角有着苏离端正的名字。她也看见了陈恩 97 分的答卷。苏离点头，然后习惯性地低头。

她已经习惯了以这样的姿态出现在办公室里。

张继伟看着陈恩，“陈恩，你很帮助苏离啊。”语气中有着针刺。一点一点，是无法隐藏的讽刺。陈恩不回答。张继伟继续说，“有人说交卷前，陈恩你告诉苏离答案？苏离，你似乎也有动笔啊。而且你修改的痕迹很多。”

陈恩否认。苏离索性保持沉默。她突然想到那个模糊的声音。充满了讥笑。如果修改就表示作弊，那么，修正带为什么要被发明。

张继伟最后深深叹了口气，“陈恩，你很让我失望。你怎么可以这样帮助她呢。这样对她不好。苏离，你这次成绩不计入月考成绩。你低头是因为你心虚吗？”像是凝聚了所有的力量，张继伟的声音在办公室里飘荡，显得格外的激动。

“不计入就不计入。我明白它是真实的就可以。修改就表示了作弊吗？你分明就是看不起我。你为什么就是不肯相信我？因为我数学之前倒数，是吗？你为什么不想想为什么我不好好听你的课！为什么我如此排斥你！还不是因为当年……”似乎突然意识到什么，嗓音瞬间消融。深邃的眼睛中闪烁着光。随后拉着身旁的陈恩，往外跑。

张继伟的身躯颤抖了一下。然后，站立起来，喃喃地说，“苏离……”

陈恩递过去纸巾，“不要哭。”苏离推开了他的手。他假咳了几声，悠然地向前走。似乎这次被冤枉并未给他造成多大影响，“苏离，没想到你爆发

力这么强……”苏离低着头，神情看不清。“谢谢你的夸奖。”没有任何感情色彩的话语。

“啊，苏离，我不是那意思。”苏离放开握着他的手。陈恩抱着双臂，“苏离，你的手好冷。”心中，有莫名的悸动。

“听说手指凉的人心脏好。”像是自言自语地回答。“十指连心，若手指是冷的，心就会没有温存。不要让自己的心失去温暖。”陈恩站在她的面前，近乎一字一句地说。语气里有轻微的心疼。

“陈恩……”苏离靠着香樟坐下，眼神涣散，这样轻轻地叫他。“嗯?怎么了。”男生躺在草地上，看着天，微侧过脸，去看身旁的她。

“没什么。为什么不问呢？应该很想知道余下的话吧。”

“嗯。可是问了你会难过的。我不希望你难过。”

“这样啊……”

“嗯。”

他们一起逃了连续两节的数学课。在校园最偏僻的角落，看着一小块的天。没有过多的话语。彼此似乎有着默契，静默地如同夏季安静的植物。

夏天的风吹动香樟。空气里弥漫树叶的芳香，夹杂着叶子摇曳的沙沙声。

晚上回家的时候，外婆对苏离说，“你们班主任打电话来过了，希望和你谈谈。他在这附近的肯德基等你。”苏离说好。然后换了身衣服。

肯德基的热闹，交融于明亮的灯光。张继伟坐在靠窗的位子，对苏离扬了扬手。然后问她，“要吃点什么吗?”苏离摇头。可是他还是去买了点食物。圣代、薯条和鸡腿。“我想你可能会喜欢。”苏离不屑地笑了笑。

“其实苏离，我不是不相信你。只是……”他艰难地开了口。

“只是什么？只是不能接受倒数的人一下子进步这么大?”苏离有些咄咄逼人。张继伟沉默片刻，“不是的，苏离。只是你们的行为让别人误解了。所以别人就有了可以揭发的理由。我们不说这个，好吗?我为我今天的行为向你道歉，对不起。一个老师起码该相信他的学生。”

苏离吃了根薯条，不沾酱。没有接受他的道歉，也没有拒绝。

张继伟清了清嗓子，“苏离，你知道吗，你很像一个人。”他递过去一张照片。

苏离的眼睛微微睁大。

回去的路上，苏离有些踉跄。张继伟的声音似乎在耳边不断萦绕，“你很像我的双胞胎哥哥。他叫张继文，是你的生父。当年他准备娶你母亲过门，却由于你母亲年长他一岁而遭到我父母的反对。他去买醉，在回来的路上由于酒后驾驶，出了车祸，离开了人世。你奶奶由于接受不了这个现实，也尾随你父亲去了。这听起来是不是很难接受？但苏离，这是真的。你不要怨恨他，好吗？他不是故意抛弃你。而是在未见到你之前，就离开了你和你母亲。你爷爷也上了年纪，听说有你的存在，很想见见你。”

自己赌气这么多年，竟是个错误。显得如此可笑滑稽。依稀记起年幼的时光，外婆从幼稚园接苏离回家，对羡慕别人父母接送的她说，“囡囡的爸爸去了遥远的天国。”原来外婆说的是真的。只是自己选择了逃避和否认。

四

周末的时候，苏离去了张继伟的家，探望未曾见面的爷爷。老人看着苏离，落了泪。他说，“你就是苏离吗？和阿文很像。都这么大了啊，一定受了不少苦吧……真是造孽啊。”薇薇拉着她的裙角，不断地叫姐姐。

数学考试作弊的冤枉案也逐渐不了了之。陈恩依旧会为她补课。那一段日子，苏离迷恋上周国平的哲学。

偶尔会为陈恩念上几段。

逝去的感情事件，无论痛苦还是欢乐，无论它们一度如何使我们激动不已，隔开久远的时间再看，都是美丽的。我们还会发现，痛苦和欢乐的差别并不像当初想象的那么大。欢乐的回忆夹着忧伤，痛苦的追念掺着甜蜜，两者又会同样令人惆怅。

陈恩如今回想起当初很拙笨的喜欢，竟也有些幸福。只是遥远得如同去天堂的道路。

五

学校的艺术周，合唱比赛。苏离和陈恩的声线很好，担任领唱。

两个人会排练到很晚。陈恩在回家的路上，会给苏离买一杯温的抹茶牛奶，然后看着她喝下。他说，“苏离，我们会做很久的朋友吧。”苏离笑得灿烂，代替了回答。只是听见朋友的时候，心里有无法抑制的小悲伤。

她开始想到班级里的流言。窃窃私语中能听出个大概，苏离喜欢陈恩。而陈恩，似乎也对苏离有好感。因为他对她那么特别。

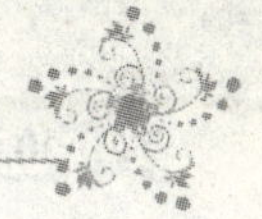

好吧。勉强承认自己喜欢上了陈恩。可是陈恩之所以对她好，只是因为她是他唯一的异性朋友，像妹妹一样，与爱情无关的情感。

“陈恩，问你个问题哦。你不要说我八婆。”苏离一边跳一边对他说。陈恩单肩背着书包，一手拉着背带，一手插口袋，默许。“你喜欢什么样的女孩子呢？”陈恩摸摸头，却反问，“那苏离喜欢什么样的男孩子呢？”

苏离扮了个鬼脸，吐吐舌头，“明明是我问你的啊。”“那好吧，你觉得我喜欢什么样的女孩子？”苏离停下脚步，看了看天，声音如同梦呓，“不清楚。应该是像苏沫染那样又优秀又漂亮的女孩子。”

陈恩笑笑。

在比赛前两天，苏离突然发烧，请了几天假。苏沫染代替她领唱。她的脸上有少许的微红。很多人都明白，苏沫染喜欢陈恩，包括苏离在内。偶尔对陈恩提起，他却说，“苏离，我们不要说她，好吗？”

我们，我们，多么亲昵。

苏离在医院打点滴。不断回想起苏沫染幸福得有些失真的容颜。精致的容貌是自己所不能比拟的，以及她遥遥领先的成绩。她看着玻璃上自己的虚像，勉强地扯动自己的嘴角。

张继伟抽空来看她，一同来的还有爷爷。爷爷带了鸡汤，对苏离说，“囡囡啊，你和你爸爸一样身子弱。我们好好补补。嗯？”苏离一点一点地喝。有种被亲情包容的温暖。张继伟摸摸苏离的头，“苏离，你这次成绩很好啊，第五，数学成绩上去了，总分就会高的。”然后为她补落下的课程。

天色暗下来。医院开始冷清。苏离靠着墙，盯着慢慢减少的点滴。陈恩现在在干什么，是不是也会给苏沫染买抹茶牛奶呢。

陈恩对苏沫染说，“你离开前记得关窗，我先走了。”然后拿起书包，就往外跑。苏沫染突然叫住他，陈恩回过头，等待她的下文。

“你是要去看苏离吗？”苏沫染的声音中有很轻微的酸涩。他含糊地应了一声。“可以送我吗？我们家附近治安不好。”

陈恩不懂得拒绝。就像他不明白如何表达自己的情感。

一路的沉默。前后距离三米。

“你喜欢苏离吗？”

“嗯？”

“喜欢吗？”

“我不知道。”

“那你喜欢我吗？”

“不喜欢。”

女孩子哭着跑开。陈恩站在原地很久。然后突然意识过来，向苏离的家跑。

很多次，他曾偷偷跟着她，目视她进入楼道。开门细小的声音似乎被放大得很清晰。甚至有时会揣摩她开门时的神情以及说话的语气。

开门的是苏离的外婆。她说，“你是陈恩吗？来找囡囡吗？她经常提起你。谢谢你了。快进来。她还没回来。你等一下吧。”他看见柜子上的遗像。苏离就是这样和外婆一起，艰难地过了这么多年吗？

苏离看见陈恩的那一瞬间，洋溢着诧异和惊喜。她叫他，“陈恩……”陈恩扬扬手中的抹茶牛奶，“习惯每天给你买了。”苏离的脸上绽放着甜美的笑容。

他顺便为她补上了落下的课程。她没有告诉他，这些知识她已经掌握。因为她喜欢听他的声音，充满了绵长的温柔。

放下笔的那一瞬间，陈恩伸手摸了摸苏离的额头。柔软的刘海碰到手背，有少许的温暖和舒适。他舒了一口气，“幸好没有发烧了。”苏离笑得漫不经心，“医院白去的吗？”微小的快乐，融化在空气里。不经意间，看见陈恩泛红的脸颊。

“苏离，苏沫染今天让我送她回家。”陈恩盯着自己的手指，然后看着苏离。

“嗯？”苏离的语气里充满了好奇。

“她说她喜欢我。可是我拒绝了她。”苏离舒了口气，含笑地看着陈恩。

苏离，其实她还问过我是否喜欢你。我要怎么告诉你我不明朗的心。

合唱一等奖。苏沫染和陈恩被外班的人当成金童玉女。

连续几天，陈恩都没有和苏离一起回家。却可以看见苏沫染脸上的幸福日益膨胀。

苏沫染在放学后叫住了苏离，“苏离，如果我说陈恩最近和我在交往，你信吗。”陈述口气的疑问。有着轻薄的心虚。苏离撇撇嘴，“你是在炫耀吗？对不起，你找错人了。”像是目的被看穿后的激动，“苏离，你明明就喜欢陈恩。你看他的眼神和他说话的神态，都体现了你的真心。喜欢是不能隐藏的。”

苏离笑笑，“是吗？可是怎么办呢，我不喜欢他。估计是你们产生错觉了。”

有风吹过的声音。衬衫发出的聒噪声，硬生生地传入苏离的耳朵。出门时看见少年远去的背影。

陈恩，你颀长的身影，穷极一生，都不会忘记。

苏沫染让陈恩放学后在门口等一下，说可以听到些自己感兴趣的内容。只是没想到，入耳的都是苏离近乎残忍的话语。

怎么办呢，我不喜欢他。

不喜欢他。

像咒语一样。弄得他心乱如麻。

六

数学课。张继伟的板书写了满满一黑板。陈恩略微出神。

苏离写了纸条过去，很简单的三个字：对不起。

对不起什么？对不起自己的口是心非伤了你吗？对不起自己已经喜欢上你，却不肯承认吗？对不起自己懦弱得不能说我喜欢你吗？

陈恩没有回纸条。苏离又悔又急，在纸上一笔一画地写。你喜欢谁呢。

陈恩的回答很简略。苏姓女子。

苏沫染吗。

陈恩把纸条撕碎，然后揉成一团，很潇洒地扔进了角落垃圾箱。

苏离，我喜欢你。为什么你不明白呢。为什么你一直都认为是苏沫染。

夜色渐浓。书桌上凌乱地堆积了大叠的资料和书籍。苏离腾出一小块地，趴在桌面上，给陈恩写冗长的信。黑色的笔迹在素雅的信纸上，似浓密的水藻。每一个字，每一个句子，都渗透着少女细腻而缜密的情感。

陈恩：

展信念好。

我们似乎在渐行渐远，看着你远去的背影，我有种莫名的恐慌。恍惚觉得有什么在碎裂。我的眼泪，在你没有看见的地方发酵。陈恩，苏沫染说你们在交往。你让我怎么去怀疑呢。哪怕知道你拒绝了她，却仍是忍不住地怀疑。她那么的优秀。

你已经两个星期没有给我补数学了，没有和我一起回家。其实有时候，会做的题目我也选择去问你。因为那一刻，陈恩是只属于苏离的。

我的言语很拙笨，面对自己的真心，我总是口是心非。可是这次，我要勇敢告诉你。陈恩，我喜欢你。这是我无法言语，却最动听的话语。

你可不可以在周末的下午三点在奶茶工坊前告诉我你的想法？

苏离

6月27日

苏离将信纸装进信封，认真地在信封上写下陈恩的名字。而后在第二天清晨，用很虔诚的心，将它投递在了顺路的邮箱中。

陈恩的父亲升职，加薪，双喜临门。陈恩的妈妈笑得合不拢嘴。不断地向周围人炫耀自己的生活，出色的老公和优秀的儿子。她在饭桌上，对陈恩说，“陈恩，我们要搬家了。要住城区东面的高级小区了，你高兴吗？”

陈恩无力地扒着饭，显得无精打采。然后放下筷子，走进了自己的房间。

怎么会高兴呢？距离苏离家的路程更遥远，要开始和她走相反的道路，无法再在暗中护送她回家，很少有机会给她买抹茶牛奶。

苏离，怎么办？就算你不喜欢我，我也还是很没出息地喜欢你。

连续好几天，陈恩忙着搬家的事情。却由于时间匆忙，没有和苏离说。补课也告了一段落。苏离看他的眼神，似乎有了许多无奈和漠然。而这些，都是他所看不懂的迷。

苏离在奶茶工坊前站立了很久。从下午三点到晚上十一点。奶茶店的老板拉下卷帘门的时候，对苏离说，“你在等那男孩子吗？你和他是情侣吗？我们打烊了。回家去吧。看来他是不会来了。”然后苏离听见他喃喃地说，“现在的学生，怎么都早恋啊。”

不是早恋，是单恋。

苏离苦笑着，往家走。第一次发现路途如此漫长。自己的影子，被昏暗的灯光拉得寂寞而冗长。

陈恩，你这算拒绝吗？

刚进屋，外面就下起了倾盆大雨。外婆说，“哎，囡囡，你干什么去了啊这么晚才回来。也不打个电话回家。淋湿了吗？囡囡，你怎么哭了啊？别哭，囡囡别哭。”有个很熟悉的声音在耳畔回响，“不要哭。”少年的面容被放大，干净得如此遥远。是残忍的幻觉。

一夜无眠，心疼到麻木。坐在大理石地面上，看见自己的狼狈倒影。她在倒影旁，一字一画地书写傻瓜。然后咧嘴大笑。

周一的数学课，苏离睡了一节课，似乎很累。

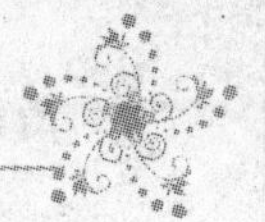

放学时，苏离告诉陈恩，以后不用帮她补课，她现在可以跟得上教学进度。陈恩有种明显的失落与感伤。随着父亲的升迁，改变的不仅仅是生活环境，还有他和苏离之间的感情。

彼此间，像是有了透明而坚固的隔阂。像空气一般看不见，但无法忽视的存在。

“苏离，晚上一起吃饭吧。”

“不用了。”

“为什么？”

“……”

“苏离，你这题不会做吗？”

“嗯。”

“我教你。”

“不用了，你没有这义务。我等下去问张老师。”

陈恩开始吟唱。在每一节课的末尾几分钟。如同流水一般的声线，清澈如泉。苏打绿的《小情歌》。“你知道/就算大雨让这座城市颠倒/我会给你怀抱/受不了/看见你背影来到/写下我度秒如年难挨的离骚/就算整个世界被寂寞绑票/我也不会奔跑/逃不了/最后谁也都苍老/写下我/时间和琴声交错的城堡……”

他看着苏离的侧脸，病态的苍白。琐碎的阳光照到脸上，柔和的线条，脸色微微透明。所有未说出口的话，只能涌向心底，与血液一起在体内漫无目的地整日整夜奔跑。

苏离翻开手机，壁纸是和陈恩的合影。六月十二日，他请她去吃必胜客。最后得知是他的生日。苏离自责自己的粗心，然后问他喜欢什么样的礼物。陈恩却笑着问她，“苏离，我们一起拍张照，好吗。”苏离局促地笑。

然后吵着让陈恩发给他。很久之后，才发现两个人都很有默契地将它设置为壁纸。还记得当时陈恩很得意的神情，“这是我最好的礼物。苏离，你知道吗。”

那时候感情那么好。别人眼中的我们，是多么的亲密。哪怕明明就不是爱情的情愫。

苏离替换了壁纸。然后在相册中，看着合照发呆。照片上的他们笑得烂漫，像春季中妖娆而开的桃花，却有着少许的清淡。手指不自然地去按删除键。屏幕上弹出信息，是否删除。她犹豫了半天，选择了否。而后将它传到了空间，加了密码。

这些都是别人不知道的甜蜜。

七

之后的一年，似乎回到了最初点。

毕业后，两个人去了不同的学校。

渐行渐远。如同最初的影子，像平行线，没有交点。

过年前，陈恩路过老家时。那年夏天和苏离的幸福时光，像电影镜头一般在脑海中放映。苏离朗诵周国平话语的声音似乎在耳边不断萦绕，清晰如初。她当初是不是就有预感事情的进展过程呢。突然意识到，爱情似乎在他们之间存在过。

哪怕关于爱情，只是个古老而美好的传说。

破旧的信箱变得斑驳，被冬日凛冽的风吹开，发出嘎吱的声响。大叠的书信覆盖上了厚厚的尘土。他一封一封地翻阅，多数是一些杂志广告，却还是看见了夹杂在中间苏离的来信。信封有些皱痕。

收信人端正地写着：陈恩。苏离娟秀的字体，在眼前突兀地呈现。

陈恩迫不及待地打开，读得用心。手开始微微地颤抖。看见最后的日期，是一年前的夏季。恍然想起自己从未告诉过她搬家的事情。

迟到了一年半多的告白。已经有了时间的沧桑痕迹。那么，还算数吗。

苏离究竟在奶茶工坊前等了多久？她很失望吗？她哭了吗？她以为我不喜欢她吗？

陈恩一路奔跑去苏离家。却被告知苏离和她外婆一起出去旅游。要到正月初五回来。陈恩失落地往家走。到家时，发现苏离的QQ空间呈更新状态。只是上了密码。

世界上最短的咒语。

他上网查。看见有篇文章叫做《世界上最短的咒语，是你的名字》。陈恩抱着试一试的态度输入自己的名字，却被告知错误。有不甘心的苦涩。却猛然想起苏离在某一个傍晚，嬉笑着告诉他，“陈恩。我喜欢在你的名字后面加句号。完整的一句话。”她的笑容，在记忆中，是不变的温暖色泽。于是，陈恩的手指在键盘上敲打。

陈恩。

进入。苏打绿的声音在空气里渐渐沉淀，“这是一首简单的小情歌/唱着人们心肠的曲折……”

主页上放着他们的合照。旁边写着：我喜欢你。这是我最动听的话语。

木北木北，你的公主落单了

■ 光年纪

楔子

木北木北，你还记得吗？

那是个怎样的夏天，有多少温暖，无数年少。

我们的嘴唇，在一张一合间相互认识，从此牵连，仿佛咒语的魔力，如此迅速而又丰实甜美。

那个夏天栀子花开，风吹风起。花落一地，美得要死。

那个夏天，你叫我小远，我叫你北哥哥北哥哥。乐此不疲地叫。

那个夏天，小远的碎花裙子在阳光底下跳跃，裙摆上的花朵扬起空气中的灿烂，我快乐地跑呀跑，手中的童话书里掉落的书签，女孩不曾发现，依然一脸微笑奔跑向前。那个叫木北的小男生，在后面边跑边细心地拾起地上的书签，费力地但不曾遗漏任何，他心甘情愿，最终追上女孩，满头大汗骄傲地扬起小手，紧握着书签给女孩子，阳光普照，映红了小男生的脸。女孩咯咯咯地笑，接过东西，随意翻开童话的一页，插进失而复得的书签。恰巧那一页，画着王子和公主，他们的动作，是那么的幸福。

小远问，你叫什么名字？

他答，木北。

固执的小远刚刚学会写字，便着急要写给那个叫木北的人看她的名字。翻开插书签的那一页，拿着绿得鲜艳带草浆的草根。

比小远大两岁的木北弯下腰，一副很有主见的样子，说："我是男的所以名字写在这个穿铠甲的人下面，你是女的就写在穿裙子的人下面。"说罢就写，木北。

在我的童话书上，王子下面，你写了你的名字：木北。我不知道该欢喜还是忧愁。

当时的我很听话的，在穿着华丽衣裙的公主下面，规整地写：遥远。

木北、小远。王子、公主。

一切的到来就是在那不经意间，如同每个童话的开端，如同每个成长未央不顾一切的男孩女孩。走一起，就自以为是王子公主，把自以为是误认为天长地久。

1. 市北：没有我你怎么办

小远小远，我的小公主，我最可爱的小公主。

今天给你过完了 14 岁的生日。在你吹蜡烛的时候你问我，北哥哥你以后还会陪我吹蜡烛吗？直到蜡烛多得让蛋糕全插烂了也插不下的时候，你还会在我身边叫我小远吗？

小远。我想只要我能，我会的。一直陪你，陪你。你又叫我北哥哥了，在你许愿的时候。我听见你小声的嘀咕，我要北哥哥守着我。于是以前的那些事情就哗啦啦地全想起来了，所有的情节在空气中展开，轻柔地绽放空中，你坚定地叫我，北哥哥北哥哥。

我想我记得，在开运动会的时候你跑长跑前因为系鞋带不紧而愁眉苦脸的郁闷。

我想我记得，在你物理数学挂红灯的时候你跑到书店抱着一摞教参摇摇晃晃走回家的步子。

我想我记得，你胃疼时皱起的眉毛说不要我管的样子。

我想你记得，我帮你系上鞋带后你奋力地在运动场上奔跑，头发飘起的感觉。

我想你记得，我一笔一笔地誊写好理科解题思路和笔记放进你书包时的坚定。

我想你记得，你胃疼得蹲下去的时候，我在旁边束手无策急得直跺脚的样子。

小远，很早的时候我买过一个金属制品给你。一颗心，不过中间是被分割开来的。但只要两半凑到一起，就会传出录音，那是我的声音。

没有我你怎么办？小远，就是到现在了我还在想没有我你怎么办。你是要说，你有人照顾了对吗？可是小远，我不知道那个现在在你身边的男生能带给你什么，或许也因为我太想带给你什么。其实原来那颗心碰在一起发出的声音是“I LOVE YOU，I LOVE YOU”。

小远，那样热辣辣的承诺我不想给你，沉重得我们都负不起。我拆了它们然后在热辣辣的空气中开着空调研究了一下午，最后录上自己的声音。只

要让我照顾你就好，因为我实在想不出，你流鼻血不带纸，鞋带系成死结，在街头狂奔可包包的带子很不留情面地断掉的时候，该怎么办。这些事情平时都是我们俩一起面对的呀。当然我知道，小远是那种很坚强很坚强的女孩子，况且，现在你有他。那个我以为会代替了我的他。

小远，我要走。那种走很远很远走很长很长时间的走。

2. 小远：遥远的遥远，支离破碎

木北走了，我的北哥哥。那天是个云淡风高的日子，我穿着最漂亮的碎花裙子去找他。原以为一切照旧，他会出去给我买冰激凌然后我吃得满脸都是，他会拿柔软的纸巾帮我擦去，他一边擦我一边幸福地舔呀舔。

然而没有。我看见了他身边的她。长长的头发散在肩上，阳光跳跃过去。穿着胸口带蕾丝花边的黑色衬衣、魔鬼型的牛仔裤、灰色的帆布鞋。她在帮北哥哥收拾箱子，好大好大的箱子，在我意识中是能装着家里全部东西搬到很远地方的箱子。我看见，她在收拾的空闲望着北哥哥，眼睛里铺满亮晶晶的温柔。

对比自己，花花的裙子，花花的凉鞋，高高的辫子再配上花花的头绳。整个一黄毛丫头。心里所有的骄傲与自信就像一面镜子全碎了。一脸的沮丧，我甚至不知道手脚该放哪里？

我唤他。北哥哥北哥哥。他转过头来看着我，眼里的欣喜一览无余。当时我是快乐的，因为从眼神里我看出他是多么在乎我的出现与存在，就像我在乎他一样，真的一样。

然而……

他拉着我要去买冰激凌的时候，我们刚背过身去。就听见一声尖利的女声。她提起他沉重的箱子的时候，因为力气太小没能提住，于是箱子砸了下去，她的脚立刻肿起来。我的北哥哥，于是他就这样，在大马路上甩开我的手，向她跑了过去。一辆汽车疾驰地驶过来，看着离我越来越近越来越大的汽车，我愣在那里不会动了，因为平时过马路北哥哥一直都是紧紧握着我的手呀！可是现在，我眼前一黑，听见了更加刺耳的声音，冥冥中我似乎能感觉北哥哥转过头来看我了，他真的转过头来看我了，是那样的眼神，整个世界都只看得见我的眼神。他似乎在唤我，小远，小远。我想睁开眼睛来看看他，我最心爱的北哥哥，可是已经没有任何力气。

醒来的时候我在医院，护士阿姨告诉我，你哥哥刚来看过你，才出病房。

我哥哥？是说木北吗？我冲出病房，可惜什么都没看到。

护士阿姨说，小姑娘，看这里！我趴在窗台上，木北的身影就这样出现了。挺拔直立，影子把我心里最后的坚强都戳破了，他的左手提着那个沉重的箱子，右手扶着我出事之前在他身边的女孩子。她的另一只脚厚厚地打上了石膏，可这算什么呢，她有木北搀着扶着，我能感觉到她一塌糊涂的幸福。她一只脚蹦蹦跳跳地向前。我想叫住北哥哥，但嗓子似乎堵住了，发不出任何一点声音。他们的影子交错在我眼里模糊，只有那个大大的箱子占据视线，那箱子真的好大好大，大到能把我的北哥哥带走，能把我们所有的过去运走，能把我的所有留恋和幻想隔绝。

影影绰绰的梧桐树影换来铺天盖地的忧伤。当我看不到他俩的时候，我用尽全力地呼喊，北哥哥北哥哥。他亦没回头。护士阿姨说，小姑娘，你哥哥他听不见了。

可是，他是我的北哥哥呀，是和我心有灵犀的北哥哥呀。无论离我多远听见我呼唤都会回头对我笑的北哥哥呀。可是现在，一个漂亮的姐姐带他走了，北哥哥就可以这样不管我死活地走了。

记得那天对着你远走的背影，我是笑着在心里说再见的。北哥哥你知道吗？有人告诉我，如果真爱一个人，那么他走的时候你要笑着对他说再见。否则，以后的路他将没有幸福。如果一个人，他真的爱你，那么他离开的时候便会恋恋不舍，起码他会让你，安心地等他回来继续爱你。

然而，北哥哥，你什么都没留给我。除了和她相依的背影。在我眼里看来是多么决绝。

我笑着说不难过，可是眼泪已经骗不过任何人。是坚强还是懦弱，已模糊了我。

3. 木北：记得要忘记

小远，我不要你记得我。如果不快乐，请你忘记我。

我告诉过自己很多次，不能爱上你。苏苏跟我说，木北你已经放不下小远了，可是小远只是一个小孩子呀，你的爱除了给她无限的沉溺和伤心之外，什么都没有。

于是我决定，答应苏苏离开你。小远在我心里是多么优秀的女孩子，我希望她锦然似春没有伤痛。如果自己的存在给她带来的不是方便和快乐，那

还有什么意思呢?

现在我和苏苏在一起，过得波澜不经。我能感觉到苏苏对我的爱，就像当初我爱你。平静得或许连自己都没发觉。但总是一次次一次次想要为其倾其所有。苏苏是个坚韧的女孩子，这点你们特别相似。她允许我无缘由地对她发火，她从来不撒娇，她从来不吃冰激凌，她在我每天上班之前为我系好领带，我就轻易想起我为你系鞋带的日子。她甚至胃痛都不敢说一声，但只要看见我一皱眉就会想方设法地逗我开心。她说，木北我知道，那些小女生的毛病你会烦，所以我竭力地改掉它们。木北，你要知道我有多爱你。

我要好好待苏苏，把没能给你的幸福都给她。

因为……

小远，我不要你知道我有多爱你。

只是有的东西已经成为习惯。当我看见地铁里有女孩子很不情愿地做厚厚的物理习题，我就会想起那个能画一手漂亮光路图的小远。当我看见幼儿园里小孩子互相追逐，我就会想起那个穿花裙子的小远。当苏苏买回很贵的哈根达司优雅的用勺子慢慢咀嚼，我就会想起那个把 1.5 元的牛奶冰棒吃得很满足的小远。当我看着苏苏熟睡的时候，我就会想起那个我离开那天被我抱上病床的小远。

……

那么那么多个小远，我想也想不完的小远。你一直是我的小远，我想爱又不敢爱的小远。

你还好吗?

小远，有人告诉我，如果真爱一个人，那么在离开她的时候就不要让她等你，在离开她的途中就不许恋恋不舍地回头。因为只有这样，她不会对你有任何期许与无奈地等待，如果将来你能回来，那么就继续好好爱她，如果不，那么就要好好惦记她。

小远你看，我做到了。可是后来苏苏落寂地告诉我，她说木北，你拉着我的手背对小远病床走的时候，我感觉到你的颤抖，还有，你眼里泪水落在我手心的冰凉。

听着苏苏说这些，我只在想，小远你什么都没有留给我，甚至吝啬到不张开眼睛说北哥哥再见。

于是，或许我们便不再见。

就这样孤单的想念，无尽头的岁岁年年。

4. 小远：公主落单了

人家说，十年可以忘却一些事情，沉淀下来的便是此生的记忆。

所以，木北，我将知道自己记得你。

我不再是穿花裙子的小姑娘了。你走之后就没人叫我小远了。我对所有人说，请叫我遥远。大学毕业，我小心翼翼地怀揣着自己的思念，那个从小心里就一直只有一个人的神秘，来到了陌生且遥远的城市。

做幼儿园老师。

木北你知道吗？你走之后我刹那间就不张扬了。我乖乖地读书、乖乖地说话、乖乖地生活、乖乖地一个人。我不吃冰激凌、不看童话、不穿系鞋带的鞋。上课认真地听老师讲怎么画辅助线怎么画光路图。胃疼的时候我不敢闹，想你的时候不敢笑。

这一切都是因为你走了没人纵容我了，这一切都是因为我以为总有一天你会回来。那样的话，我会更加变本加厉地撒娇，我要把这段时间的空白都填满。

直到那天回妈妈家，听见满头银发的老街坊说，哎呀呀日子过得真快呀，隔壁那个叫木北的小伙子就要结婚了，已经把苏苏妈接去那城市享福了。

木北，你不知道我听见那话的时候，是怎么的——晴天霹雳！

是呀，日子过得真快呀，木北不知不觉就走了那么些年了。他不知不觉就把我忘记了，就要结婚了。

我只是抱着那本我们初次相遇时写下彼此名字的童话书，仓皇地逃离了那个城市。

又过了那么些年，木北我看见你了。同样的夏天，同样的栀子花开。那是在幼儿园里我最喜欢的一个学生，和当初的你一样浓眉大眼的小男生。我会用那本泛黄了的童话书给他翻看王子和公主的图片。每次都跳过 36 页，因为那页，有王子和公主，有木北和遥远。

有一天孩子跟我说，老师老师，我们家也有好多这样的书，明天我带来，老师给我讲更多的故事好不好。

次日，我捧着孩子带来的书给孩子讲了好多好多的故事。都是原来木北你给我讲过的那些故事，讲着让我泪流满面回忆波涛汹涌的故事。忽然，我看到一本和我珍藏着的一模一样的童话书，我拿起。孩子叫嚷着，老师，老

师我不听这本。我问，为什么。他说，爸爸天天晚上给我讲，我都烦了。当时我想，什么样的父亲细心到天天晚上给孩子读童话呢？木北你亦是这样的好父亲。好奇地翻开，不巧就到36页，不巧就画着王子和公主，不巧就写着，木北，遥远。黑色的碳素笔，流畅的笔迹。

原来你一直在这里!

放学的时候，我故意早走，看到了接孩子的木北。眉角间隐忍得不着痕迹，看不出喜怒哀乐。只是我仿佛能寻到其中温暖的味道。那是北哥哥对小远的温柔，是王子和公主的幸福。

然后我转身，离开。眼泪没有掉下来，我想我是微笑的。

木北会发现我在。因为我把自己的童话书跟孩子的换了。当木北今天晚上给孩子讲床头故事的时候便会发现，36页，穿着华丽衣裙的公主身下，笨拙的笔迹，小远。穿着铠甲的王子下面，笃定地写着，木北。

就像我笃定的知道我们一直相爱不曾分开。

静守时光老去不复来

■ 终离落

彼时遇见他的时候，正值初夏，他微微地看着我说："柠妃儿，我喜欢你，很喜欢很喜欢你。"

当时光老去，记忆飘零，还是在那个初夏，他却对我说："柠妃儿，对不起，我不喜欢你了，可是……我爱你。"只是，最后一句我爱你被他哽在了喉咙里，我落寞转身而……

——题记

一

四月初夏，阳光温煦，我像往昔一般蜷缩在搁置院落的椅塌上，有些炫目的光线照进我的眼睛里，我有些难以适应，索性闭目养息。

这时，我豢养的大花猫突然蹿到我的身上不安分地骚动着，我反射性地睁开眼睛，故意板着一张脸，看着它的眼睛说："再这样没规没矩的，我就不要你了。"

它似乎听得懂我话中的意思，立马耷拉着脑袋和我贴得更紧，其间，它还伸出爪子轻轻地拽住我的衣摆，左摇右晃的，眼睛里竟然还噙着一丝晶莹剔透的泪花，有些委屈，有些在向我卖乖的意图。

见它此番模样，纵然我真的有气，也不忍心再吓唬它。

如是，我只好将它搂在我的怀中，看着它温顺的样子，我打心里对它宠溺，渐渐地视线隐约有些模糊，我的眼睛似乎透过它看见了我想念的那个少年，彼时遇见他的时候，他站在梨花树下，一身白衣翩翩的样子，怀抱着一只小花猫，微笑地看着我说："妃儿，这只花猫送给你，当我不在你身边的时候，看见它如同看见我守护在你身边。"

思绪回转，念及此，泪水滴答在脸上，花猫有所察觉，但却只是用一种我看不真切的眼神安慰我，安安静静地陪伴我，然后我抚摸着花猫圆乎乎的脑袋，叹道："花猫，我很想念他，你呢？是不是也在想他？"

二

我和冷慕逸是大学同班同学，记得，大一初次遇见他的时候，正是初夏，他站在阳光底下，一身白衣格子的衬衫将他与生俱来的帅气彰显得淋漓尽致，我承认，我有些被他的帅气倾倒，但我的理智还是掌控在我这里，所以我允许我的暂时迷失。

他坐在我的后面，刚开始，我一度以为他是那种典型的纨绔子弟，说话做事总是令人讨厌。

那次他在我身后和人大声说话，我正因为一道微积分的题踌躇万千，于是忍不住回头说了一句："冷慕逸，你可不可以安静一点。你知道你讲话的样子很讨人厌吗?"

当时他愣住了，因为从来没有人这样和他说过话。

几秒钟后，他唰地站了起来，对我说："柠妃儿，你有种跟我到阳台吗?"

班里人都知道，阳台是冷慕逸跟人解决争端的地方，每次跟他上去的人，回来时都会鼻青脸肿。但是当时看着众人的眼神，我不能退却，于是我也站了起来，抖着嗓音说："谁，谁不敢了!"

到了阳台，我一边看着他青红的脸一边寻找退路，谁知他居然走过来说："柠妃儿，从来没有人敢这样和我说话！但是，我很喜欢。"

直到后来，越来越频繁地交流，我才知道，我以第一感觉去评判他的好坏是我最大的错失。

于是，我的原则告诉我，我应该向他道歉。

我说："冷慕逸，对不起，我一直以来都把你当做那些只贪享乐的纨绔子弟。"

他说："柠妃儿，其实一开始我就知道你并不是真的讨厌我。"

"你怎么知道?"我好奇地问道。

他倒是振振有词地说道："我不讨厌你，你怎么会讨厌我呢?"

我们彼时相视而笑，会否，这就是所谓的默契？正因了这份默契，所以我们不再纠缠于这种话题。

三

或许，青春时期的男女，对于一切都有着不可抵触的热劲，不管是爱情还是友情。

当他在课堂上偷偷地向我传递着一张写着“柠妃儿，我喜欢你”的纸条时，我不可避免地心有所触动，但，没有全放在心里，因为我觉得，多才又含金的冷慕逸，怎么会喜欢我这种平常的女子？

那时候，每天放学回家，他都悄悄地跟在我的后面。

当他因为我在学校里和其他男生走在一起谈笑风生的时候，他故意地走过来，攀附着我的肩，对着那些男生得意地说，“柠妃儿是我冷慕逸喜欢的女子，你们别打她主意。”

他这么说，我也不反驳，只是红着脸看着他。

其他同学识趣地离开后，我们默默并排走着。

当来到我家门外的时候，我轻声说：“你刚才说的是真的吗？”

他却笑笑说：“我只是怕你被人欺负。”

“因为这个？”

“因为这个。”

我丢下他走进屋子，进了自己二楼的房间，随后站在窗口看着窗外的他。

他在外面踱来踱去，不知道在干什么，突然我看到他冲着我房间的窗户大喊：“柠妃儿，我喜欢你，我很喜欢你。”

越到后面声音越来越轻，居然还有这样表白的人，还真浪费了他是个纨绔子弟的身份呢。

我笑了，我知道，我应该给他一丝回应，于是我推开了窗户，却忘了窗台上放着几盆小花。

于是楼下响起了他的惊呼声：“柠妃儿，你爱我不用爱到砸花盆啊！”

四

我想，处于热恋时期的情侣，都是最甜蜜的吧。

下雨天的时候，他会为我撑伞，陪我静静地荡漾在校园里。

有太阳的时候，他会同我一起背靠背地坐在草坪上，如果我累了，他会

拥着我靠在他的肩上，并且轻柔地对我说："嗨，你脑袋挺沉的，装的什么祸水呢。"

"想着怎么祸害你啊。"

"可你太丑了。"他一本正经地看着我笑，"做不了红颜祸水，只能眼红祸水喽。"

他的笑看起来暖暖的，痒痒的。一度我有种错觉，我会和他就这样一起走下去。

可是第四年的这个初夏，一切，就在一念之间，发生了翻天覆地的变化。

他还是同往常一样，下课后，陪我去逛街，去图书馆看书，去体育馆打球。

只是这一天，他有些心不在焉，就连我和他说话，他都没有听见。

我有些不安，有些担忧，于是，拉住他的衣袖，看着他的眼睛，问，"逸，你今天怎么了？为什么我感觉你心事重重的呢？"

他略微迟疑，可最后还是淡淡一笑，拉着我的手继续前进。

我知道，除非他愿意说出来，否则我怎么逼迫，他都不会说的。但我的第六感告诉我，一定会有事发生。

五

该来的总归是要来的，迟早，也得面对的。

最后一次见他的时候，他站在梨花树下，一身白衣翩翩的样子，怀抱着一只小花猫，微笑地看着我说，"妃儿，这只花猫送给你，当我不在你身边的时候，看见它如同看见我守护在你身边。"

冥冥中我感到莫名的惶恐，看着他言不由衷的笑容，听着他告别式的话，我竟然忍不住地哭花了脸。

良久，我尴尬一笑，问道，"逸，你这是什么话？什么叫你不在我身边？你要去哪？"

他握紧的拳头生生地擦出了汗，似乎，隐忍了好久，却最后说出来一句让我疼到不已的话，他说，"柠妃儿，对不起，我不喜欢你了。可是…可是"

我明显看出了他的欲言又止，所以我还在期望着他的回答，但却依旧换不回一句好话，他说，"柠妃儿，忘了我，好好生活下去，再见。"

巨大的失落感席卷着我，我不再说话，落寞转身而去，忽略了背后他对我说着“我爱你”的无声情话。

果真，再也没有见到他，就连毕业典礼，也没有看见他。

我没有选择去外地工作，而是留在了这里，我分明知道，我对他还保留着一丝幻想。

后来的某一次我去母校，无意中知道了一些事实。

听说，冷慕逸是被他妈妈强行带出国的。

听说，冷慕逸的妈妈在国外为他相中了一门亲事。

听说，冷慕逸走的时候，并不开心。

听说，冷慕逸不想让柠妃儿知道这些。

六

我终于知道，为什么最后一次见他的时候，他对我是欲言又止。

我也终于知道，他为什么要在我的面前故作洒脱。

而原因只有一个，他想让我没有包袱地开开心心地生活下去。

如今，时光不再，对旧人的思念却又深沉了起来，更何况，和我朝夕相对的，还有一只他送给我的花猫，看见它，宛若他就在我身边。

已经过去了这么久，我依旧还在执着的等待。此刻，我百无聊赖的抱着花猫蜷缩在椅榻上，从屋里面电视机里传出来的声音，让我久久不能回转过来。

报道说，著名的钢琴家冷慕逸携最新曲子回国举办演唱会。

报道说，冷慕逸回来，是找自已心爱的女子的。

报道说，新曲子名叫“妃你不可”。

泪水，就这样，湿了一片片，而后笑容绽放在脸上，如春水映梨花般让人痴狂。

当我再次遇见他的时候，他还是着那身白衣格子衬衫，站在梨花树下，对我唱着那曲“妃你不可”。

我的生命，
因为有你而精彩。
我的世界，
因为有你而无奈。
不要说不爱，

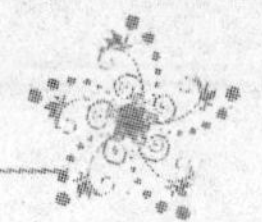

不要说不理不睬。
我的未来，
只能因你而存在。
我的爱，
请听我道来。
你的笑容，
在我的脑海怎么也甩不开。
我的爱，
请跟我过来，
你的名字，
我刻在心里怎么也抠不下来。
我的爱，
我非你不爱。
我的爱，
我的世界妃你不可替代。

曲终渐罢的时候，我看见他。朝着我奔跑过来，还等不及等我开口，他一把拥我入怀，我终于知道，我等来了我的爱。

他说，“妃儿，我再也不会离开。”

他说，“妃儿，我爱你，这是我欠你的一句表白。”

此时此刻，我才终于放宽心去享受我的快乐，我回拥他，说着，“逸，欢迎你回来。”

岁月在交替，时光在更改，但是我清楚地知道，我们会带着彼此间的一份刻骨铭心的爱，静候春暖花开，静守时光老去不复来。

彼岸烟火圈成了圈

■ 梦羽惜

宁夏9岁，三年级。他12岁，五年级。

她被全部人都看作是天才，年仅9岁的她已经能够写出连作家也为之赞叹的文章。可是，她总是表现得无所谓。对于她这么一个天降之才来说，根本无须担心作业，随便写几下便能够得个五角星回来。

更多的时间，她花在了玩上面。大人们也不管她，因为她的功课足够好。

她喜欢穿珠子，是珍珠的，一粒粒的。她曾说过，这珠子像是眼泪。当时没有人知道她说的是什么意思，可人们欣赏她这句话。

其实她自己也不太明白，什么是眼泪。因为她没有哭过。可是有人说，那是懦弱的象征。宁夏想，懦弱又是什么？好像不是很受欢迎的呢，那么自己一定不要有眼泪，一定不要懦弱。

一粒一粒，穿上去，再拆下来。在别人也许看起来这很无聊，可是宁夏热衷于这件事。她从来不管别人怎么看，只要自己开心就行了。

大人们曾经问她：你长大后想当作家，还是成为珠宝师？

可她的回答却让那些大人诧异，然后又笑笑认为理所当然。

九岁的宁夏说：我不知道。

宁夏的确不知道。大人们认为那是她年幼，不知道给自己定下个什么理想。可是宁夏，她只管自己眼前的事情，以后的事情，她不想管，懒得去管。

那个夏天，宁夏将自己刚穿好的项链戴在头上。虽然没有人这么戴，可是她那白皙粉嫩的皮肤和一头乌发配上这条珍珠链子，真是好看。

宁夏自顾自地出去玩了，没有带任何东西，只是慢慢在路上走着，一圈一圈。她不知道自己在干什么，不知道在想些什么，只是走着。

“嘿，小妹妹真可爱。”突然，一个声音从她背后冒出来。

宁夏有些猝不及防，刚才还安静的世界一下子被这个清脆的声音打破了。她有些生气，想回过头去看是哪个没有礼貌的人。

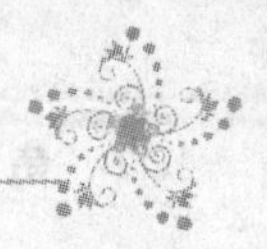

当她转过头去，看到是一个眉目清秀的男孩子时，她原本准备白他一眼不理就走的步子，就那么硬生生停了下来。

这个大哥哥真好看，宁夏从心底流露出来的声音。

有很多人都说她才貌双全，她不明白什么意思。可是她知道，这个男孩子长得跟玉雕似的。

男孩子笑了笑，歉疚地吐吐舌头："抱歉啊，吓到你了。你叫什么名字啊?"

"宁夏。"淡淡两个字，声音稚嫩却风轻云淡。

男孩子大大咧咧拉起她的手，"一个人走来走去有什么意思啊，跟我一起玩吧。"

宁夏本想拒绝，可她话到嘴边，却变成了："玩什么?"

"打球啊！很好玩的。"

打球？大人说那是男孩子玩的东西，女孩子不可以玩，会变成野孩子的。

宁夏撇撇嘴，准备走开，谁知那男孩子已经把球拍塞到了她的手上，然后自己退后数步，准备发球，大叫一声："我要打过来了啊!"

宁夏无奈，只好握紧球拍，谁知还没等她看清楚，球已经飞了过来，正正好好砸在了她的脑门上。

宁夏当时呆住了。她还没有什么事情没成功过!

男孩子急急跑了过来，帮她胡乱揉着头，把宁夏顺滑的头发都弄乱了，"对不起啊，不小心打到你了。"

宁夏还是呆着。这对她来说真是奇耻大辱!

男孩子见她这样，顿时慌了，"你……你没事吧……"

宁夏突然冷不丁地用响亮的声音冒出了一句："继续来!"

这次换到男孩子呆住，难道这个女孩子是因为刚才没接到球才那么生气？哈哈，真是个有趣的小妹妹。

他捡起球，退到后边，继续发球。

"喂，你到底会不会打球啊?"宁夏终于忍不住，冲他喊道。

"啊？你还说我呢！明明是你没接到!"

宁夏生气了，"再来!"

在两个孩子的斗气中，一个明媚的下午一晃就过去了。走的时候，男孩送宁夏到家门口，然后指指楼上说，"我就住在你家上面。今天真是开心，有空记得再一起玩啊。"

宁夏想，这个男孩子，她这一辈子都会把他留在记忆里了。

宁夏 15 岁，初二；他 18 岁，高二。

她和他读同一所中学，只不过分在初中部和高中部。她一如既往地优秀，只是初中的功课不再像小学的时候那么轻松，作业有那么多，好像永远也做不完。

宁夏人如其名，静静的，好像水一样柔和，却又从来都是最夺目的风景。

宁夏自从 9 岁那年的一个下午，就再也没有忘记过那男孩子。可是她再也没有和那男孩子在一起玩过，因为大人已经不允许她再这样做了，他们告诉她要做一个优雅的淑女，而不是在外面到处跑、天黑才回家的野孩子。

野孩子？……宁夏想不通，为什么大人们总是这样说，总是以为他们就是对的。他们认为，只有成绩能够说明一切，贪玩的都是野孩子。

呵呵，所谓的野孩子……

虽然她和他住在楼上楼下，可是那天后，再也没有见过面，因为初中部和高中部隔得那么远。

那么远……只有一条马路。可是宁夏，她不想去，她不敢去。她违背约定了……她没有再去和他一起玩。

甚至，那天，她连名字都忘记问那个大哥哥。只知道他住她家楼上，其他一无所知。

那天，学生会开会，身为学生会会长的她，自然是不能缺席。放学后，她抱着一叠资料，脚步匆匆向会议室走去。连自已扎着头发的丝带散开随风飘落在了地上也没有注意。

她敲门进去，所有参会的人都在座位上，就等她了。她抱歉地笑笑，“不好意思，来晚了。下面开始正式的会议。首先要公布一下这次新当选的学生会干部，”她从那叠资料里面抽出几张纸，不紧不慢地念着：“高一三班，张敏；初三四班，徐飞……”

会议一直持续到星辰都已经布满了黑色的天幕，她长吁一口气，站起来道：“今天就到这里吧，大家散会。”

所有人都走了，她还在埋头整理着资料，准备着这个月学校运动会的事情。等她终于整理完后，抬起头，发现桌上有她扎头发的那根丝带。她这才想起，来的时候好像因为太匆忙把它掉在了路上。

是谁捡起来的呢……她翻着今天公布的新学生会干部的名字，突然一行字映入她的眼帘：高二八班……后面的名字已经被水浸湿，分辨不出。

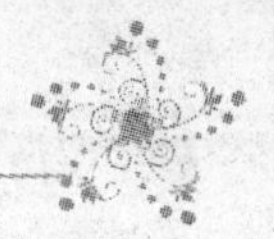

是他吗……他还记得我吗……

宁夏20岁，大一；他23岁，已经毕业了。

她已经过了人生的第二场至关重要的考试，成绩也是颇为显赫。她如愿进入了自己理想的大学，开始崭新的生活。

她选择这所大学的原因不为别的，只因为这里曾经有过他……哪怕能感受到他的一丝气息也好。

她延续着她的传奇。

大学离她的家很远，所以她是住校，只有寒暑假才回家。

紧张的考试刚刚过去，她在寝室里收拾东西。抬头深深呼吸了一口气，宁夏咬紧嘴唇。终究还是要回去的……九岁那年的事情，就让它随风过去吧，成为一颗星星，挂在天幕上，本来就只是孩童间的玩笑而已，何必……何必……

申城的春天还是和以前一样温暖宜人，让人有无限遐想。宁夏按了门铃，父母迎了出来，一边帮她提行李，一边嘘寒问暖。

她无意间一瞥，看到桌上放着两盒喜糖。她漫不经心地问道："又是谁结婚了啊?"

"哦，是楼上的那个男孩子，昨天刚送来的。"

母亲随随便便的一句话，让宁夏如遭雷击一般，她发疯似的跑到楼上去，可是她顿然想起，自己根本不知道他住在几楼，他的名字。她慢慢地蹲了下来，抱头痛哭。她第一次，第一次流泪。

记得小时候，有人说过，流泪是懦弱的象征，九岁的她暗暗发誓：自己一定不要有眼泪，一定不要懦弱。

可是，她终究还是流泪了。

谁会一辈子没有眼泪呢……

宁夏的面前，有人递过来一张纸巾。她颤抖着接下，轻轻说了一声谢谢。

"为什么那么伤心?"那人声音很轻。

宁夏摇摇头，却又开口，她想找个人倾诉，"楼上的……楼上的哥哥结婚了……"

那人声音诧异地说道："可是……我不认识你啊……"

宁夏听闻这话，迅速抬头！"你不记得……你十二岁的时候我和你一起玩过的……"

眉目俊朗的男子皱了皱眉，然后确定地摇了摇头，道："小姐，我想你是认错人了吧，我十五岁的时候才刚刚搬家到这边来。”

呵……呵……真是命运弄人啊！宁夏大笑了出来，全然不顾形象。

不过孩童间的玩笑，自己何必当真啊！原来这些年，都是活在自己的幻想中罢了！

原来一切不过是一个烟圈，转来转去，不过把自己圈了进去，可又看不清任何东西，最后又全部散去。

果然啊，造化弄人。

宁夏大笑，一边往家走，一边嘴里念着：“花开堪折直须折，莫待无花空折枝。时间果然无情！不给人心痛的时间！”

和她同时念这句话的，是宁夏九岁那年遇到的人。

曾有你的香气

■ 范尔

一

叶子念拿出那瓶香水，熟练地涂遍全身，直到整个人沐浴在清新的气味里，她的脸上才有了一丝笑容，仿佛拾回了那份消失许久的自信。

确实如此，她原本只是一个胆小懦弱的女孩，虽然时时有机会和挑战摆在她的面前，她却丝毫不敢触碰。为此，她错过了许多机会。

她错过了对自己的青梅竹马路纪的最佳表白时机，她错过了夏天的减肥夏令营，她错过了学校的演讲比赛，她错过了太多太多，所以她依旧平凡若丑小鸭，静静等待伯乐的赏识。

直到那瓶叫作“Confiance”的香水的出现才让她的人生掀起了轩然大波，发生了轰然改变。

一年前，外婆离世，叶子念和路纪一起回了趟老家送老人最后一程。在老宅整理遗物的时候，她在阁楼里找到了一瓶古旧的香水，瓶上的字迹大多已模糊不清，只能隐隐看清“Confiance”这个单词，单词旁边是一行清秀的蝇头小字——神奇的香水啊，让任何一个有梦的人梦想成真，拥有自信。

叶子念认得瓶子上的那个单词，那是法文“自信”的意思。至于瓶子上的那行小字，不得不说在她的心里掀起巨大波澜。

拥有香水意味着梦想成真？她疑惑地看着那行小字，手已经忍不住把它放进了口袋里。

从此以后，叶子念便随身携带那瓶香水，从未离开过身。每日的涂抹，洗涤了她的灵魂，连同她的命运也发生了巨大改变。

一直默默暗恋着的路纪竟向她表白了，错过了减肥训练营却在路纪的监督下成功地消瘦下来，之后又与路纪一起考上了全国最好的中学，她再也不是当年默默无闻的丑小鸭，她成了众人瞩目的焦点，H中的风云人物——叶子念。

而现在，她即将去彩排，为了面临人生的另一个挑战——全市大学生模特比赛，她相信，在外婆遗留下的那瓶香水的陪伴下，她定能获得最终的冠军。

因为这次，她不再是一个人。

二

经过长时间的彩排，今晚叶子念就要登上初赛的舞台，一切的努力即将付之于实践，这注定是个不眠之夜。

化妆间内。

叶子念翻箱倒柜地找着那瓶香水，一向淡定的她在比赛前彻底崩溃了。

那瓶能带给她好运的香水竟然不翼而飞!

“下一位，6 号选手，叶子念!”

主持人的声音通过扩音器清晰地传入化妆间内，叶子念还在发愣，一双手把她推上舞台，伴随着这样的催促——

“叶子念，快点，到你了!”

到我了吗? 叶子念迷迷糊糊地点了点头，硬着头皮上了舞台。

她干巴巴地做着自我介绍：“大家好，我是 6 号选手叶子念，我觉得我最大的优点是自信，而这正是模特不可缺少的特质……”

她已经不记得自己到底说了些什么，香水的消失彻底扰乱了她的心。

“下面到了提问环节，评委有什么话要跟6 号选手说的吗?”

叶子念依旧处于大脑放空的状态。

评委的提问看似温柔其实如刀子般犀利：“叶小姐你好，你说你最大的优点是自信，但我觉得你看上去很紧张，似乎与自信的特质不是很相符呢，我想请你回答如何把自信这个特质表现在舞台上呢?”

“仪态优雅，笑容甜美，展现一个模特从容的一面。”倒背如流的话语此时从叶子念的口中吐出也变得毫无底气。

“好的，我们知道了答案，6 号选手，谢谢你的回答。”

“那么有请下一位选手，7 号汪思琪上台。”

叶子念如同幽魂一般下了台，就在她下台与 7 号选手汪思琪擦身而过的时候，她闻到了那股自己寻觅已久的香气。

是她——自己的最大对手，校外联部的汪思琪拿走了香水!

她睁大眼睛，目送着汪思琪自信地走上舞台，就在两人并肩而过的那一

瞬间，她狡黠地对她眨了眨眼。

她是故意的！叶子念终于恍然大悟，可是已经无法挽回即将发生的一切。

不出意料，汪思琪夺得了初赛第一的名次，而叶子念勉勉强强才进入了复赛。

叶子念简直气坏了，她决定一会儿一定要好好质问汪思琪，绝不能让这个小人再春风得意下去。

三

“你是不是拿走了我的香水?”叶子念抱胸怒视着汪思琪。

“是又怎样，反正事实已成定局，我已经拿了初赛的第一，而你呢，被甩得远远的。”汪思琪气定神闲地笑道，一副事不关己的样子。

“你你你，你这个窃贼，偷了人家的东西，竟然还不知羞耻，你快点把东西交出来，否则我就报警了!”

叶子念心里像是被无数双爪子在抓挠一般，又烦又痒。

面对她的反应，汪思琪眉毛上挑，眉角间写满了嘲笑的意味：“你这话什么意思，我汪思琪就算再不济，也不会偷别人的东西，这瓶香水是别人送给我的。”

“你还敢狡辩!”叶子念简直气炸了。

一个朗朗男声突然插入了两个女生的谈话：“叶子，是我给她的。”

路纪站在化妆间的门口。

“路纪，你这话是什么意思?”

叶子念睁大眼睛看着向自己走来的路纪，她不敢相信竟是自己最信赖的人背叛了自己。

路纪搂住汪思琪的肩膀，抱歉地看着她：“对不起，叶子。”

这句抱歉如同利剑一般直刺叶子念的内心，她觉得眼前的世界一片黑暗。

路纪继续诉说着：“你和我从小玩到大，但是我好像从未在你面前说过我的真正身世，我出生于香水世家，我们家族世代致力于调香和开发。一年前，我陪你去老宅参加完外婆的葬礼后，就发现你的身边出现了那瓶香水，这种特殊的香气令我着迷，所以我故意向你表白，借此调配出香水的配方，现在我终于成功了，自然再也不能委屈自己，思琪等了我这么久，现在该是我回归的时候了。”

事实竟然是这样，叶子念此刻终于明白：“所以你只是利用我对吗？”

路纪点了点头：“是我拿走了那瓶香水，因为当我终于调配出香水的配方时我也发现了其中的奥秘，这瓶香水具有令人梦想成真的效果，只要使用者怀着梦想将香水涂抹在身上，梦想便能成真。所以我绝不能容忍这样的事情再次发生，尤其是在思琪特别看重的模特比赛上，我把香水给了思琪，我要令她模特的梦想成真，便只能对你说对不起了，叶子。”

“香水呢？趁现在归还我还能原谅你。”叶子念冷冷问道，这是她拿回香水的最后机会。

“瓶子被我摔碎了，反正路纪已经研制出了香水，我才不想靠别人的东西夺得冠军。”

汪思琪轻巧的话语传入叶子念的耳际，“砰”的一声，她最后的希望也碎成了两半。

“好，很好，你们既然都希望我输，那我偏偏不能遂了你们的愿望，祝你们幸福。”

话音落下，叶子念狠狠地摔上门，表情冰冷，俨然一头骄傲的孔雀。

那是她最后的自尊，即使输了她也得硬撑下去。她绝不能在别人面前表现出自己的软弱，绝不能。

四

叶子念冲进家门的那一刻，终于无法控制自己的情绪，号啕大哭起来。

哭声引来了一个关切的问候，一双温暖的手将她扶起：“女儿，怎么了？”

“妈，初赛我没拿第一。”叶子念抽了抽鼻子，肩膀一耸一耸的。

“进复赛了吗？”

叶子念点了点头。

叶母拍了拍她的肩膀：“我当是什么重要的事呢，进了就好了嘛。你不是挺坚强的，什么时候变这么脆弱了？”

“这不是重点。”叶子念心里犹豫着到底该不该告诉母亲关于香水的事，如果说了，这个秘密不是就被发现了，母亲会不会怪罪自己。可不说，自己内心又不好受。

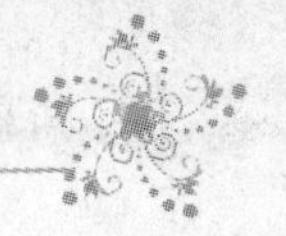

犹豫了半晌，叶子念决定道出真相：“我的香水被竞争对手偷走了，然后她因为香水的关系拿到了第一名。”

“是吗？你既然发现了为什么不找她讨回来？还有她为什么会因为这瓶香水获得初赛第一？”

该来的总躲不掉。叶子念深吸了一口气，轻轻吐出了香水的秘密：“香水是一年前回老家参加外婆的追悼会在老宅的阁楼里发现的。这是一瓶神奇的香水，涂上它，你心中的梦想便能成真，因此我的人生发了巨大的改变，而现在它从我的眼前消失了，我觉得我失去了全部的精神支柱。”

一口气说完，叶子念觉得心里陡然一轻，她惴惴地望着母亲，眼神中有些不安。

叶母微微一笑：“原来如此，难怪你这一年怎么发生了这么大的转变，是因为那瓶香水。你怎么不早告诉我，我可以给你一瓶更好的香水。”

“更好的香水？”

“对，这瓶香水也是我的母亲、你的外婆赠予我的。我曾想等你大学毕业再转送给你，看来现在就该拿出来了。”母亲从盒子里拿出一个瓶子递给她，叶子念一看，这瓶香水和自己之前的那瓶简直一模一样。

面对叶子念一脸惊讶的神色，叶母淡淡回道：“如果没有弄错，你在老宅阁楼里发现的那瓶香水叫 Confiance，中文译名为自信。而我这瓶，”叶母停顿一下，视线扫向手中的香水，又继续说，“名为 Abandonner，中文译名为舍弃。舍弃心中所有的杂念，香水帮你实现心中虔诚的梦想。”

被捧在掌心的香水瞬间因为叶母的一席话变得神圣起来，散发出淡淡的光泽。

“不过切记，动用香水前，心中许下的心愿必须虔诚，不能有任何损人利己的杂念，否则香水便会失效。”

叶子念点了点头，将母亲的一番话语谨记于心：“谢谢妈妈，我绝不会辜负你的一番心意，我一定会好好使用这瓶香水的。”

她紧紧地握住瓶子，希望在她的眼中熊熊燃烧着，诉说着她强烈而虔诚的心愿。

汪思琪，虽然你夺走了我的香水，用了卑鄙的手段获得初赛的第一名，但我绝不会让你再次如愿，我要告诉你，告诉路纪，告诉所有人，叶子念才应该是真正的冠军。

五

似乎隐隐中获得了保佑，叶子念在没有动用香水的力量下，一路披荆斩棘闯入了决赛。

决赛前。

叶子念从抽屉里取出母亲给的香水，透明的液体被悉数洒遍全身，她整个人都笼罩在一种特殊的气味中，顿时变得神采飞扬，焕然一新。

我会在评委面前展现出自己最好的一面，我要打败汪思琪成为最后的赢家。

默默地在心中说出自己最虔诚的梦想，叶子念深信，这瓶香水定会再次保佑自己，让自己梦想成真。

“下一位，有请6号选手叶子念上台做自己的风采展示。”

叶子念从位子上站起身，瞥了一眼梳妆镜中的自己，仿佛从画中走出的美丽少女，优雅而自信。她点了点头，自信地走上舞台。

“大家好，我是6号选手叶子念……”叶子念目光无惧地直视着前方，语气十分自信。

评委们似乎对叶子念的表现很满意，整个展示评委们并没有发表过多的言论，只有一个女评委提了这样一个问题：“6号选手，你身上有一股奇异的香气，我想知道那是什么味道?”

叶子念笑答：“果然什么也瞒不过老师的眼睛，香气来自祖传的一瓶香水，我在身上轻轻洒了一些，觉得有它的陪伴，会带给我好运。”

女评委点了点头，继续说道：“我明白了。6号选手你看上去的确很优秀很自信，只是你是否清楚初赛时明明你的排名很低，之后你却能力挽狂澜一路闯进决赛的原因吗?”

叶子念皱了皱眉，她对评委的问题有些不太理解：“老师，我不知道。”

“我们之所以让你进了决赛正是因为你身上天然不加雕琢的气质，你不像其他选手浓妆艳抹靠艳丽的容颜取胜。你总是素颜朝天，仿如一汪清泉沁人心脾，这才是我们决定让你进入决赛的原因，而你现在涂上了香水，变得和其他选手一般艳丽世俗，将你身上这种独有的特点抹杀了，我觉得有些惋惜。”

评委的叹息悉数落入叶子念的耳际，她有些恍惚，心里却已经炸开了锅。

自己难道会因为这瓶香水输了这场比赛？可是这瓶香水不是能实现任何愿望吗？

扩音器再次传出主持人的朗朗嗓音：“下一位，7 号选手汪思琪上台。”

汪思琪身着一袭华丽盛装，宛如女王般缓步走过比赛的红毯，熊熊火焰在她的眼睛里燃烧着，热得似乎要把与她擦身而过的叶子念灼伤了。

那个眼神，既包含着一丝幸灾乐祸，也有挑衅嘲笑的意味，轻易地一扫，叶子念便输得体无完肤。

六

叶子念心里最担心的结果还是发生了，汪思琪夺得了比赛冠军，而自己只授予了一个“最具风采奖”，她实在有些不甘，自己与汪思琪旗鼓相当，难道仅仅因为一瓶香水而毁了夺冠的前程？

心中的质疑声不停地叫嚣着，以至于站在颁奖仪式上主持人接连叫了她几遍名字都毫无反应。

“叶子念叶子念，颁奖嘉宾就要来了，你快醒醒。”

身旁的选手在她耳边小声提醒着，她这才缓缓回过神来，抬起头，一个男人站在自己面前，一如既往的英俊，他手里拿着一个水晶奖杯，朝她微笑，那个曾经只属于她一个人的路纪。

“我谨代表比赛赞助商 Lucifer 香水公司授予叶子念小姐‘最具风采奖’，同时邀请叶子念小姐担任我公司最新开发的香水‘Col’的广告模特，叶子念小姐，你愿意吗？”

艳羡、嫉妒各样的目光此时刷刷地集中在她一个人身上，叶子念怔怔答道：“我愿意。”

灯光再次柔柔洒下，泛黄的光线衬出她恬静的侧影，如梦如幻，成了永恒。

化妆室。

叶子念倚在沙发上，疲惫之色一览无遗。

熟悉的男子气息朝自己袭来，叶子念即使闭着眼睛，也能猜出站在身旁的男子是谁。

“路纪，有什么事？”

睁开眼睛，那双深邃的黑色眼眸进入自己的视线，眉梢间带着温暖的笑意：“恭喜你获得最佳风采奖。”

“谢谢。”

眼神中温暖的笑意愈发强烈，似乎有些探究的意味：“你难道不好奇自己为什么会获得出演广告的机会?”

“难道你真以为我不知道你的用意？我若没有猜错，Lucifer 就是你们家族所运营的公司吧，拍摄最新香水广告不过是你帮助汪思琪夺得冠军觉得心生愧疚来安慰我而做的补偿罢了。”

耳边传来路纪长长的叹息：“故作聪明的小姐，你为何不相信自己的实力呢？过去的你如此，现在的你亦没有发生太大改变，要自信一点啊。你难道真的不知道‘Col’真正的含义？confidence of leaf，这是献给你一个人的香水，叶子。”

叶子念皱了皱眉，疑惑地看着眼前这个俊朗的男子，献给她一个人的香水？哈，怎么可能，他的身边早已有汪思琪这样的佳人陪伴，这不过是他的甜言蜜语罢了。

而就在此时，一个不速之客打断了两人的对话，出现在他们的面前。

七

“兄弟啊，别卖关子了，你为了帮助女友找回自信真是费尽千辛万苦，她现在还不领情，你还不赶快说出真相!”

女生高挑的身影在眼前一晃，下一刻便在两人面前停下，她是叶子念的最大对手，刚刚在比赛夺冠的汪思琪。

汪思琪郑重其事地看着叶子念：“既然路纪选择了沉默，那么就由我来道出事实真相。路纪和我只是好友关系，他一直喜欢的人是你，叶子念。”

“是我?”叶子念有点不相信自己的耳朵。

汪思琪点了点头：“他知道你喜欢他，一直在等你向他表白心迹，可你却总是没有自信，他曾频频向你暗示他对你的喜欢，而你却因为胆怯刻意忽略他的动作，不得已，他只好为自己寻找契机。一年前他陪你回老家奔丧，故意将一瓶香水放置在老宅的阁楼里，制造出仿佛是老人的遗物的模样，又刻意写明香水的神奇特点，就为了让你心安理得地接受他的爱，他想通过自己的爱来改造你，他陪你一起减肥，陪你考上同一所大学，他以为这样你就能慢慢找回自信不再胆小懦弱，但他却忽略了很重要的一点。”

一个磁性低沉的嗓音接过了汪思琪的话，路纪继续陈述着：“我忽略了你会因此对香水产生依赖，你以为你身上所发生的一切都是拜香水所赐，这

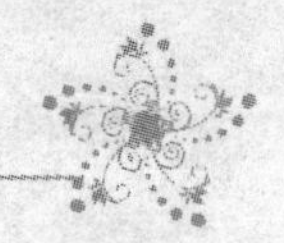

时我才明白我错得彻底，想要真正改变你绝不能依靠外物的力量，而是让你真正找到勇气和自信。所以我找来你的母亲和汪思琪，决定联手导演一场戏，帮你改掉依赖香水的坏习惯，让你真正找到勇气和自信。”

“所以，你愿意原谅这个痴心男子的欺骗吗？”

叶子念笑了，这一刻她放下了心中所有的猜测和质疑，因为她终于明白了路纪的苦心，原来幸福就在自己的身边。

她轻轻地点了点头，小声地呢喃着，声音不大，但却有千万斤的重量，传进路纪和汪思琪的耳朵里，掷地有声：“其实在不依靠香水生活的那段时间里，我已经渐渐重拾了丢失已久的自信。自信不是靠任何物体的支撑而获得的，它源自内心，源自生活，源自爱，谢谢你给了我这份爱，让我可以丢弃香水，涅槃重生。”

路纪和汪思琪的脸上终于露出了发自内心的灿烂笑容，他们注视着眼前这个充满自信的少女，一夕之间感受到那个像女王一般骄傲优雅的叶子念又回来了。

阳光很好，投射在所有人身上，三人相视而笑，一切的误会在此刻烟消云散，渐渐地形成两个字——圆满。

最后，终也老去

■ 夏末惟影

苍白了的年华，斑驳了的青春，终也在这时光里渐渐老去。

1. 秋天是你心中的旅途

缓缓飘落的枫叶像思念，我点燃烛火温暖岁末的秋天。

缓缓飘落的枫叶像思念，为何挽回要赶在冬天来之前。

——陈伊苏

拿着这张陈伊苏给我的周杰伦的两句歌词，忽觉，时间搁浅了，缝隙里斑驳了。

他还是踏上了他的旅途，去寻找每一个秋天岁末的影子。

那年，他考上的高中，不是我所在的地方，是市中心最美的拥有一大片枫叶的学校。他说，秋天的枫叶是最美的风景。

那时候流行周杰伦的歌，我们这些小年轻，爱得也不过是歌词间的那点忧伤。

那年，他考上了大学，我也如期地跟上了他的步伐，考上了他心系的学校。又是路道的枫叶，又是充满秋天的味道。

我还未对他说出我的心意，他便在这个季节，谈了他人生中的第一场恋爱。

2. 我们最初很纯很纯

要说我跟陈伊苏是怎么认识的？那要从我爹妈跟他爹妈成为邻居的时候说了，我爹跟他爹都很汗颜地娶了活宝老婆，她俩打小就拿我当他陈家的小媳妇，说他家伊苏就是给黎倩当老公的。那时还不知道他们大人的心思。长大后我却觉得，陈伊苏是我遥不可及的爱恋。

我跟陈伊苏也算半个青梅竹马吧，可我这青梅永远都是跟在他屁股后面的小跟班。这跟班跟久了，也就没有用了。

我还记得他曾经在懵懂的时候对我冒出过想要娶我的想法，当然，那是幼儿园她妈妈经常对他说的。

我们在一起读了六年小学，三年初中。嗯嗯，在我们同校的这些学年里，我感受到了他的厌恶和他的无奈。

厌恶的是所有人都把我当成他的媳妇，无奈的是他有个那样的老妈。

他去了市中心的高中，我没有去送他，也没有跟他说声再见，我那时想，他或许不稀罕吧。

3. 每年的明信片

不是说市中心有多远，而是在我们这偏僻的地方算是艰辛了。

自从我那次没有去送他后，我们就再也没有联络了。

他去那的第一年，给我寄了一张明信片：

好久不见你还好吗？
你的小狗长大了吗？
我的围巾还围着吗？
我的相片都丢了吧？

——陈伊苏

后来听了周杰伦的歌才知道，原来这是歌词。他发来的明信片里，有黑色毛衣、黑色幽默、开不了口、一路向北。

4. 见面

这次他回来，我被迫去车站接他，很是无奈，可是，他老爹老妈都说很忙，我老妈他们也没空，让我情何以堪。

在还没见到他的时候我就想，大不了我先跑路呗。至于他会不会跟大人们告状就先把它撂一边。就在我冥思苦想的时候，我被人拍了一下。

要不要这样啊？

“黎倩。”郁闷了？

我转身对他打了个哈哈。

他大少爷似的把包扔给我，自顾自地走了。

敢情我就是一佣人啊！

一回到我家，四个老人正吃得嗨皮！你说，有这样的爹妈吗？

5. 他的女朋友

他学的是旅游专业，我读的是文学系。

他和何香凌的绯闻传得沸沸扬扬，却也落实了，他们成了名副其实的情侣。金童玉女、郎才女貌，好生相配。

那时，我还在钻研我的文学，对于他的恋情，我睁一只眼闭一只眼，假装不知道，假装不关我的事。

有天，陈伊苏叫了她与我，说要一起骑自行车去短暂的旅行，我本来想要婉拒的，可是，终是劳奴命，他一声令下，我屁都不敢出。

我一直想，他们俩要去秀恩爱、秀甜蜜，非得要我奉陪吗？老娘还忙着写论文呢!!

结果，陪了他们一天的我摔了一跤，不得不养了一个星期。

6. 大三后

大三后，我在各处寻职，他去了江西，传说，他跟那个何香凌在大二时吹了。我问他缘由，他也只是哼哈一下。唉，别人的私事我是不能过问的。

他在去了江西一个月后给我发了一张明信片：

只剩下钢琴陪我谈了一天，
睡着的大提琴安静的旧旧的，
我想你已表现得非常明白，
我懂我也知道你没有舍不得。

——陈伊苏

这次是周杰伦的《安静》，我们各自一方，又各自隐藏。

7. 大四后

我们将要毕业了，我穿着毕业服心中很是喜悦，在人群中找到了他。

拉着他一起照了一张相，却也是唯一的一张了。

他说，要去北京的香山看枫叶，要我陪着。

他说，要去大兴安岭看枫叶，要我陪着。

他说，要去看中国枫叶最美的地方，要我陪着。

他说，他要去五女山看秋景，要我陪着。

他说，他要去老秃顶子山看云海，要我陪着。

可是，他想要去的地方太多了，时间不够，我们只去了北京的香山，他就已经不能再走了。

可是，他是那样地喜欢旅游，喜欢把美丽的枫叶给记着。死死地记着。

8. 嗜睡加失忆症

他说，他是个早产儿，有着不可想象的疾病，在他初中的时候就已经开始复发了。

他说，他害怕忘记所有的一切，包括那个爱笑的、一直陪着他的、可爱的女孩——黎倩。

他说，他开始疏远她，他开始远离她。

他说，他想把所有种满枫叶的地方走遍，然后拍下来。

他说，他想把记忆里所有的一切都交给她，都给她。

他说，他总是带着一个本子，那里记着关于黎倩所有的一切，包括喜欢他那件事。

他说，去了那个有着枫叶的高中，然后在那拍了一张明信片，把周杰伦的歌词写下。

后来，在度过了没有她的四个月零十八天里，他害怕忘了她，所以，他常常坐在枫树下，想着脑海里的那个人影。这也是他的爸妈总会消失几天的原因吧。这是在大四第一学期的时候他说的话。

9. 陈伊苏喜欢黎倩

初中时，同学们说我是陈伊苏的小媳妇，伊苏总会脸红一阵子。

伊苏看到其他班的同学送我情书，总会愤怒一阵子或者心情不好一阵子。

伊苏总是对我忽冷忽热，我也习惯了。

那天他躺在医院里，缓缓地拿出了一封蓝色的信。

“这是什么?”我有些不敢接。

“是作为你陪我去香山的谢礼。”他脸微微一红。

我准备打开来看。

“回去看吧，当着我的面看你也好意思啊。”听他这么一说，我也就把它收了起来。

“黎倩，我给你的那些明信片你还留着吗?”他小心翼翼地问着。

“还留着，怎么了?”我有些奇怪地问。

“你。要好好留着。呵呵……那样……我才会开心。”

听不出他话里有话。

10. 黎倩……喜欢你是我最隐秘的心事

陪了他一下午，跟他老妈交了班我就回去了，拿出他给我的那封信看。

信上写道:

黎倩，我曾经不停地想，要是能永远陪在你的身边该有多好啊。可是，我选择了逃避，我开始害怕不定哪天，你跟我说话时，我会突然问你是谁，会对你冷漠。

我们打小就认识，那时觉得你是我的，是我陈伊苏的，也是我妈口中的媳妇，如果我没有嗜睡和失忆症，我想，我会认真地对你说我爱你，说我喜欢你很久了。我不是不能给你未来，而是，我怕你会活得很累很累。

黎倩，能不能再对我说一次你喜欢我?哪怕你已经不喜欢我了。

你喜欢我这么多年了，我知道，也很压抑。我怕两情相悦，终是悲剧。

我舍不得你难过，舍不得离开你，舍不得你为我哭泣。所以我远离你，疏远你。

黎倩，我这一生只喜欢你，假使你遇上比我更优秀的人，一定要好好把握，别错失了时机。

黎倩，喜欢你是我最隐秘的心事。

我真没种，喜欢你也不敢说。对了，那些明信片希望你能好好收着。要是我没死的话你就拿着这些明信片向我要一个愿望。

我想我不会忘了你的，哪怕真的会忘，也一定会先想起你的!! 嘿嘿，看我对你多好!!

陈伊苏

11. 他在我怀里说爱我

我哭着跑去了医院，他又睡着了，那样的无害，那样的安宁。

我坐在了他的身旁，泪又掉了下来，我真是不争气啊，想要等他醒来后给他一个笑脸的。

过了一会，他醒了，一脸茫然地看着我。

“大妈，你谁啊，谁死了，哭得这么伤心?”哎，不要这么损啊!! 就算失忆了，嘴巴也还是这么坏!

“别以为我不知道你在心里偷偷地骂我！傻黎倩。”他坐起身子把我抱住。

“是不是看了信了?”我忍不住又哭了，然后点点头。

“傻黎倩，你不该为我哭的，才没走多久，你又回来了，是不是还没吃东西啊？就知道你笨。喏，这蛋糕太甜了我不喜欢吃，赏你了。”他把蛋糕递给我，我抹了把眼泪，然后猛地吃了几口。

然后，他拿了纸给我擦嘴。那样的他很温柔，我从没见过的一面。

不知什么时候我们的姿势这样暧昧，变成了我抱他。他与我在看报，我们那样有些像幸福的小情侣。

他抬起了头，轻轻地吻了我的唇。

“我爱你，黎倩。”不知怎的心里暖暖的。

过了一会，不知是谁大声地说了一句：“陈伊苏，你还要在医院装病装多久啊！你说你追个女生你费那么大劲干吗呀。你让那些有病的病人情何以堪啊!”陈伊苏说过他有个先闻其声后见其人的朋友贾正经——贾政。或许就是这位吧。

这人一进来就觉得不对，连忙打哈哈，然后溜之大吉了。

12. 陈伊苏你个骗子！

我立刻知道了真相，一把推开他，不听他的只言片语，立马走人了。陈妈妈在门口凌乱。

陈伊苏追上了我，那表情，恨得我几乎不想认识他。

“黎倩啊，你听我解释啊。这个……我绝对没有骗你！”

我真想抽他一记耳光。我静下心，心平气和地对他说。

“陈伊苏，把病房退了，然后……有空就来我家，我们好好地谈谈！”说罢，走人了。

陈伊苏很听话地退了病房，可是他进得了我家，却进不了我的房间。

他几乎天天都来我家。台词都没换过。

终于，我还是与他说了话。

“你真的没有嗜睡症跟失忆症？都是在骗我？”我很认真地问他。

“我错了，我不该听我妈的馊主意。”他在沙发上跪着，他可真会挑啊，沙发那么软。

“那么，你跟何香凌呢？还口口声声地说喜欢我很多年了，真好意思说出口。”

“那是我跟她演的一场戏，那时，我们系有个男的正追她追得厉害，我也想让你吃醋，所以，我们就演了这么一出戏喽。”

“那么……你还跟她交往两年？”骗子，真是骗子。

“噢……我跟她是哥们，这种事早就忘了，谁知道你会记得那么清楚啊。”噢……敢情无辜的是他了。

13. 真相就是他爱我

听他这几天的解释，我也就原谅了他。

他之所以去了市中心读书，是因为，他想把他喜欢的枫叶第一个给我看。

他发明信片给我是因为他怕我忘了他，他发的歌词都代表他不同的心情。

他骗我是因为过了那么多年，他怕我心里有人了，却不知我的心里一直是他。

虽说他骗了我让我有些气愤，可是，看在他也爱了我那么多年的分上，我就饶了他吧。

他跟何香凌真不真假不假呢，我也不再追究了。

我知道他爱我，我也爱他，所以，就算他骗我，他也是爱我的。

其实，嗜睡症他装得一点都不像，失忆也没忘了我多少。

是我太笨呢，还是心甘情愿？

14. 最后，终也老去

时光斑驳的岁月里，我们的爱情溜走了几次。

有幸的是，大人们的一句玩笑话，也让我们记了那么多年。终修成正果。

岁月如梭，我们也老去了，四个已西去的老人也在这记忆里流转难忘。

陈伊苏也是我年轻时隐秘的爱，现在是我一生的挚爱。

或许，那时我们错过了，或许，那时我们不懂事。

但，在这时光里，我成了他的妻子委实不是件易事。

苍白了的年华，斑驳了的青春，终也在这时光里渐渐老去。

夜愿菩提

风筝和花菜

■ 浅目

一

风筝咬过的东西，花菜照吃不误；花菜离家出走，待在风筝家里白吃白喝那是常有的事；风筝跟花菜从不在旁人面前表现出亲昵，好像私下两人之间也没有过亲昵之举。

风筝的座位在靠窗的顺数第三排，这个位置刚好看到操场上种的梧桐树树顶，花菜的座位在靠墙的倒数第三排，这个位置刚好在风扇开关的下面。

从风筝跟花菜的座位分布可以看出风筝的成绩比花菜好。

事实就是如此。

一个坐东北，一个位西南，就好比是哈尔滨跟云南，其中的差异不必多说。风筝就是哈尔滨，一如这座城市的看点：冰。冰清玉洁，气质清雅，喜怒不显于色，感情不藏于眼，总之用花菜的话来说："风筝你就是一只白狐!"

花菜是再好形容不过的，身高是姚明的一半，肤色像是非洲人的远房亲戚，身材是一马平川，至于相貌，咳咳……长得耐人寻味。用风筝的一句口头禅概括："我崇尚心灵美。"

这样两个风马牛不相及的人，偏偏成了朋友。有趣的是风筝不说，花菜不说，到目前为止没有人知道她们俩是好朋友。

风筝在班上的人缘不太好，她并不是不易亲近的那种人，也许是她太过文静，人们觉得无趣，再或许她是老师喜爱的学生，人红是非多。反正，风筝在人缘这方面差花菜很多。

花菜坐在倒数第三排，又是靠墙，花菜便在桌子上放了一摞书，不高不低，趴下来刚好挡住老师的视线。凡是不是主科的课，花菜都在睡觉中度过，风筝有时候会转过头，视线穿过无数个脑袋，停在花菜身上。

花菜有其他的朋友，她跟她们一起去食堂吃饭，一起去逛街，就算是在路上遇到风筝，花菜也不会打声招呼，相反是花菜身边的朋友会招呼一下风筝。她们保持这样的默契。

“风筝，赵露露说你装清纯！”

“是吗？我没有装。”风筝轻轻否定。

花菜默默翻了个白眼，风筝只是在否定“装”这个用字，但并没有否定“清纯”。

花菜叹口气，翻过身趴在床上，晃着脚，继续说：“张遥跟我说你嫉妒她，还背地里说过她的坏话呢。”

风筝的眉毛抖了抖，花菜恰好看到了，她认真地看着风筝的脸，这次一定要看出风筝的情绪！

花菜暗暗咬牙，可惜她还没在心里发完誓，风筝突然就别过头去。“你觉得我有那么无聊吗？”

花菜挠挠头，丧气地说道：“凡事都让你不上心……”

风筝没有说话，好像在想些什么。

“李园跟我说，风筝是个很有心计的人。”

风筝摇摇头。

“还有哦，赵露露跟我说她最看不惯白富美了。”

“她俩不是朋友吗？”风筝有点吃惊。

“嗯。”花菜赞同地点头，想了一会，忽然一脸天真地问道：“这些人和我不也是朋友吗？”

是啊，花菜口中出现过的名字都是她的朋友，风筝无奈地揉揉眉头。

“她们每天在我耳边说你的坏话，风筝，看你混得多差！”花菜并不是真心地讽刺，风筝当然知道，所以她靠过去，梳着花菜的头发，叹了口气方才说道：“如果这些人知道你把她们说过的话原封不动地说给我听，她们对你就不只是讨厌了。”

花菜不以为然地笑笑：“你不说，谁知道？”

“真是拿你没办法。”风筝宠溺地揉着花菜的头。花菜的笑容更深了。

“我永远不会是在背后中伤你的人群中的一个，风筝，你要相信。”

“哈哈……”花菜和风筝大笑着。

风筝的心里对于花菜有着一层感激，是在她俩第一次见面的时候，她特别郑重地对自己伸出一只手，说道：“您好！”甚至用上了尊称。

只有天晓得就在这同一天，风筝离开母亲，被父亲带回一座房子，然后父亲带她去认识周围的邻居。没错，花菜跟风筝之间还有一层邻居关系，不过那时候她们都已经十七岁。不是小孩子，不用那么天真地培养成儿时的玩伴。

二

要毕业了。

花菜问风筝："你说我们报什么学校?"

"我们?"风筝下意识地问出口，眼见着花菜睁大的眼睛慢慢地眯上，透出一股危险的气息，风筝急忙摆手："我的意思是你觉得自己能考上我想上的大学吗?"

花菜听风筝这样一问，马上变成了一副颓废的样子，风筝暗暗佩服花菜的变脸技术实在高超，一边松了一口气，这丫头要闹起别扭，几头牛都拉不回来。

"风筝，你想考什么学校?"花菜想了想，还是问出口。

"北大。"风筝语气肯定。

花菜看着风筝眼睛里的神采，突然不知道说什么，憋了半天，吐出一个"切"字。

"你很不屑?"风筝的眉头抖了抖。

这是风筝生气的前兆，花菜只好马上低头："不敢。"

风筝闻言恢复她常年不变的微笑。"花菜，你再加把劲，还是有机会和我在同一所学校!"

风筝就是这么一个自信的人，花菜早已经习惯她偶尔表现出的自傲，因为待她为朋友，花菜才不会讨厌，如果换成是别人对她说这话，她一定会立刻回答对方："你以为你是谁呀!"

花菜很没有自信，自己已经坐在倒数第三排，替全班开关了快两年多的电风扇，她从来没有希冀过自己能坐到前面去，成为老师视线里的一个焦点。

但是，花菜在有的时候会变得不像是花菜。

离高考还剩150天。花菜撤下了桌子上的堡垒。

离高考还剩145天。花菜买了几本练习题，几套高考题型模拟卷，花了近半个月的生活费。

离高考还剩139天。花菜第一次主动找老师请教问题。

离高考还剩130天。花菜制订了一套学习计划。

离高考还剩120天。花菜第一次上讲台做题，让同学有点意外的是出给花菜的这道题的级别属于风筝级，让老师完全意外的是花菜做对了。花菜雄赳赳气昂昂地走回倒数第三排，老师的嘴巴张成了O形。后来同桌偷偷告诉花菜，老师之前根本叫不出花菜的名字。

离高考还剩110天。花菜和风筝都很忙。

……

离高考还剩30天。第四次月考，风筝第一，花菜第二。

离高考还剩29天。风筝送了一件纯白的T恤给花菜，前面画着一棵大大的花菜。花菜穿着它舍不得脱下，这是花菜第一次收到朋友的礼物。

高考。花菜觉得题没有想象中难。风筝每做完一道题，都要检查两遍。后来，就是等待判决的时候。花菜知道自己的分数只有跟风筝相差极小才能有机会。花菜560分，风筝500分。风筝还是微笑，花菜却不敢看她。风筝填的第一志愿是一所一般的二本院校，她的分数可以选择更好一点的，花菜不懂。花菜失眠了几个晚上，最后咬咬牙，在第一志愿栏里郑重写上了同样的学校。

三

花菜和风筝牵着手站在大学门口，两人都觉得一切很不真实。风筝没想到花菜还是跟她填了同样的学校。老师一脸惋惜地说花菜没有远见，同学不解花菜的选择为何跟风筝的一模一样，反正花菜的志愿填得让落榜者吐血，上榜者嘲笑。只有风筝懂得，花菜终究是舍不得她。

花菜跟风筝选择了一样的专业。航天科学，听起来就费脑细胞。

花菜皱着眉头听完了一节课，说实话，她完全不懂，因为不懂，所以虚度。风筝却是喜欢，每天的课她听得极为认真，两只眼睛紧紧地盯着老师的一举一动，就像猎人盯着自己的猎物，有次花菜迷迷糊糊地从睡梦中醒来，看到风筝的这股目光，当即被吓得吸了一口凉气。

这是一种渴望，花菜不知道风筝在渴望着什么。

大学是一个无聊的地方，至少花菜是这样觉得的。每天上完课回到宿舍，花菜就只能躺到床上，床成为了花菜唯一的栖居之地。宿舍里住四个人，除了风筝，花菜没有在意过另外两个女孩。只是突然有一天，花菜莫名地头痛，躺在床上翻来覆去的时候，一个女生关心地问了一句："你怎么了？要不要我带你去医院？"

这个人不是风筝，为什么不是风筝？风筝在写论文，可脑袋里完全没有灵感，心里烦闷。这一句突如其来的关心，花菜在意了宿舍里除风筝外的另

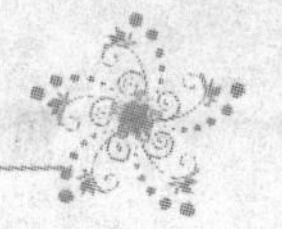

一个人，陆路。

风筝一刻的没在意，渐渐拉开两人之间的距离。风筝跟花菜之间的对话越来越少，花菜害怕了，在这陌生的城市，风筝对于花菜来说，比起朋友，更是亲人的一种存在。

风筝觉得花菜变了，没有以前的认真，变得太随性，她甚至觉得自己跟花菜没有什么话题可聊到一起，花菜每天除了睡觉，就是玩电脑看电影，花菜真没出息。

渐渐地，花菜跟风筝之间的对话变成了借一样东西或者是帮忙拿一样东西之类的用语。花菜每天上下课，吃饭的同路者换成了陆路。风筝身边也换成了宿舍里另一个戴着眼镜，说话充满哲学的女孩。

陆路跟风筝很不一样，她的纯真，幽默，偶尔的伤感，都是风筝没有的，风筝一直都是淡然的样子，没有半点感情。风筝觉得现在这个新朋友很不错，她和自己都有奋斗的目标，她是一个努力的人，是一个跟自己一样一无所有的人。花菜跟自己从出身就不一样，心又能如何灵犀相通呢。

花菜和风筝之间的对话越来越礼貌，花菜的笑容再也没有风筝的内容，风筝也一样。时间久了，连她们本人都觉得自然而然。四年的时光，花菜不知道自己在这四年里学到了什么东西，她却真实地清楚，自己失去了什么。

风筝很快乐，她惊喜地发现，张闲这个新朋友才是最适合的朋友。

花菜跟风筝同是理科生，两个人在面对问题时都非常的理性。花菜和风筝都明白，她们再也回不到以前。

回归不到当初在乎的，那就使劲抓住现在拥有的。后来，无可奈何地毕业了。

四

风筝一边忙着找工作，一边忙着考研。

花菜从一毕业就蹲在家里，她莫名地感到迷茫，未来该做些什么？

筛选了一系列职业，在无数个叉叉中，花菜终于知道自己一无所有。专业没学好，自己又一无所长，花菜痛恨自己当初的选择，盲目地追寻，最后还是迷路了。

花菜开始在网上写文章，从心情杂文到生活感悟，渐渐有人关注，渐渐有了稿费，花菜又开始写起小说，编一些老掉牙的故事，依旧有人埋单，这样子赚钱，好像也不错，花菜觉得。

风筝终于找到了一份满意的工作。风筝北上，她成了北漂一族，不过她算混得比较好，在北京市里一个不大的公办科研所里做文秘，怎么说也是吃公家饭。

花菜在家里待了三个月后终于决定出门找工作，头发剪成短发，人看起来也就精神了许多。

这个社会，女孩找工作并不是难事，花菜年轻，相貌也不错，没多费周折，花菜就找到了一份私企的文秘工作。

没想到这么凑巧，两个理科生都从事了跨行的工作。风筝很久没有联系花菜，自从换成了北京的号码，风筝就很少跟以前的人联系。偶尔上 QQ 看看，也保持隐身的状态，QQ 上花菜的头像，也一直没有亮过。

风筝有时候会想起花菜，不知道她过得如何。初入职场的花菜，就像一头被拴住缰绳的马，主人只挥一鞭子，不知道跑，再挥一鞭子，才知道向前迈步，可惜花菜是一头不太矫健的马，跑得慢。

风筝最近也不太顺心，考研没过，本就有些丧气，偏偏这时又听到所里的传言，自己即将被人接替，风筝觉得自己就像是被人取下了发条的玩具，她生平第一次有了冲动，第一次去了酒吧，喝得酩酊大醉。

张闲找到风筝时，风筝已经醉得不省人事，把风筝背回她们合租的宿舍，风筝连喝醉了都一直保持双手护在胸前的状态，张闲清楚，风筝是个极度没有安全感的人。风筝允许了自己第一次地放纵。

风筝照常上班，装作若无其事，她在等待，等待纸被捅破的那一天。

等待了一个月，风筝默不做声，静静地观察所里的一举一动。一个月内，有人进来，有人走了，风筝暗笑一个小小的科研所也搞“换水”这一套，风筝本就傲气，得知接替她的人是所长的情人，风筝二话不说，到人事部办了离职，直接离开北京回了家。

凌晨回到家的风筝莫名地喜欢现在这个家的味道，风筝的父亲见到她微微有些诧异，而后默默地替风筝收拾好房间，又给风筝做了早餐。

虽然父亲一直没有说话，但是风筝从父亲脸上挂着的笑容，分明看出父亲是高兴的。风筝不经意间看到父亲头上有了几根银丝，一瞬间仿佛被人狠狠扇了一个耳光，风筝眼睛通红，艰难地咽着碗里的饭。

年龄小的时候因为母亲的缘故，风筝对这个男人很排斥，现在大了，风筝也理解以前父母的行为，面对这个优秀的男人，风筝觉得自己不配是他的女儿。这种自卑的想法，风筝不愿承认。

父亲下岗了。风筝还是安慰了父亲。其实父亲还有一个家庭，但是在风

筝被父亲带走的两年后，父亲跟那个家庭一刀两断，彻底回到这里和风筝一起生活。风筝见过那个女人，一双弯弯的笑眼，像一只狐狸，还有那个女孩……

花菜知道风筝回来了。她还是没有去找她。有的默契不用培养。花菜跟风筝默契地保持联系，却不见面。

花菜认识了一个新朋友，她笑起来眼睛弯成月牙，跟风筝一模一样。她们一起逛街，一起欣赏美女，一起品评帅哥，花菜跟她说了很多以前，只是略过了风筝。花菜突然发现自己有了变化，皮肤变得白皙干净，没有化妆，也能听到别人说她长得漂亮。

那个女孩总是缠着她倾诉抱怨，花菜有一种被依赖的感觉，久了，花菜也会帮着女孩骂骂她口中的“恶人”。

春天妖娆地扭着猫步路过的时候，花菜换了一家公司，风筝也找到一份工作；夏天风风火火登场的时候，花菜炒了原公司的鱿鱼，又找到一份新工作，风筝升职长薪，深受老板器重。

秋天到了，花菜去赏了红叶。那个女孩自杀了。花菜如何也不理解，只是因为一个背叛了自己的男人，女孩竟然选择断了自己的生命。她突然想起风筝告诉自己的故事。那晚的记忆如洪水汹涌般淌进花菜的脑海，风筝那一双冰冷的眼眸，花菜死也不会忘记。

五

“你妈妈做什么工作?”花菜曾经这样问过风筝。风筝拒绝回答。

花菜没有兴趣知道这个的时候，风筝却主动给她讲起她母亲的事。那晚风筝说：“原本我很爱我妈，后来我发现她的工作是我最讨厌的职业时，我就不爱她了。”

花菜错愕。

“我妈现在三十岁……”

花菜张大嘴，数着手指头，喃喃自语：“你现在是十七岁，那你妈……哇!”花菜数完最后一根手指，“她十三岁就结婚了?”

“没有结。”风筝摇头，“只是跟一个男孩做了错事，于是有了我。”

花菜不喜欢风筝的用词，她不习惯自嘲的风筝，正想说话，风筝打断：“男孩家里给女孩父母一笔钱，让母亲打掉孩子，母亲偷了钱跑了出来，幸好遇到一个女人，给母亲安排了住宿，我也顺利来到这世界，不幸的是，母亲要为这女人工作……”

“为什么不幸？”

“……唉，皮肉生意，何幸之有？”风筝叹气。

“这样赚钱确实快，母亲原打算再干一两年就洗手不干，这个时候，父亲出现了，要带走我，母亲求我留下，但是我拒绝了……”

花菜哭了。花菜现在特别想见风筝，但是风筝不想见她。风筝回复了花菜的信息，对身边的男人喜笑颜开。

两年过去。花菜没有见到过风筝，她守着自己开的一家小书店，偶尔去旅游，见过不同的人。花菜的第一本书刚出版面世就带来了不错的反响，她有了官方微博，慢慢有了书迷。花菜最近在准备第二部作品，微博上突然出现一个叫作“断线的风筝”的书迷，花菜看着她给自己的留言，总是会想到风筝。

花菜彻底跟风筝失去了联系，听父母说风筝的父亲突发疾病去世之后，风筝离开了这个城市。她关了QQ，换了电话，完全从花菜的世界消失了。花菜已经二十五岁，还没有谈过恋爱，父母急着给花菜安排一场又一场的相亲，花菜也很积极，在众多的相亲中，花菜终于和一个男子对上眼缘，他叫赵随，更准确地说是叫菲夫尔特·泰勒。他是一个混血儿，父亲是英国人，母亲是中国人，虽从小生活在国外，却说得一口流利的汉语。

赵随说花菜很像他的一个朋友，通常男人这样说，花菜猜到他嘴里那个朋友应该是他喜欢过的人。花菜觉得赵随真不错，甚至把他写进了她的新书。她从没有提过交往，赵随也没有表示，但他们之间却一直保持着一种默契。赵随在等一个女人，花菜有些嫉妒那个抛弃了赵随却还被他惦念着的女人，可是她和他只是朋友，你不说，我也不说，他们之间的平常关系，就花菜这点嫉妒都显得是莫名其妙。

花菜三十岁。她已经是一个资深的作家，花菜靠她的作品赚得的收入完全可以让她衣食无忧。可是花菜已经三十岁，就算一颗酸葡萄，也应该酿成葡萄酒了。

书店里请的唯一一个女店员请辞回家结婚，无意之下算给了花菜一味隐形的苦药，那个女孩才二十岁，她已经三十，真是老了，花菜觉得自己再不能茫然地等待。

花菜鼓足了勇气，打算告诉赵随，或许他们可以在一起试试。花菜还没有开口，赵随却告诉她，那个女人回来了。

花菜只好继续着暗恋的游戏。

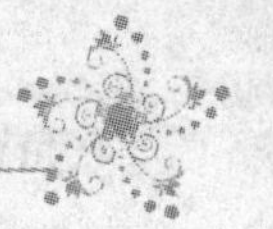

与女人见面之前，花菜模拟了无数遍见面的场景，她要做一个霸道的女人，狠狠地讽刺那个女人一番，花菜相信自己的口才。

花菜想象了无数遍，也得意了无数遍，眼前女人的出现让她就像刚刚伸手抓住了一个馒头的小偷，被老板当场发现，花菜讽刺不了她，因为她竟是风筝。

风筝穿着一件有些透明的白衬衣，下面是一条红色短裙，着一双红色高跟鞋，花菜从来没有想到过红色会出现在风筝身上，现在看来那样刺眼，刺得生疼。

风筝见到老朋友，先给了花菜一个大大的拥抱，闻着风筝身上的香水味道，花菜吸了吸鼻子，喉咙涩涩的。风筝抱着花菜，闻到久违的熟悉香味，有种恍然隔世的感觉，但她还是很快松开花菜，风筝害怕。

赵随原谅了风筝当初的不告而别，花菜看着两人或是愧疚或是惋惜的表情，她突然恶心地想吐。

风筝从赵随眼里再也看不到当初那样柔和的光，赵随待她礼貌而生疏，较之花菜，赵随对她的笑，却是真实得不容复制。

花菜见到风筝的女儿，与她的母亲一般是个美人胚子，四岁的孩子不哭不闹，风筝只是给了她一部手机，那孩子便拿到一边安静地玩弄，就像完全不存在一般。

风筝二十六岁嫁给一个五十二岁的富豪，刚好大风筝两轮，对于这位丈夫，风筝的感情更多的是对于一位父亲的尊敬，就是这位老人，给了风筝母亲一份安宁，给了风筝一分自尊。

风筝三十岁，丈夫病逝，母亲也因为职业带来的诸多病患离开了人世。

风筝离开了那个富丽的家，她不想跟那些比自己大了四五岁的“儿子女儿”争得头破血流。

还当风筝是朋友吧，花菜说服自己。

赵随向花菜表白，花菜终于在三十岁的尽头迎接了第一份爱情。

六

风筝带着女儿又搬到了另一个城市。花菜要了风筝的电话，她很少联系她。三十二岁，花菜终于嫁人了，新郎不是赵随。婚礼当天，花菜寻了许久，终是没有看到想见的面容。

三十九岁，花菜领了离婚证书。即使当年选择了被爱，两人还是没有逃过七年之痒。花菜想着带着自己的儿子和女儿度过余生已是幸福。

风筝在周而复始的日子中，想象着年轻的自己，偶尔会偷偷穿了女儿的校服，站在镜子面前欣赏许久，她时常摸着自己的脸，数脸上的皱纹，岁月终究不愿哄她，她真的老了。

花菜四十五岁，她送儿子和女儿去了寄宿学校。花菜经常到楼下小区和那群老太太聊天跳舞，她知道终有一天，她也会跟她们一样，闲云野鹤，只待归去。

有一天的平淡日子，风筝收到花菜的短信，她们之间鲜有联系，风筝没有想到花菜发短信是向她借十万块钱。风筝没有多问，答应借给花菜，取了给女儿存的嫁妆钱，正打算寄给花菜，花菜又告诉她这只是个玩笑。花菜当天发了很多短信，有陆路、有赵随、有前夫、有风筝，还有其他“朋友”，她告诉他们她遇到困难，急需十万块钱。

花菜在做游戏，这个游戏或许会让她发现一些事实。当风筝打电话给她，花菜哭了，她是第一个，花菜仿佛看到高中毕业聚餐那天让自己不要哭，自己却哭得厉害的风筝。

有的人，即使缺席过各自的人生，没有太多的话语，她也仍会是你的朋友。风筝对于花菜，是如此。

风筝邀请花菜参加女儿的婚礼。花菜风风火火赶到风筝的城市，看到那个站在破旧房子面前等待的妇人，她苍白瘦弱，一阵轻风就可以吹起她的身子，就像风筝一样。

“风筝，你为何变成了这样？”花菜握住风筝粗糙的双手，明明都已经是个五十岁的老人了，还像个小姑娘一样大哭起来。风筝把花菜引进自己租住的房间，花菜看着这样一间既是厨房又是卧室的房间，鼻子一酸，又要哭泣起来。

风筝实在看不了一个老女人还这般爱哭，骂了花菜几句，花菜当真没有再矫情起来。“没办法，养了个不争气的女儿，抛下我去追求富贵去了。”风筝叹气道。

花菜现在才体会到当初那个玩笑给了这个女人多大的心里压力，十万块，她哪里去找？可是当初她没有拒绝。

“或许是我年轻时做了太多的孽，老天便惩罚我了……”风筝笑道，“我现在只求能参加女儿的婚礼。”

花菜给风筝买了一身昂贵的衣服，找专人给她化了一个美丽的妆容，风筝感激花菜的用心，带着花菜去了女儿的婚礼。可是，她们被挡在门外，直到婚礼结束，风筝还是没有见到自己的女儿。

花菜想，如果是自己的孩子这般待自己，自己一定打死她！风筝回到家里，不吃不喝。花菜不敢离开。

“花菜，想知道高考之前那一天我没来上课，是去干什么了吗？”风筝突然问花菜。

花菜摇头。

“我去看我母亲，我骂她是婊子，我让她去死。”风筝轻轻说道。

花菜哑然。

“现在我体会到当初母亲的心情了……”风筝闭上眼睛，两行泪水滑下。

七

花菜坐在轮椅上。风筝的坟墓面前什么都没有。

“还是只有我来看你啊，风筝。”花菜艰难地把菊花放到墓前。

“我可是也一直抱怨你呢，干吗死在我面前。”

“我也快来陪你了，我们是朋友，对吧。”

风筝在女儿结婚的那天晚上，从三楼上跳了下去。花菜只是出门去买一点食物，就在楼口，风筝从上面飞下来，躺在她的面前。

天堂里有没有蝴蝶花

■ 雪小禅

小妹不是我的亲小妹。

她是继父的女儿，母亲带着我改嫁到许家的时候，小妹就在了。她比我小十天。我记得自己很紧张，一直牵着母亲的手，那年我九岁，小妹倚在门上甜蜜地叫我：哥。

我仍然记得那个“哥”字有多清脆多响亮多让人感动。

它于我而言，是最柔软的一声称呼，父亲去世后，我饱受同族人的欺负，万般无奈之下，母亲带着我改了嫁。我的小伙伴们说，找个后爹更可怕，而妹妹告诉我，她的恐惧比我还要多，因为，她怕后娘。

娘是个善良的人，所以，几个月之后，小妹就不再恐惧了，她把我当成亲哥，有什么东西总是偷偷让给我吃。继父脾气不好，总爱打人，我挨的第一顿打是因为老师找上门来——我把一盒粉笔全泡在了水里。

我讨厌数学老师，她总是偏向那些有钱有势力的同学，所以，我是故意这样做的。

这样做的结果是她要我继父亲赔她的粉笔钱，五毛钱一盒，要赔一块钱。

那时一块钱是很大的数字，继父在老师走后打了我。他骂，小兔崽子，不要以为一块钱有多好挣！

母亲把我抱在怀里哭了。

而小妹站在一边，一会儿出去给我洗了条热毛巾，我的屁股还红着，小妹问，疼吗哥？

我的眼泪那时才掉了出来。

继父远远没有小妹善良，他总疑心母亲偷了钱和粮食给娘家。终有一次，他说自己家的玉米丢了几十公斤，母亲跑到井边号啕大哭，父亲嫌她丢脸，揪过她就打，而我疯了一样冲了上去，差点把继父撞到了井里。

继父对我更不好了，简直是充满了敌意。他说养了半天是替别人养的小虎娃子，与他无关。所以，在钱上对我更苛刻。我和小妹都上初中，小妹不

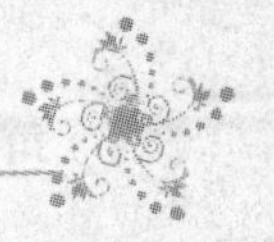

用带馒头，我却要带馒头，小妹吃的穿的都比我好。母亲暗自流泪，却说，娃，在人屋檐下，低头吧，娘做不了他的主。

让人感动的是小妹，她总是打了饭菜端给我，然后就着我的冷馒头吃。我们兄妹俩一边吃一边聊天，在那三年，如果没有小妹的照顾，也许我心里充满了恨，但因为有了小妹，我原谅了那个男人。正像母亲也偷偷给我钱一样，我也是一分为二，一半给自己，一半给小妹，后天的兄妹，我们却是那样亲。

初中毕业，我们都以优异的成绩考上高中，然而我知道，我和小妹只能一个人去上。

家里只有几亩薄地，继父在一个砖厂上班，他也不容易，没有舍得吃也没有舍得花，衣服总是拾别人的穿，就是喜欢喝几口小酒，小妹的成绩比我还好一点，母亲的意思是，男孩儿干点什么都行，女孩子还是考上学好，所以，我决定退学了。

妹妹没有说什么。继父更是同意。

那个夏天我很郁闷，看来，爹亲是爹亲啊。我和母亲暗自流了几次泪，甚至我觉得和小妹的关系都疏远了。母亲已经给我联系了远方的亲戚，准备去外面打工去，十七岁的男孩儿出去没有问题了，可我真的很想念书。

临开学前三天，妹妹突然出事了，她收晾在房上的玉米，脚一滑从房上摔了下来，结果，腿折了，而去镇上读高中有十几里路，她至少要在家里躺上三个月。

没有办法，妹妹说，让哥去读吧，我命不好。

我暗自庆幸自己的幸运，并且心里说，活该，谁让你们不长好心眼？开学了，我去读了高中，成绩一直不错，小妹却成了种庄稼的人，以后，无非是找个男人结婚生子慢慢变老，但有一天母亲来看我时说，庆生，你可别忘记小妹，她是故意摔下来的，她是想让你上学。

我呆了傻了，愣在秋风中，不知不觉眼泪就下来了。我没有想到，小妹对我这样好。

一年之后，继父突然中风而去，母亲突然傻了，家，就这样瘫了。母亲本来身体就不好，这下更完了，倒是小妹，坚强地说，哥，你别管家里，好好念你的书，咱妈我来管。

我的小妹，我的十八岁的小妹，既要为我挣学费，又要照顾母亲，并且还要种二十亩地，当她来学校找我时，我简直不敢相信自己的眼睛，她又黑又瘦，头发枯黄，一点也不似一个十八岁的少女，她的手，满是口子，她塞给我一把钱，是卖红薯的钱，然后转身就走了。

祸不单行，一年后，母亲病逝。我提出辍学，小妹急了，对我嚷着说，有我呢，你赶紧去读书，妈说了，就想让你上大学。

我的小妹，十九岁的小妹，去了南方，如果不去南方，她是供不出我来的。

而我以优异的成绩考上了北大，那在全村是一个奇迹，当我收到从南方寄来的学费时，我再次哭了。

为了让小妹少吃一些苦，我疯了似的打工，因为我知道，我多挣一分钱，小妹就可以少受一点罪。

每当想起小妹给我汇钱的情景我就会特别心酸，我有什么权力让一个没有任何血缘关系的女孩子供我上学？我曾在心里发过千百遍的誓：小妹，我一定会报答您的恩情。

可是，上帝没有给我这个机会。

离我毕业还有半年的时候，我接到一个电话，是深圳的警察。

请问你是陈庆生吗？

我心里一紧，请问你是？

我们是×区交警队的，你小妹出了车祸，正在医院里抢救，她说，快告诉我哥。

一刹那间，天塌了地陷了，我借了钱，买了飞机票，小妹，这是我今生第一次坐飞机，我知道，晚了就来不及了。

还是晚了。

小妹去了。

她是在雨中去邮局，刚发了奖金，想要快点寄给我，在穿过马路时，遇到了一个酒后驾车的司机，我的小妹，手里还拿着那张汇往北京的汇款单子。

那上面，写着陈庆生的名字。

汇款人是王小红，与我的姓氏没有关系的人。

去整理她的遗物，只有几件朴素的衣服，还有一本日记，上面写的几乎全是我，她说，哥是我的骄傲，我一定会让哥上完大学。另外的东西，是一个搪瓷盆，两双旧鞋子，平底的，因为工厂不让穿高跟鞋，一个破旧的半导体收音机，我一直以为小妹和我一样有了 MP3，但她什么都没有，甚至，连一盒化妆品也没有。

我去商场买了最好的裙子，买了一双红色的高跟鞋，因为小妹说过，她

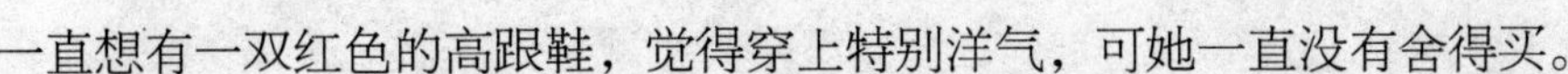

一直想有一双红色的高跟鞋，觉得穿上特别洋气，可她一直没有舍得买。

做完这一切，我把所有人打发出去，自己和小妹待在冰冷的房间里，我给小妹换上这些新衣服，然后给她梳了头发，她头发真黑，这么年轻的生命啊。她的脸上几乎有着圣洁的光芒，我握着她的手，这个最美丽的女孩子，此刻静静躺在冰凉的太平间里，我希望她可以入天堂。因为，善良的人应该去天堂的。

小妹走了，我不知道天堂里有没有蝴蝶花，但我知道，蝴蝶花应该长在天使的翅膀上，我小妹的肩膀上，就应该有一对蝴蝶花。

只有三天记忆

■ 花夏花浮华

楔子

“啊！”一个女生的尖叫声响彻天空，周围的三个人满脸黑线地看着她，然后将她扶起。

“小惜，我们已经告诉你很多次了，走路要抬脚，你怎么总忘记，又被绊倒了吧，我看看摔没摔坏。”林依媛无奈地说道，蹲下身来查看伤势。

“小媛，我不是记性不好嘛，下次一定记得。”我坚定地说道。

“你每次都是那么说，哪次记得了。”

一个微微带有笑意的声音响起，我怒瞪了一眼说这句话的主人——韩逸然。

“哼，再这样也比某些人好，天天被老师留下来背东西。”

“你——”

眼看着战火就要点燃，有人发话了。“好了，你俩别吵了，再吵下去我们就不用回家了。”

叶千一句话浇灭了这股火，不过说真的，我俩要吵起来真能吵一天。

“好了，还好没有摔坏，你以后小心点。还有逸然，你就不能好好背背东西，你韩大少爷别的方面都那么厉害，怎么一到背东西就倒下了，不像你的性格啊。”

林依媛检查完后站了起来，无奈地看着韩逸然。

“我也不想啊，可是一看到那些东西就犯困。”韩逸然一脸无可奈何的样子。

“好了，凝惜既然已经没事了，我们赶紧回家吧，已经很晚了。”说完，四个人向各自的家走去。

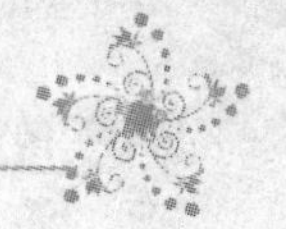

1. 介绍

我叫凝惜，名字取珍惜的意思，今年十八岁，上高二，一头美丽的秀发垂到膝盖，一双蓝宝石般深蓝色的眼睛。我的父母都是科学博士，不过我已经有七年没有见过他们了，周围的人都告诉我他们出了远门，去做科学探究，没有人知道他们去了哪儿。

说实话，从小到大还没有跟他们分开过这么久，突然分开这么久还真是不习惯。说到我的记忆力，我也不知道怎么回事，自从那天醒来以后，我的记忆力就变得不好，准确地说是只有三天记忆，凡是超过三天的事，就会忘得一干二净。

不过奇怪的是，每到考试时，试卷上的题我都会答，而且还能答对，整的韩逸然一到看到我的成绩时都直抓狂，尤其是文科，谁让他不好好背东西。

其实，我觉得一个人只有三天记忆也没有什么不好，至少可以让人忘掉那些不愉快的事。如果一个人只有三天记忆，世界就不会有战争、杀戮，世界将会变得更美好。

小媛、叶千、韩逸然，当然也包括我，家境都算不错，可是大家都没有富家公子、小姐的架势，很平易近人。

虽然我和韩逸然总是在一起吵，但是谁都没有真正地生过气，反而在吵架后变得更好了。小媛就更不用说了，温柔、待人友好，总是给人一种很亲切的感觉，就像亲人一样，而且她笑起来也很漂亮，充满阳光的味道。至于叶千嘛，怎么说呢，他很阳光，学习也是出类拔萃，最主要的是，他已经上大二了，不过因为我们几个都是好朋友，家又顺路，所以他每天都会和我们一起走，而且他跟韩逸然给人的感觉不同，更像是大哥哥，而韩逸然有时给人一种小孩的感觉。感觉这东西还真是奇妙呢。

2. 回忆

“铃——铃——铃”放学的铃声响起了。

“小惜，明天是周末，正好还是你爸妈离开的整七年，我们几个一起去啊?”小媛问我。

“嗯，也好，毕竟已经有一年没去了，屋里应该落了很多灰，正好去好

好打扫一下。"

我现在搬到了小媛家住，一来是伯父伯母害怕我没人照顾，二来呢就是可以好好陪陪小媛。小媛的爸妈和我爸妈是很好的朋友，所以小媛也就是我的闺密了。

"那好，就这么定了。"

"嗯。"

晚上，小媛已经进入梦乡，而我却睡意全无，记忆又飘到了七年前……

"爸爸、妈妈，惜儿换好衣服了，你们看好不好看。"

那时只有五岁的我穿着爸爸、妈妈送给我的生日礼物——雪白蕾丝连衣裙，从楼上跑了下来。

"好看，我们的宝贝惜儿是最好看的小公主。"

爸爸、妈妈从小都特别疼我，视我为掌上明珠。不论他们遇到什么问题，在面对我时总是面带笑容，甚至连眉头都没有皱过，所以我是在爱和笑容的浇灌下长大的。

妈妈是一个很美丽的女人，说话总是很温柔，唱歌也很动听。爸爸是一个英俊而和蔼的男人，他总是会给我讲许多很神奇的故事，我很爱他们，在我的心里他们是天下最好的爸爸妈妈。在我九岁那年，有一个人来找爸爸妈妈，我不知道他们说了什么，只知道他们出来时脸上有些担忧，甚至连我叫他们都没听见，我开始感到害怕，怕他们不会再像从前一样时刻面带笑容。过了一会，他们看见了我，脸上又绽开了笑容，但我知道那笑容未达眼底。他们说要领我出去玩，让我去准备，虽然还是感觉有什么事要发生，但是还是去准备了，我只能在心里默默祈祷不要发生什么事才好。

我坐在车里看着外面的景色，心中有种说不出的感觉，景色也变得诡异起来。也许是我多心了吧，我想。车渐渐向山上开去，然后——

记忆在这一刻终止，不知道为什么，每次想到这，记忆就好像终止了一样，再往下想，头就会感到剧烈的疼痛，让我无法再想。那段遗失的记忆，就好像是我刻意想要忘记一样，想要记起，意识却不允许。算了，不想了，天快亮了，赶紧睡一会儿，早上好起来去打扫房子，到那再看看有没有办法让我想起来。随后，我就进入了梦乡。

3. 密道

“今天天气真晴朗，是不是啊，小惜。唉，小惜，你不舒服吗？脸色怎么不太好。”小媛关切地问我。

“啊，我没事，只是昨晚没睡好罢了。”天知道我只睡了两个小时。

“你是不是又想什么了？”叶千问我。

“嗯，又想起了以前，可是结果还是那样，一到那就想不起来了。”

“凝惜，你就别想了，像我一样轻轻松松地生活多好，你今天没跟我吵架说实话还真不习惯。”

“韩大少爷，你什么意思，你以为我想吵啊，好像我很凶似的。”我明明很温柔嘛，是你没看出来，我心想。

“是是是，你不凶，是我错了。”韩逸然讨好地说着。

“好了，到了。”推开熟悉的家门，想念的思绪渐渐涌来，到处都是熟悉的味道，摆设还一如七年前。

“好了，我们开始打扫吧。”收起心中的想念，开始今天的工作。

大家都热火朝天地打扫着。我走进了爸爸妈妈的卧室，在这里我享受着熟悉的气息。看着墙上的一家三口的照片，眼里顿时感到一片温热，一滴泪无声息地滑落，有多久我们一家人没有在一起拍一次照片了。

我到床上去想把照片拿下来，因为照片框的颜色有些掉了，我打算换一个新的框。这是我七年以来第一次把照片摘下来，本以为框还没事，不会掉色，今年看怕是不行了。

我试了几次，可是都拿不下来，怎么会这样，我记得爸妈没有把照片钉死啊，可是为什么拿不下来。

“小媛、叶千、韩逸然，你们上来一下。”我冲楼下喊到。

“哦，马上。”他们听见了就赶快放下了手里的工作，走了上来。

“小惜，怎么了？”小媛问我。

“不知道为什么，照片拿不下来了。”我把照片指给他们看。

“小惜，这是你们的全家福吧，看起来好幸福，而且小惜，你小时候怎么那么可爱，像洋娃娃一样。”小媛兴奋地说道。

“的确，比现在好看多了。”一个欠扁的声音传来。

“韩逸然，你不说话没人当你是哑巴。”

“你们看，相片框的四个角被细小的钉子给钉起来了。”叶千发现了照片拿不下来的原因。

“哦，我说嘛，照片怎么拿不下来。”我马上去取工具。

相片被取下来了，但让我们意想不到的是相片后竟有一块雕花被镶在墙上，不知是什么力量牵引着我，我的手不自觉地抚上了雕花，突然想起电视剧里也有过这样的情节，摁下去就会出现一个密室。这不会是密室的机关吧，我想。手也随之摁了下去，果然雕花被摁了下去。可是，竟然没有出现其他任何的反应。

“小惜，你确定会有什么密室吗？怎么什么也没有。”小媛不解地问我。

“我也不知道啊，我。”我突然感觉到楼下好像有动静，那是我的房间。

“你们听，是不是有什么动静。”我们趴在地上静静地听了一听。

“真的有动静，那不是你的房间吗？”小媛很疑惑，我也是一样。

“不管了，先去看看再说。”我们一起去了我的房间，并没有发现什么异样，倒是韩逸然挺惊奇的。“凝惜，这是你的房间？没想到你小时候是这种性格，跟照片上一样，都很可爱。”

这句话还挺中听，不过也不怪他吃惊，屋子的装饰确实有点……

淡粉色的墙壁，白色的家具，布满蕾丝的地毯和窗帘，带有粉色碎花的床品，床头摆满了娃娃，还有亮晶晶的水晶吊灯，太梦幻了。

“小惜小时候可是很可爱的呢，嘴甜，又很爱笑，唱歌也很好听，幼儿园表演时小男孩都要做她的王子呢。”小媛兴奋地说着，根本就没有看到我满脸黑线的脸。

“哇，凝惜没想到你小时候这么有人缘，怎么样要不要考虑做我的公主啊。”

我怒瞪了一眼韩逸然：“你给我正经点，我们还要办事呢。我记得响声应该是从衣柜里传出来的，我们去那里看看吧。”

“嗯。”

我打开了衣柜，映入眼帘的是满目的蕾丝和雪纺裙，之所以有这么多裙子是因为爸爸妈妈说希望我像一个小公主一样美丽、可爱。

等等，我移开了衣服，看见了一个像门一样的东西。我推开它，果真，里面有一个密道。

“没想到竟然真的有密道，而且竟然在我的衣柜里。”

“嗯，是挺不可思议，那我们要不要下去看看。”

“当然要。”好不容易发现密道，怎么能不一探究竟。

“那我去找手电筒。”说完，叶千便下去找手电筒了。

4. 真相

找到手电筒，我们走进了密道，我们走了好久。

“唉，你们说这里会不会藏着什么宝贝或者是什么秘密。”韩逸然四处观看。

“不知道，也许会吧，宝贝不见得有，秘密也许会有。”我想起了七年前爸爸妈妈那种忧虑的眼神，就觉得一定有什么秘密。

“那会有什么秘密呢?”小媛不解地问。

“我也不清楚，不知道为什么，一进到这里就觉得有种奇怪的感觉，就好像是有什么会被揭穿一样。”心里有种很莫名的紧张感涌了上来，还有些许的期待。

“你们看，前面有三条路。”叶千的一句话让我们停下了脚步。

“三条路？怎么会这样，到底哪一条是对的。”

“要不我们分头走走看?”不知为什么，我觉得事情不像小媛和韩逸然想得那么简单，可也想不出什么其他的原因。突然，有一个东西闯入了我的视线，在最右边一个不易发现的地方有一个跟爸妈卧室里差不多的雕花，会不会是那个雕花有什么名堂。想到这儿我收回了视线，但很巧的是和叶千的眼神撞在了一起，看得出来他也发现了。

“这三条路都不是对的。”我和叶千竟一起说出了这句话，我们面面相觑，因为我们已经不是第一次这么默契了。我们从小就认识，从小到大也都一直特别默契，小时候我总喜欢围在他的身边，拽着他的衣角，甜甜地叫着他叶哥哥。因为他总是给我一种亲切的感觉，还有他身上散发出的淡淡清香让我着迷。

但不知从什么时候起，我们不再那么亲密，我也不再叫他叶哥哥，也许是自从他们说我爸妈“出门”以后吧。我也不再像以前一样活泼、爱笑，变得更加沉静。

“小惜，你快看，这里真的有一扇门。”小媛的话把我从回忆里拉了出来，原来是叶千按动了那个雕花，然后出现了一扇门。

“走吧，我们进去看看。”我整理好思绪，和他们一起走进了那扇门。

进入了那扇门，我们又走了一会儿，拐了几个弯，终于走到了一个地方。在那里有一扇门，我们推开了那扇门，映入眼帘的是一个很宽阔的空间。在最前面有一块大石头，上面有一个像箱子一样的东西，密室壁上有几盏燃着火的灯。那种灯是不会熄灭的，因为它的火是由多种化学物质所研制的，它散发着幽蓝色的光，重要的是它不会对任何人或事造成伤害。

我们走到那块大石头面前，看着那个箱子，刚要打开，手却在刚要触到箱子时犹豫了。到底在犹豫什么，我想。

“小惜，怎么了?”小媛关切地问。

“没事。”我还是打开了箱子，在打开箱子后我们都惊呆了，在箱子里又一颗蔚蓝色的水晶闪着耀眼的光芒。

“好漂亮。”小媛不由自主地赞叹着。不知道有什么力量牵引着我，我拿起了那颗水晶，我看见箱子里还有一张折起的纸，拿起纸来，打开一看是一封信，写信的人竟是爸爸妈妈！信的内容是这样的。

我们的宝贝女儿，惜儿：

当你看到这封信时，我们已经不在你身边了。很高兴看到你从曾经那个襁褓中的婴儿慢慢成长为一个美丽的女孩。有些事情我们想我们应该告诉你了，你应该很想知道你为什么只有三天记忆，那其实并不是一个偶然。就如我们的突然离开一样，因为那也并非是一个偶然。还记得我们曾经给你讲过的一个故事吗?

在很久很久以前，天地是一片美好的，没有战争，到处都充满幸福与欢笑。但是，不幸的事情发生了，来自地底的恶魔开始攻击人类，到处民不聊生。天神终于看不下去了，他派遣了一支军队去帮助人类清除恶魔。那场神与魔的战争打了整整两百年，神魔两方都伤亡惨重，尤其是神那边，只剩下了几个拼死的士兵和他们的将领——羽。她是天神唯一的女儿，也是天上唯一的公主，她只有几百岁，在诸位天神中还只是个小女孩。她纯真、善良，每天都过着无忧无虑的生活。但是由于战争的来临，她必须要担起这个责任，因为她是天神的女儿。

最后，这场战争平息了，它的平息是由羽的生命换来的，也只有羽献出自己的生命才能平息。原因是因为羽虽是女子，但她的身上却汇聚了日月精华和大地的灵气，所以年纪虽小却比许多神灵还要强很多，这也正预示了她将为天地作出巨大的贡献。羽死后转世为人，但她的路却并不平坦，这是因为她在转世以前因为备受宠爱又灵秀可爱，所以被恶魔的女儿所嫉妒，所以恶魔的女儿就用自己的水晶球向女巫换取了一个诅咒的权利，诅咒羽每次转世为人都要经历一次巨大的磨难，这一次磨难如果她不能度过，她就会死，而且下一世会更痛苦。不过有诅咒就有祝福。女巫在恶魔的女儿许下诅咒后，自己又许下了一个祝福。如果她平安度过的话，她便会一生幸福。

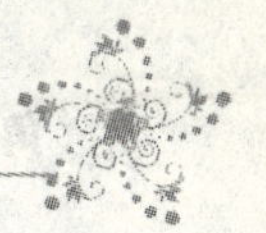

还记得这个故事吗？虽然那只是神话，但有真实的事例发生。那是一种十分罕见的病，几千万人里面只会有一位这样一个特殊的人。这种人在未出生时，细胞的结构就和常人不同，但又看不出什么具体的差别，因为这种人生下来不但和常人一样，而且比常人更加聪明。但奇怪的是，他们每个人在人生中都会经历一场巨大的磨难，那是一场与死神的交锋，活下来的概率很小，而且就算是活下来他们的记忆也只有三天，所以人们才想出了这样一个故事，同时也称这种人为“天神的女儿”。

你就是这千万分之一的人，也就是“天神的女儿”。在你刚出生没多久，我们就知道了这件事，但我们并没有就此悲伤，我们真的好爱你，对你倾尽了全部的爱。你知道吗？每当看到你稚嫩的笑脸，我们都感觉好幸福。我们一直都在想办法想帮你渡过那场灾难。这是我们离去的其中一个原因。还有一个原因就是汪博士一直在寻找像你这种孩子，然后用来做实验，那是一个可怕的实验，至于实验原因请原谅我们不能告诉你。汪博士一直派人在暗中追杀知道这个秘密的人，我们也是被追杀的人。为了不让你因为我们而受到伤害，更不想让他发现你，所以我们决定在你长大后，带着这个秘密离开这个世界。所以我们希望在我们离开后，你能开心地活下去。

不要担心，我们已经找人代替我们照顾你。还记得叶千吗？小的时候，你总喜欢围在他身边叫他叶哥哥。记得妈妈曾经问过你这个问题：“你喜欢叶哥哥吗?”你总是回答说“喜欢”。当我问你“为什么你喜欢他”时，你说，因问他总是在你身边保护你，总是在你因为失去心爱的玩具哭时而哄你，总是在你生气时逗你开心。所以有他照顾你我们很放心。还有一个最重要的原因，其实他是你的亲哥哥。很抱歉，瞒你了这么久。叶千也知道这件事，他从小就在爷爷奶奶家生活，因为那时候我们在研究一些很重要的东西，所以每天都很忙，无暇顾及他，直到他三岁那年的一次接触，我们发现他明显和我们疏远了很多，那时我们才意识到我们对他亏欠了多少。同年，我们便有了你，为了不再亏欠你，我们放下了一切工作，隐居了起来。

我们要对你说的话还有很多，但现在只能先说这些。如果叶千在你旁边，希望你能代我们对他说声对不起。

我们的两个宝贝，要记住爸爸妈妈一直都在你们身边，不曾离开，我们爱你们。

爱你们的爸爸妈妈

泪，止不住地流下。原来爸爸妈妈是为了保护我才离开的，还有，叶千竟然是我的哥哥，怪不得每次接近他都有种很亲切的感觉，怪不得我们总是这么默契，怪不得……

“惜儿。”我转过头去，惜儿，好久都没有人这么叫过我了。

“哥。”我扑到了他的怀里，任凭泪水洒在他的衣服上，哥哥紧紧地抱着我。我终于有亲人了，我想。

“惜儿，对不起，这一切我其实都知道，之所以是现在才告诉你，是因为爸妈想等你成年后再告诉你。我其实叫凝叶千。从今天起，你不再是一个人了，我会一直保护你，不会离开你。”

哥说的对，我不再是一个人。

“对，小惜，你不再是一个人，我们都会陪在你的身边。”

小媛的一句话点醒了我。对，我不是一个人，一直都不是，我还有他们。我离开了哥哥的怀抱，看着他们他们的脸上都有泪水，那是感动的泪水。

“小媛说得对，我一直都不是一个人，我还有你们。”说完这句话，我们都笑了，这是感动的笑，有多久我没有这么轻松地笑过了。

“小惜，你手里的水晶。”小媛的一句话让我想起了我手里的水晶。打开手一看，水晶竟然变得透明，而且不再散发光芒。

“怎么会这样?”我吃惊地说。

“惜儿，不用担心，你还记不记得我曾经跟你说过的蓝晶石?”“

“记得，你说里面的蓝晶元素可以治好所有类型的失忆，可是这种宝石极其稀有，很少有人能够找到。等等，你不会是想说它就是蓝晶石吧。”我不可思议地望着手里的这块水晶。

“不错，这正是蓝晶石。其实说来也巧，那时爸妈的好朋友出去做考察，无意间发现了这颗蓝晶石，想起了你的情况，就把它带了回去，交给了爸妈，为了保护蓝晶石，所以爸妈才挖了这条密道，那时你还很小，所以并不记得。”

原来是这样，我记得哥哥曾经说过，只要失忆的那个人握住蓝晶石，蓝晶石里的蓝晶元素就会进入到他的身体，等到它变得透明且失去光芒后，那个人的记忆就会恢复。那些被遗忘的记忆像潮水般涌来，头又有了那种熟悉的痛，我一下子被人抱住，是哥哥。

“不怕，哥哥在这，很快就好了。”哥哥的声音让我好安心。

我的记忆恢复了，我终于记起九岁时那段让我心痛的记忆。

原来九岁那年，爸爸妈妈带我出去玩，结果车在经过一条山路时因为雾气太大，导致视线有误，车子滚下了山崖，也就是在这个时刻，爸爸妈妈用

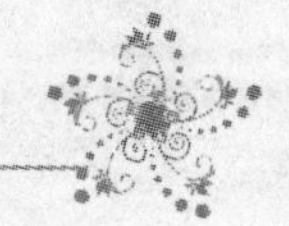

身体护住了我，我才幸免于难，只是头部受到了一些撞击，才会昏迷，至于醒来后认识我的人都不告诉我事情的真相，是怕我承受不了打击。这也许就是我所遇到的巨大的磨难吧，不过我很庆幸，我是幸运的，也因为有了他们的默默守护，才让我可以健康快乐地生活下去。“谢谢你们。”

我又恢复到了曾经那个爱笑的女孩，记忆也好了起来，我跟韩逸然的争吵却还在继续，不过他也开始努力了，文科的成绩也开始上升，也很少被老师留下来处罚了。我和哥哥搬回了那个和爸爸妈妈生活了九年的家，虽然小媛很不舍，但还是尊重了我的决定。至于那颗蓝晶石，我把它好好地保存了起来，它对于我来说意义重大。

从那天以后，我告诉自己，崭新的我和我崭新的生活开始了。

请在对岸等待一只落单的角马

■于小鱼

角马，不过是只肥胖的牛羚。

在这个学校，几乎每个人都知道我和数学老师牛连生是不共戴天的死对头，可我万万没有想到，这个可恶的家伙，在关键时刻会对我下如此狠毒的黑手。

那天我光荣地站在校级优秀作文的颁奖台上向同学们挥手致意，我知道，那是我生平拿到的分量最重的一个奖杯，全校作文大赛的一等奖。我相信我那两颗盖不住的小虎牙一定在闪光灯的照射下熠熠生辉，而的确，当牛连生连咳带喘呼哧呼哧闯上领奖台的时候，我还没有来得及合上嘴。

我的预感没有错，牛连生一脸的严肃，显然，是来砸场子的。

“我宣布，这次比赛的结果无效。”牛连生抢过主席台的话筒，这个意外的举动，让嘈杂的会场一霎时变得沉寂。

“这位同学的文章是抄袭的，除了名字之外，和这本作文手册的第五篇文章一字不差。”牛连生“啪”地把一本书摔在领奖台上，“得意”地走了下去。

我不知道那一天我是怎样在一片唏嘘声中从台上走下来的，满脑子的懊恼和羞辱让我一整天都觉得天旋地转。

从那以后，我很少接触周围的同学，他们也很少联络我。

终于，我成了一只落单的角马。

是的，我的外号叫“角马妹”，我从小就皮肤黝黑，身体肥胖，所以你应该知道，角马并不是什么马，而是一种体壮如牛的羚羊，它的另一个名字，是牛羚。

你不会知道那点小小的虚荣对于一个体态笨拙家境又不好的女孩有多重要，而我更不明白，如此残忍地伤害一个女孩的自尊究竟会给牛连生带来什么好处，所以我在心里一遍遍地发誓：牛连生，走着瞧！

1. 这算不算世上最失败的报复

其实我和牛连生的过节由来已久，好多次班主任想把班干部的头衔交给我的时候，牛连生总会在背后拆我的台，“那个学生平时连自理能力都差，怎么去领导别人?”而我也会在学校对老师的问卷调查中给他挑出鸡蛋里的骨头，“数学老师不讲卫生，一进教室就一股葱花酱油味儿。”

我们的矛盾愈演愈烈，甚至最后不惜用极端的言辞去揭对方的疮疤，他说你这种不知努力的学生永远也有不了什么出息，我说祝你这个邋遢的老师一辈子找不到老婆。

是的，到现在，牛连生也还是单身，从他穿的那件早已掉了颜色袖口扯了一尺多长的破毛衣就能看得出，他那光棍日子也过得安逸不到哪去。

其实，牛连生在其他同学那里，口碑还是不错的，可有一次，我还是听到了一条足以令我震惊的小道消息。

“知道吗，听说数学老师谈恋爱了，是个教育局离异的女领导呢。”

我“嗖”地凑到那个传播八卦的同学面前，张大嘴巴，塞进满满一捧爆米花。

“真的！千真万确!”他满有把握地朝我点头。

是的，牛连生，你要知道，这个复仇的机会，我已经等了很久了。

牛连生在两个礼拜后的数学公开课上出糗了。先前准备好的一道道数学公式软件，被篡改成了他和那个女领导的私人电子信件，一张张地投放在大屏幕上。老师们开始一个个地从后门离开，而牛连生只能涨红着脸，尴尬地站在讲台上不知所措。

我嘲讽的目光已经很清楚地告诉他，牛连生，你也有今天!

可我最终在这场战斗中失败了，一个星期后，牛连生逐个给同学们发喜糖，厚着脸皮说反正也没有什么秘密了，我和你们的师母已经公开相处了。

我偷偷把那块喜糖扔到脚底踩个稀烂，望着窗外，倔强的泪水还是忍不住地滴了下来。

2. 牛连生，我这辈子都不会原谅你

初三的紧张生活让我没有太多时间去和牛连生作对，是的，这一年，我要拼尽所有力气考入重点高中，挽回自己的尊严，我不想被人看成一只一无是处的角马，尤其不想被牛连生看不起。

牛连生的身体日渐消瘦，有时候会在课堂上咳得喘不过气来。每在那个时候，我的心底总会突然生出一丝怜悯：其实，牛老师也不是那么坏。

我的文化课成绩在一路飙升，可在大多数人看来异常轻松的体育加试却成了我的致命伤。想了再三，我还是厚着脸皮找到了牛连生。

“那个……牛老师，我的800米长跑怕是坚持不下来的，你能不能和我的师母说说，在教育局给我走走关系……”

我想这次牛连生应该不会拒绝我的，作为老师，他应该知道这场体育加试对于我人生的意义。

可牛连生还是把事情做绝了，我的请求遭到了他的断然拒绝，体育加试当天，他还亲自到场，防止有老师为我作弊。

最终，我的体育成绩比平均分低了30多分，和文化课成绩加在一起，最终以2分之差和重点高中失之交臂。

那天我指着他的鼻子说牛连生你公报私仇，我这辈子都不会原谅你。我号啕着跑到母亲的坟头，诉说着满心的委屈。

事后牛连生找到了我，说那所重点高中看上了我的文化课成绩，如果我愿意，开学前会给我一次体育补考的机会。

暑假里，我白天顶着烈日练习长跑，好几次几近虚脱，晚上会流着泪拿起那团红色的毛线，去织一件毛衣。

3. 请在对岸等待那只落单的角马

我叫牛玲，刚好和角马的另外一个名字谐音，加上粗壮的肢体，所以从小到大，一直被人叫做“角马妹”。我的母亲早逝，在我的印象里，父亲带给我的，只是一次次的伤害，而我，最终还是原谅了他，因为那天在母亲的坟前，他给我讲述了角马过河的故事。

角马生活在非洲的东部和南部，为了寻找新鲜的食物，它们会随着季节的变化群体迁徙，而每一次迁徙，它们都会遭遇湍急的马拉河，有大批角马

会在渡河过程中溺水而死。有一年十月，马拉河的一段河水异常清浅，当大批小角马想从浅处涉水时，却被老角马死死挡住，小角马不得不从深水过河，而老角马眼睁睁地看着一只只小角马的尸体被河水冲走。

老角马之所以如此残忍，是因为它们深深地知道，这种清浅的河水是多少年都不会有一次的，如果这次小角马从浅处过河，来年当老角马不在的时候，小角马根本没有渡过湍急河水的能力。

老牛最终没有能看到我送给他的礼物，当我准备把那件叠得整齐的毛衣和那封重点中学的录取通知书送给他的时候，他已经不在了。为了不让我分心，他把肺癌晚期的病情隐瞒了整整一年。

好多次我都会从睡梦中哭醒，在梦里，我看到老牛穿着我给他织的毛衣精神地站在讲台上，身上再也没有了葱花味儿。

是的，老牛，请在生命之河的对岸等我，请相信这只坚强的小角马，一定会勇敢地穿过人生中一道道湍急的河流，好多年好多年以后，我会像你一样拼尽所有气力游到河的对岸，向你说声，爸爸，我爱你！

一袭青衫万缕情

■ 琦君

我念初三时，物理老师是一位梁姓的男老师。他第一天到课堂，就给我们非常滑稽的印象。他高高瘦瘦的穿一件褪色淡青湖绉绸长衫，本来是应当飘飘然的，却是太肥太短，就像高高挂在竹竿上。袖子本来就不够长，还要卷上一截，露出并不太白的衬褂，坐在我后排的沈琪大声地说："一定是借旁人的长衫，第一天上课来出出风头。"沈琪的一张嘴是全班最快的，喜欢挖苦人，我低头装没听见，可是全班同学都吃吃在笑。梁老师一双四方头皮鞋是崭新的，走路时脚后跟先着地，脚板心再拍下去，拍得地板好响。他又不坐，只是团团转，啪嗒啪嗒像跳踢踏舞似的。梁老师拿起粉笔在黑板上写了个大大的"梁"字，大声地说：

"我姓梁。"

"我们早知道，先生姓梁，梁山伯的梁。"大家说。沈琪又轻轻地加了一句："祝英台呢？"

梁老师像没听见，偏着头看了半天，忽然咧嘴笑了，露出一颗大大的金牙。看着黑板上那个"梁"字自言自语地说："今天这个字写得不好，不像我爸爸写的。"

全堂都哄笑起来，我也笑了。因为我听他喊爸爸那两个字，就像他还是个孩子似的。心想这位老师一定很孝顺，孝顺的人，一定是很和蔼的。他收敛了笑容，一双眼睛望向窗外，好像望向很远很远的地方，全堂都肃静下来。他又绕着桌子转了好几圈，才开口说："今天第一堂课，你们还没有书，下次一定要带书来，忘了带书的不许上课。"语气斩钉截铁，本来很和蔼的眼神忽然射出两道很严厉的光来。我心里就紧张起来，因为我的理科很差，如果在本校的初三毕业都过不了关，就没资格参加教育厅的毕业会考了，因此觉得梁老师对我前途关系重大，真的格外用功才好。我把背挺了一下，做出很用心的样子，他忽把眼睛瞪着我问：

"你叫什么名字？"

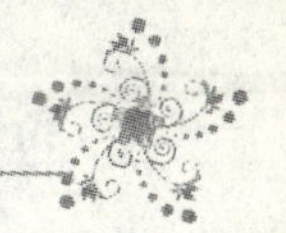

我说了名字，他又把头一偏说：“叫什么，听不清，怎么说话跟蚊虫哼似的，上黑板来写。”大家又都笑起来，我心里好气，觉得自己一直乖乖儿的，他反而盯上我，他应当盯后排的沈琪才对。沈琪却在用铅笔顶我的背说：“上去写嘛，写几个你的碑帖字给他看看，比他那个梁字好多了。”

“噢，珍珠宝贝，那你父母亲一定很宝贝你吧，要好好用功啊。”

全堂都在笑，我把头低下去，对梁老师马上失去了好感。他打开点名册，挨个儿地认人，仿佛看一遍就认得每个人似的，嘴巴一开一合，露着微暴的金牙，闪闪发光，威严中的确透着一股土气。下课以后，沈琪就跳着对大家说：“你们知不知道，世界上有一种牙齿是最土的，就像梁老师的牙，所以我给他起个外号叫‘土牙’。”大家都笑着拍手同意了。沈琪是起外号专家，有个代课的图画老师姓蔡，名观亭，她就叫他菜罐头。他代了短短一段日子课就被她气跑了，他告诉校长说永生永世不教女生了。一位教外国史的老师，一讲话就习惯地把右手握成一个圈，圈在嘴边，像吹号一般，沈琪就叫他“号兵”。他也不生气，还说当“号兵”要有准确的时间观念和责任感，是很重要的人物。但是“土牙”这个外号，就不能当着梁老师的面叫了，有点刻薄。国文老师说过，一个人要厚道，不可以刻薄，不可以取笑别人的缺点，叫人难堪。全班同学都很厚道，就是沈琪比较调皮，但她心眼并不坏，有时帮别人的忙，非常热心，只是有些娇惯，一阵风一阵雨地喜怒无常。

第二次上课的时候，梁老师从口袋里摸出一个小小空心玻璃人和一张橡皮膜，然后把小人儿丢入桌上有白开水的玻璃杯中，蒙上橡皮膜，用手指轻轻一按，玻璃人就沉了下去，一放手那玻璃人又浮了上来。他问：“你们觉得很好玩是不是？哪个同学懂得其中的道理请举手。”班长张瑞文举手了，她站起来说明是因为空气被压，跑进了玻璃人身体里面，所以沉下去，证明空气是有重量的。梁老师点点头，却指着我说：“记在笔记本上。”我坐在进门第一个位置，他就专盯我，我记下了，他把笔记本拿去看了下说：“哦，文字还算精通。”大家又笑了。一个同学说：“老师点对了，她是我们班上的国文大将。”梁老师看着我说：“国文大将？”又摇摇头：“只有国文好不行，要样样事理都明白。你们知道物理是什么吗？物理就是宇宙间一切事物的道理。道理本来就存在，不是人所能创造的，聪明的科学家就是把这道理找出来，顺着道理一步步追踪它的奥秘，发明了许多东西。我们平常人就是不肯动脑筋思考，只会享现成福。现在的物理

课就是把科学家已经发现的道理讲给你们听，训练你们思考的能力和兴趣。天地间还有许多道理没有被发现，所以你们每个人将来都有机会做发明家，只要肯用脑筋。”

讲完了这段话，他似笑非笑，口中的金牙闪着亮晶晶的光，我一想起“土牙”的外号，觉得很滑稽，却又有点抱歉，感到梁老师实在是热心教我们，不应当给他起外号的。他的话说得很快，又有点模糊不清，起初听来很费力，但因为他总是一边做些有趣的实验，一边讲，所以很快就懂了。他又说，“日常生活中，无时无刻不接触到万物的道理。比如用铅笔写字、用筷子夹菜、用剪刀剪东西，就有杠杆定律，支点力点重点的距离放得对就省力，否则就徒劳无功，可是我们平常哪个注意到这个道理呢？这也就是中山先生所说的知难行易。可是我们不应当只做容易的事，要去试试难的。人类才会有进步。”我们听了都很感动，他虽然是教物理，但时常连带讲了做人的道理。我们初三是全校的模范班。本来就一个个很好学的样子，对于国文老师的一言一行都佩服得五体投地，现在物理老师也使我们佩服起来了。

有一次，他解释“功”与“能”的分别时，把一本书捧在手中站着不动说：“这是能，表示你有能力拿得动这本书，但一往前走产生了运送的效果，就是功。平常都说功能、功能。其实是两个步骤。要产生功，必须先有能，但只有能而不利用就没有功。”他又点着我们说：“你们一个个都有能，所以要用功，当然，这只是比喻啦。”说着他又闪着金牙笑得好慈祥。他怕我们笔记记不清，自己再将教过的实验画了图画，写了说明编成一套讲义，要我们仔细再看，懂得道理就不必背。但在考试的时候，大部分背功好的同学都一字不落地背上了。发还考卷的时候，他笑得合不拢嘴说：“你们只要懂，我并不要你们背，但能够背也好，会考的时候，全部题目都包含在这里了。”他又看着我说：“你为什么改我的句子？”

我吓了一跳，原来我只是把他的白话改成文言文，所有的“的”字都改“之”字，句中还加上“也”“矣”“耳”等语助词，自以为文理畅顺，没想到梁老师并没有不高兴，还说：“文言文确实比较简洁，我父亲也教我背了好多《古文观止》。”

“《古文观止》只是一本书，怎么说好多《古文观止》？”沈琪又嘀咕了。

“对，你说得对，沈琪。”梁老师冲她笑，一副从善如流的神情。

梁老师终年都穿蓝布长衫，冬天蓝布袍，夏天蓝布单衫，三伏的大热天

都不出一滴汗。人那么瘦，长衫挂在身上荡来荡去。听说他曾得过肺病，已经好了，但讲课时偶然也会咳嗽几声，他说粉笔灰吃得太多了，嗓子痒。我每一听他咳嗽，心里就会难过，因我父亲也时常咳嗽，医生说是支气管炎，梁老师会不会也是支气管炎呢？有一次，我把父亲吃的药丸瓶子拿给他看，问他是不是也可以吃这种药，他忽然把眉头皱了一下说："你父亲时常吃这药吗？"我回答是的。他停了一下说："谢谢你，我大概不用吃这种药，而且也太贵了。不过你要提醒你母亲，要特别当心你父亲的身体，时常咳嗽总不大好。"看他说话的神情，那份对我父亲的关切像是异乎寻常的，我心里很感动。

我们在毕业考的前夕，每个人心情都很紧张沉重，对于课堂的清洁和安静都没以前那么注意，但为希望保持三年来一直得的冠军和学期结束时领取银盾的纪录，班长总是随时提醒大家注意，可是这个希望，却因为物理课的最后一次月考而破灭了。那天梁老师把题目卷子发下来以后，就在课堂里拍着踢踏步兜圈子。大家正在专心地写，忽然听见梁老师一声怒吼："大家不许写，统统把铅笔举起来。"我们吓了一大跳，不知是为什么，回头看梁老师站在墙边贴的一张纸的前面，指着纸，声色俱厉地问："是谁写的这几个字！快站起来，否则全班零分。"当时只知道那张纸是班长贴的，上面写着：各位同学如愿在暑假中去梁老师家补习数学或理化的请签名于后。"因为他知道我们班上有许多数理比较差的同学，会考以后，考高中以前，仍须补习，他愿义务帮忙，确确实实不需要交一块钱，头一年就有同学去找他补习过，说梁老师教得好清楚易懂，人热心，所以我第一个就签上名，也有好多同学签了名。那么梁老师为什么那样生气呢？我实在不明白。冷场了好半天，没人回答，时间一分一秒地过去，我们心里又急又糊涂，我悄悄地问邻座同学究竟写的是什么呀？她不回答我，只是瞪了沈琪一眼，恨恨地说："谁写的快勇敢地出来承认，不要害别人。"可是沈琪一声不响，跟大家一齐举着铅笔。忽然最后一排的许佩玲站起来说："梁老师，罚我好了，是我写的，请允许同学们继续考试吧。"梁老师盯着她看了半天说："是你？"

"我一时觉得好玩写的。太对不起梁老师了。"说着，她就哭了起来，许佩玲是我们班上品学兼优的好学生，她这次究竟在那张纸上写些什么，惹得梁老师那么冒火呢？

"好，有人承认了就好，现在大家继续写答案。"他说。

下课铃一响，梁老师收齐了卷子，向许佩玲定定地看了一眼就走了。下一节是自习课，大家一齐涌到墙边去看那张纸，原来在同学签名下的空白处，歪歪斜斜地用很淡的铅笔写着："土牙，哪个高兴来补习？"大家都好惊奇，许佩玲怎么会写这样的字句？也都有点不相信，又都怪梁老师未免太凶了，许佩玲的试卷变成零分怎么办？许佩玲幽幽地说："梁老师总会给我一个补考的机会吧。"平时最喜欢大声嚷嚷的沈琪，这时却木鸡似的在位子上发愣，我本来就满心怀疑，忍不住走过去问："沈琪，你怎么一声不响，我觉得许佩玲不会写的。"沈琪忽然站起来，奔到许佩玲身边，蹲下去，哽咽地说："你为什么要代我承认，你明明知道是我写的。我太对不起你了，太对不起大家了。"

"我想总要有一个人快快承认，才能让同学来得及写考卷。也是我不好，我看见了本想擦，一下子又忘了，不然就不会有这场风波了。沈琪，不要哭，没有关系的。"许佩玲拍着沈琪的肩，像个大姐姐。

我们对她代人受过的牺牲精神，都好感动，但对沈琪的忏悔痛哭，又感到很同情。班长说："沈琪，你只要快快向梁老师承认就好了，可以免去许佩玲受冤枉。"正说着，梁老师已经走过来了，他脸上一点没有生气的样子，只和气地说："同学们，我再给你们一次机会，那几个字究竟是谁写的？因为不像许佩玲的笔迹。"沈琪立刻站起来说："是我，请梁老师重重罚我好了，和许佩玲全不相干。"

梁老师的金牙笑得全都露了出来，他说："沈琪，我就知道是你捣蛋，你为什么写土牙两个字？你为什么不愿意补习？你的数理科并不好，我可是是免费的啊。"他又对我们说："大家放心，你们的考试不会得零分。许佩玲的卷子我已经看过了，她是一百分。"

全班都拍起手来，连眼泪还挂在脸上的沈琪都笑了。

梁老师走后，我们还在兴奋中，七嘴八舌地谈论着，忽然隔壁初二的班主任老师走来，在我们的安静记录表上，咬牙切齿地打了个大叉叉，说我们吵得她没法上课。这一个大叉叉使我们这一学期的努力前功尽弃，再也领不到安静奖的银盾，而且破坏了三年来的冠军纪录，我们都好伤心。沈琪尤其难过，说都是因为她闯的祸，实在对不起全班。大家的激动使声浪无法压制下来，而且反正已经被打了叉叉，都有点自暴自弃了。此时，梁老师又来了，他是来给我们送讲义的。看我们一个个失魂落魄的样子，还以为仍为沈琪的事，他说："你们安心自习吧！事情过去就算了，过而能改，善莫大

焉。”我们却告诉他安静记录表被打叉叉的事，他偏着头满不在乎的样子说：“这有什么不得了，旁人给你做记录算得什么？你们都这么大了，都会自己管理自己，奖牌、银盾都是形式，校长给的奖也是被动的，应当自己给自己奖才有意思。”

“可是我们五个学期都有奖，就差了毕业的一个学期，好可惜啊！”

“唔！可惜是有点可惜，知道可惜就好了，全体升了高中再从头来过。”

“校长说要全班每人考甲等才允许免试升高中，这太难了。”

“一定办得到，只要把数理再加强。”

我们果然每人总平均分都在甲等，这不能不说是由于梁老师的热心教导。升上高一的开学典礼上，梁老师又穿起那件褪色淡青湖绉绸长衫，坐在礼堂的高台上，校长特别介绍他是大功臣，专教初三和高三数理的。

在高一，我们没有梁老师的课，但时常可以在教师休息室里看到他，踩着踢踏步满屋子转圈圈。十分钟休息的时候，我们常常请他跟我们一起打排球，他总是摇摇头说不行，没有力气，我们觉得他气色没有以前好，而且时常咳嗽得很厉害。有一天，校长忽然告诉我们，梁老师肺病复发，吐血了。在当时医学还不发达，肺病没有特效药，一听说吐血，我们马上想到死亡，心里又惊怕又难过，恨不得马上去医院看他。可是我们不能全体去，只有我们一班和高、初三的班长，三个人买了花和水果代表全体同学去看他。她们回来时，告诉我们梁老师人好瘦，脸色好苍白，他还没有结婚，所以也没有师母在旁陪伴他，孤零零一个人和别的肺病病人躺在普通病房。医生护士都不许她们多留，只和他说了几句话就出来了。她们说梁老师虽然说话有气无力，还是勉励大家好好用功，任何老师代课都是一样的，叫我们不要再去看他，因为肺病会传染，他的父亲就是得肺病死的。我们听了都不禁哭了起来。沈琪哭得尤其伤心，因为她觉得自己最对不起梁老师。

不到两个月，就传来噩耗，梁老师竟然去世了。自从他病倒以后，虽然死的阴影一直笼罩我们全班同学的心，但一听说他真的死了，没有一个同学愿意接受这残酷的事实。我们一个个号啕大哭，想起他第一天来上课的神情，他的那件飘飘荡荡又肥又短的褪色淡青湖绉绸长衫，卷得太高的袖口，一年四季的蓝布长衫，那双前头翘起像龙船的黑布鞋，坐在四脚打蜡的桌子上差点摔倒的滑稽相，一笑咧开的嘴就会露出闪闪的金牙，这一切，如今都只令我们伤心，我们再也笑不出来了。

在追思会上，训导主任以低沉的音调报告他的生平事迹。说他母亲早丧，事父至孝。父亲去世后，他为了节省金钱给父亲做坟，一直没有娶亲，孑然一身。他临终时还念念不忘双亲坟墓的事。他没有新衣服，临终时只要求把那件褪色淡青湖绉绸长衫给他穿上，因为那是他父亲的遗物。

听到这里，我们全班同学都已哽咽不能成声，训导主任又沉痛地说："在殡仪馆里，看他被穿上那件绸衫时，我才发现两只袖口磨破，因没人为他补，所以他每次穿时都把袖口摺上来，他并不是要学时髦。"全体同学都在嘤嘤啜泣。

殡仪馆里，虽然我们全班同学都曾去祭吊过他，但也只能看见他微微带笑的照片，似向我们亲切地注视。

我们没有被允许走进灵堂后面，没有机会再看见他穿着那件褪色淡青湖绉绸长衫，我们也永远不能再看见了。

不会一辈子兵荒马乱

■ 古保祥

1. 夏小锦成了护花使者

我不知道自己何时开始招惹的夏小锦，他于某一天黄昏，开始像幽灵般地守护着我，他美其名曰护花，其实他是在作秀，他只不过是喜欢上了本小姐罢了，我好讨厌他呀，就好像太阳讨厌乌云一样。

总有些青春般的事件水到渠成，我每天放学的时候，会穿过无数条小巷回家，这是我认为的最佳捷径，而夏小锦却提醒我，最近这一带不太平，经常会有一些江湖人物出没。我回答道：江湖人物是你吧，人在江湖飘，怎能不挨刀?

我对他的叮嘱置若罔闻，我特立独行，在家里，抑或在社会上与学校里，我不会让任何人干涉我的生活，包括我逝去的母亲与在世的父亲。

但那个傍晚，事件却终于不可避免地发生了。

几个简单标榜自己的小流氓，竟然截住了我，我分不清他们是想劫色还是劫财，财自己身上所剩无几，因为父亲经常克扣我的零花钱，色倒是有，但本姑娘吝啬得很，是决然不会贸然丢掉的。

我做好了最残酷的战斗准备，远方却传来了打斗声，几消一盏茶的工夫，有人倒在血泊里。

一帮人一哄而散，兴许是被这个家伙的不要命所折服，我拽起对方的衣领子仔细观瞧，才发现竟然是夏小锦。

从此后，我与他的日子开始了兵荒马乱。

2. 一个男人和一个女人

晒一下我的家事，像一本难念的经。

母亲英年早逝，父亲含辛茹苦地又娶了一个国色天香的女子，据说要命般的有钱，倾国倾城的那种，坊间流传着父亲看中了对方的家财万贯。我随我母亲的大道至简，自然看不过去，表示反对后，他们开始时暗度陈仓，直至后来，父亲调动了大批人马说服我，才使得我在母亲的灵前痛哭流涕般地接受了另外一个女子的存在，但我叮嘱汪小卫：只一个人，再多一个，我就跳楼。

汪小卫与夏娣喜出望外，他们破天荒地请了我吃一顿豪门盛宴，我推辞不想去，但无奈一想起那些饕餮来，便垂涎三尺。那晚，我是绝对的主角，天知道，夏小锦居然在场，夏娣介绍说他是这儿的服务生，打工的，我对他嗤之以鼻，无所谓的夏小锦对我倒是十分热诚，好似我成为他最亲的人。

一个男人与一个女人的故事在我的周围上演，战争在所难免。我性格倔强，父亲喜欢加班，是私营企业独有的那种情景，夏娣推却了公司里面的事情，每晚过来陪我，做饭、洗衣服，不亦乐乎，我安然地享受着这种突如其来的“伪温暖”，我拼命地浪费着她的时间、身价与财富，谁让她是我最不喜欢的人？

3. 噩梦来袭

那天回家，我竟然发现夏小锦在厨房里，与夏娣亲亲热热的样子，凭我的高级智商，我发现了一些端倪，从那晚的宴会开始，我就觉得不一般，我禁不住推门而入，对忙的满头大汗的夏小锦说道：

你来我家作甚？难不成是我雇的包身工吗？

夏小锦满脸铁青，似乎对我的难缠不感兴致，夏娣在旁边无可无不可，双方僵持半晌后，夏小锦突然间笑了起来：

你呀，怪不得叔叔请我来照顾你，叔叔说他需要加班，阿姨呢公司事务繁忙，所以呢以高薪雇了我过来，是吧，阿姨？

夏娣慌不择路地答诺着，只是她背转身去，不停地抹眼角的泪水。我问时，夏小锦解释着：辣椒放太多了，小姑娘，今天我就让你见识一下我这个高薪职业并非浪得虚名，我会炒菜，会讲笑话，更会补习功课，我现在可是某某大学的高材生。

那晚，他征服了我所有的希望与纠缠，他讲起笑话来惟妙惟肖的，他炒的菜不比父亲炒得差，他简直是父亲送给我的活宝，我郑重地告诫他：我看你的表情怪怪的，我猜不出是福是祸，但我与你要约法三章，不准谈及爱

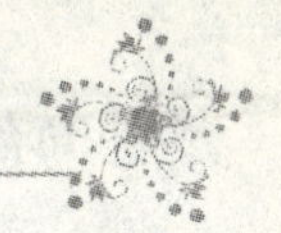

情，更不准对我有非分之想。

喝了半瓶啤酒的夏小锦吐了一地，他笑了：不会的，绝对不会的，我保证，一辈子都不会。

一辈子都不会，我突然间有些失落，他何苦这样地折磨自己的将来，也许，在遥不可及的将来，谁也不会定义出自己的最爱，这个可怕的男孩子，竟然将我们的未来以失落的结局总结出来，我只好骂他傻，骂他痴。

4. 兵荒马乱的岁月

学生生涯兵荒马乱，是谁说的，不准谈及感情问题，只可以埋头做功课，由于最近心情恰到好处，我的学习成绩呈直线上升状态，我甚至将自己的感情交织在作文里面，被语文老师大做文章般地朗诵出来，让大家瞬间感情升华到最高潮状态。

无论多早，多晚，夏小锦总会准时地送我出来，接我回家，他成了真正的护花使者，我安心地享受着这种至高境界。

但总会有一些嚼舌头的人摆弄自己的才能，有些话语，传进校园里，形成一道阻碍的风景。

由于有理有据的，我抵赖不过，班主任老师甚至叫了我到办公室里，下了最后的通牒。

我不知道如何解释？告诉他我们约法三章吗？鬼才相信呢？向他汇报我们之间的单纯吗？通知他夏小锦只是我父亲雇来的保姆吗？谁相信这样的事实，一个高大如树的男孩子，清纯的笑容，永不落伍的发型，人见人爱的才气逼人，如何可能，我自己也无法自圆其说。

我终于不可一世地发泄出来，骂他混蛋，让他回家，我还煞有介事地给父亲打电话，让他辞了这个可恶的家伙，因为他搅乱了我的学习生涯，让我从此陷入舆论的双重压力中。

我还想解释什么？夏小锦一摆头发道，萍水相逢，本不该过多解释，如此最好了，你珍重吧，如果有事情，记得打我的手机，我会比 110 早到五分钟时间。

谁会稀罕你的旦旦誓言？我扔了他的所有行李，在街角，我无助地哭泣，看着他步行至远方。

5. 又一场兵荒马乱

由于个人性格独特，我得罪了许多人物，加上自己曾经有过短暂的江湖岁月，逃过学，当过小混混，我自然而然地得罪了许多人，他们听说夏小锦离开我以后，便开始变本加厉地折磨我，我有好些天，只好暂缩在学校的宿舍里。

我想起了夏小锦，却不想拨通他的手机，我知道他与我已经没有关系，解除了劳动合同，从此后，再无瓜田李下的纠缠。

那天，我仗着胆子回家，飞快地骑着车子，并且只走光明大道。

但几个好事的家伙，竟然在光天化日之下拦住了我，让我随他们去玩，我后悔自己当初的错误言行，我只好求饶：大哥，我是个学生，我已经放弃了，不要再缠着我了。

他们摇晃着身子，似乎是在等待我的反馈。

无意中，手忙脚乱地竟然摁通了一个电话号码，那边，没有人接，我痛彻心扉，做好最坏的打算。

谁知耳膜中竟然又响起了打斗声。学过跆拳道、去过少林寺的夏小锦以雷霆万钧之势收拾了残局，兵不血刃地出现在我的面前。

我说你怎么来这么快？像孙猴子一样。

他笑道：猴哥没有我快，我就在你的后面跟着你。

天呀，这个可恶的家伙，竟然每天跟踪我的行动，我心中暗自感动，潸然泪下。

6. 不会一辈子兵荒马乱

我不在乎言行的刺激了，我只在乎个人的情绪，我只想好好地喜欢夏小锦，因为他的固执、他的帅气高大和他的言而有信。

但在一个错落的黄昏，我贸然回家时，竟然偷听到了父亲与夏娣的谈话。

父亲问：小锦如何了，不能老这样瞒着他呀，对他不公平。

夏娣回答着：他愿意这样做，他说他为有这样好的妹妹而自豪，他情愿一辈子护着她，不让她受到任何伤害，至于公不公平，无所谓了，只要我们一家人开开心心地生活，已经够了。

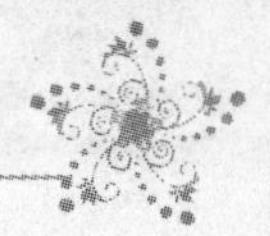

父亲继续道：得找个时间，给娃娃谈谈，他是她的哥哥。

我这才知晓：夏小锦竟然是夏娣的亲生儿子，本来想捅破窗户纸的，而夏小锦却主动隐瞒了事实，他不想破坏我的安宁，不想让我在高考之前分心，他只是默默地承受着自己的分内事情，他在本市的一所大学上学，每天在繁重的学业之余，便是关心我的学习与生活，害怕我受气，他每天早早地放学，在学校门口盯着我，他只是想替我扫清所有的障碍，送给我一份安宁的生活。

我于一周后的某个黄昏，邀请了夏小锦吃饭，夏小锦不知道如何给自己的脸下表情，而正在此时，我邀请的另外两个客人汪小卫与夏娣竟然到了，我公开宣布：我与夏小锦已经结束了兵荒马乱的岁月，我已经认了他做哥哥，一辈子的哥哥。

夏小锦头一遭喝得酩酊大醉，我们虽然不是同父同母，却依然是手足情深，我庆幸自己以这样痛快的方式结束了兵荒马乱的生涯，我从此后多了一个永远的护花使者，夏小锦酒后狂言：他要保护到我找到一个一辈子爱我的人。

千年一吴

独孤常败

■ 吕增军

鹅毛的大雪像天降神兵一样，纷纷扬扬地来到了人间，来到了这座豪华的大院。这座大院里，此刻正有一个年轻但却不俊美的小伙子在练剑；而令人惊讶的是，他下身只穿着一件内裤，上身光不溜秋的。在他精瘦的肉体上，写满了各种武功秘籍：独孤九剑，降龙十八掌，黯然销魂掌，九阴真经，蛤蟆功，而在其内裤的正中央，赫然写着葵花宝典。

“大师，这边请!”一个声音威严，穿着华贵，体貌丰伟的男子对一个老和尚道。

“咦？这是？”大师看着院中光溜溜的小伙子，像个跳梁小丑一样练剑，不禁有些疑惑。

“这？”男子叹了口气，道：“他是我的儿子胡日晷，天生就喜欢练武；只可惜一直没有高人指点。”

大师听完后，从怀中掏出一本古朴的书籍，道：“这个给他。”

“这是……”

“独孤九剑!”大师一语刚出，胡日晷便像一个幽灵一样窜到大师背后，抢过了秘籍。他看着封面的“独孤九剑”几个字，就像是饿汉见了大姑娘，亲了一遍又一遍，直到涎水留在上面才罢。

“哈哈，有了独孤九剑，其他的就不要了。”胡日晷从丫鬟手中接过毛巾，将“降龙十八掌，黯然销魂掌”等擦了个干净，污垢都搓了下来，仅留下一个独孤九剑熠熠生辉。

“还有一个葵花宝典在内裤上，不管了，脱了它。”说罢就要脱内裤。

“日晷！不得无礼!”可是胡日晷的速度快了他老爹一筹。男子满脸羞红，而大师也是闭着眼直念叨“阿弥陀佛”，心中却念叨“不得好死”。

可令众人大跌眼镜的是，胡日晷脱了一件后还剩着一件。男子则是长吁一口气，而大师则是睁开眼睛，高呼“阿弥陀佛”，接着又呼“公子聪明人也!”

自此，胡日晷闻鸡起舞，剑术日渐提高。曾一剑削去他老爹的头发，剃

去了大师的眉毛。

这天夜晚，太原城的龙凤客栈里面，柜前的掌柜正打着盹，口水流下来，还做梦叫着“小翠”。

“掌柜！”一阵冷风吹来，胡日晷的人已经站在柜台前，将一块白银掷在了桌上。

掌柜连忙惊醒，也许是睡糊涂了的缘故吧！他竟然对着胡日晷睡眼惺忪的道：“小翠！”

“噌——”一道寒光闪现，胡日晷的剑又入了鞘，他缓缓走上了楼梯，道：“给我准备间上房！”

掌柜摸摸头顶，妈呀！你给我把头发剃光了，小翠就不喜欢了。但是他没敢吱声，而是屁颠屁颠地跟在胡日晷后面，道：“客官，这边请！”

就在掌柜要推门的时候，胡日晷突然看到他后脑勺上还留着几根残毛，不禁摇了摇头，心道：“唉，剑术还是差了一截啊！”紧接着，寒光闪，刀入鞘。

掌柜转过身，摸摸脑袋，道：“客官，怎么了？”

“没事，一只苍蝇在你后面，刚又飞了。”胡日晷道。

等胡日晷进房后，掌柜嘀咕道：“你就是那只苍蝇吧！”

门“咣当”一声，又打开了，胡日晷出现在了掌柜的面前。掌柜的见状，以迅雷不及掩耳之势跪倒在地，颤声道：“大爷，小人以后不敢了。”

“让你打个水有这么困难吗？”胡日晷“砰”的一声又关上了门。

“神经病啊。”掌柜的嘟囔道。

半夜，正当胡日晷睡眠正香，涎水直流的时候，他突然听到房顶有轻微的脚步声，便倏地一下从床上窜下来，来不及穿鞋就光脚丫子拿剑跑了出去。

来到客站外面，他看到夜色中，一个黑影正快速移动着。于是他悄悄地跟在后面，像个夜猫子似的，一会儿躲在这棵树后，一会儿趴在那个屋顶上。

突然，胡日晷感觉脚下一轻，便摔进了一个坑里。

“呸！真臭！谁在坑里拉屎啊！”就在胡日晷愤懑不平的时候，一个人又解开裤子坐在了坑边上。

胡日晷慢慢蹭上去，朝着此人的屁股一剑柄，此人顺势就掉在了坑里。

胡日晷出了坑以后，啐了一口，道：“谁让你随地大小便。”

“糟糕！跑远了！”胡日晷又连忙追上去了。

“你这个牲口，自己在坑里大便，我就是路过此地，在坑边上大便一次怎么了啊?”坑里传出激动得不行的吼叫。

看着那个黑衣人钻进了一个地洞里面，胡日晷也赶紧钻了进去。

地洞里面很是黑暗，胡日晷头上起了好几个包。终于前方凸显一点亮光的时候，一道邪恶的声音响了起来。

“带来了?”一个头戴阎王面具的人道。

“带来了。”眼前的黑衣人竟然是个女子，而且听其音，定是个绝色大美女。

“将她母亲带出来。”接过女子手中的东西，这个邪恶之音再次响起来。随即，两个戴着无常面具的下属押着一个苟延残喘的老妇人出来了。

“那好，今天我就当着你的面玷污了你女儿。”

“玷污你个头!”声音未至，一块土疙瘩却先砸在了戴阎王面具的人的脸上，砸的那个呆瓜一愣，没搞清楚缘由，半晌才愣道:“谁?”

胡日晷轻咳一声，道:“当然是我胡爷了。”说罢，走了出来，头顶有六个包，各自占据一方，虎视眈眈。

“咯……哼，小子，你找死。谁让你多管闲事的?”戴阎王面具的人打了个饱嗝，冷声道。

“她是我未婚妻，你说我能不来吗?”胡日晷指着黑衣蒙面女子道。

言罢，黑衣女子摘掉脸上的面罩，露出了旷世惊艳的面容。

“貌美如花、国色天香、天生丽质……”戴阎王面具的人一连说出好多成语，连胡日晷都不得不佩服这贼寇博学多才。只不过，这博学又多才的家伙，鼻血跟口水混合在一起流了下来。

戴阎王面具的人一下从两个下属手中抢过苟延残喘的老妇，粪叉爪扣在老妇的喉咙上，咽了咽口水道:“你快杀了这小子，然后从了我，我就放了你母亲。”

胡日晷摇摇头贼笑道:“女人漂亮也是罪过。要不，素素，你杀了我，再从了他。”

“还是你小伙子知趣，懂得讨大爷欢心。”戴阎王面具的人一时得意，将扣着老妇喉咙的手指着胡日晷道。

“唰——”脸上的面具被人揪了下来，苟延残喘的老妇像是吃了抗生素一样，刷的一下闪到一旁。

“大师，没想到是你!”老妇摘掉头上的人皮面具，竟然是胡日晷的父亲。

“胡来，你！”大师气得咬牙切齿，在周围来回踱步，看看有没有什么石头斧子的，砸死这个老谋深算的家伙。

“日晷，你和素素先走，我来收拾他。”胡来道。

“爸，还是我来吧，我会独孤……”胡日晷逞强道。

“赶紧走，你以为这老家伙有独孤九剑啊，就算有，他也不会给你。”胡来瞪着牙齿都快咬碎了的大师，冷笑道。

出了地洞，望着漫天的星星，胡日晷揽过素素的肩膀，色迷迷的嗅了嗅她身上的香气，道：“什么时候嫁给我?”

“你还有心思开玩笑啊？伯父还在下面。”素素美目怒瞪着胡日晷。

“放心吧，那老秃驴打不过我父亲，我家可是萧峰的后代啊，拥有正统的降龙十八掌。”胡日晷眨眼嬉笑道。

“对了，素素，你刚刚给那家伙的是什么?”

“独孤九剑啊!”素素一副水灵灵的样子。

“什么？独——孤——九——剑!”胡日晷一字一句的道：“你们家莫非是……”

“没错!”素素得意地道。

“那我去提醒我老爸，莫忘了这宝典。”胡日晷又转身往回走。

“回来!”素素撒娇地道：“那是假的，真的在我这里!”素素指了指胸前。

“我看看。”胡日晷的咸猪手已经伸了出去。

“走开，呵呵。”素素嬉笑着朝前跑去。

胡日晷一边在后面追，一边大叫道：“素素，我要不再给自己起个名字吧！就叫孤独常败，常败给老婆啊!”

乱世，许谁地老天荒

■ 1107920751

白衣素颜，兵荒马乱，弹破红尘。一曲离殇未了。泪沾襟，国破人亡，忆否。临终一首离殇。

楔子

“报——敌军十万大军兵临城下，将大举攻城。”随着探子的一声报。帅营里传出阵阵惊呼。

“大帅，如今敌人将大举攻城，我方经连日大战已人疲马乏，粮草也不足以，不如，我们投降算了……”一位邻座的将军开口道：“哼，王将军好想法啊，可知道敌国对投诚之将招待可是丰厚啊。尤其是像您这样的先锋将军，到敌国可是金银美女权力一律全有啊，啧……啧……好打算啊。”

“够了。”一声怒喝在众人耳边响起。见正中高椅上一位老者，两鬓斑白，剑眉虎目，不怒自威的样子。让人望去不由充满敬畏。此人正是护国将军，洛战。洛战的祖父乃当朝开国大元帅，当年随太上皇南征北战立下汗马功劳。平定天下后，洛家被封为当朝武将第一，手握重兵，洛战更是在年轻时率军驱敌八千里，逼敌人签了二十年不犯兵的契约。而今期限一到，敌军便大举侵略，洛战的大儿子和二儿子战死在战场上，家中男丁只剩洛战祖孙二人。洛战继续道：“王将军，敌人兵临城下之即，我朝儿郎踊跃抗敌，而你却在此蛊惑人心，乱我军心，罪该当斩，来人，拉下去斩了。”一干人等顿时安静下来。

老将军接着开口道：“靖阳城乃京中咽喉，如果敌军攻破靖阳城，到京五百里平原，如入无人之境，亡国的日子可就屈指可数了。皇上已经发军文下来，只要我们挡住敌军三日，援军就到。当务之急我们先挡住敌军攻城。”

老将军话毕，众将军交头接耳，“派谁出战？敌军势如破竹，我方连日大战战战皆败，而今士气低落，出战也不过是一群炮灰。”“但，亡国之奴不可做。是汉子，要死也是死在战场上。”“爷爷，我愿请军出战，让敌军知道我朝儿郎的威风。用他们的鲜血祭奠我军战死的将士。”

一

开口的正是洛老将军的孙子洛焱，洛焱不愧为将门之后，虎目燕额，一身戎装更是衬托出挺拔的身姿。父亲在世之时他经常随父亲去军营里训练，所以身上又有着一股子军人的彪悍之气。

老将军看着孙子，沉思了一会，开口道："好，好，好。不愧为我洛家之后。就由李将军率军出城，焱儿为副将。一个时辰后率军二万出城抗敌。众位，可有什么异议？""老将军不可啊。您大儿子、二儿子都战死沙场，现而今敌人攻城，敌我力量悬殊太大，只怕这一仗我们……我是看着焱儿长大的，他这一去刀剑无眼，若是战死，洛家可就……"虽然他话没有说完，但大家也明白，若洛焱战死，他洛家可就绝后了。众人纷纷劝阻老将军，不让洛焱出战。老将军打断众人的话："众将军的心意老朽了解，可我洛家儿郎没有孬种，国破人亡也是死。要是在这时临阵退缩，怎么对的起先帝封的名号。都退了吧。焱儿，回去向你娘问个好，一个时辰后去校场准备出军。"

众人退下，洛老将军叹了一口气，整个人仿佛在一瞬间苍老了十岁。

二

洛焱从军营出来后，先到家中拜见了母亲。母亲听闻后又忍不住落泪，她知道洛老将军心意以决，便嘱咐儿子一定要小心。一通生死离别后洛焱从家中出来，便奔向城中的教馆，此时的教馆门口已有一位白衣女子在等他。

秋水为神玉为骨，柳黛弯眉，琼鼻似玉，樱桃嘴。微微的淡妆，一席白衣更是衬托出脱尘的风采，女子见洛焱到身前便开口到："洛焱，你真的要出城抗敌吗？""萌儿，半个时辰后我就出战。""那陪我走走吧……"

两人并肩漫步在空荡的城中。乱世纷争，战火的波及，使得原来繁华的靖阳城如今格外的安宁。"洛焱，还记得我们第一次相见吗？"

"嗯。"

"去那看看吧，你好久没陪我去过了。"

城东，靖阳河边的柳林。这一日洛焱见云淡风轻，便随二三好友来到靖阳河边。阳春三月，阳光照耀大地，带来一片生机，远远望去，草木萌动，绿茵片片。暖风微微。河边游人如织，洛焱一席人沿着河边看着景色渐渐向里走去……

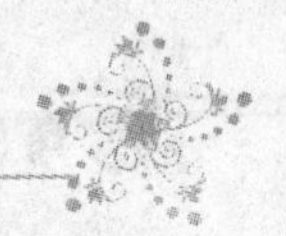

突闻一阵悦耳的琴声传来，一席人寻着这琴音渐渐向里走去。见前面柳林里一群人不知在围观什么，那琴声正是从林中传出来的。洛焱等人加快脚步来到林中，见众人中间一白衣女子面戴青纱，虽然看不到面孔，却能通过那曼妙的身姿得知一定是个美人。她席地而坐，面前一副古琴，一双玉手在琴上飞快地滑动，一支不知名的小曲在众人耳边响起。仿佛一个女子在众人的耳边诉说着思念的苦楚。“娇欲泣，丝丝雨似愁，春来雁归无君信，夜夜思君泪湿枕……”轻轻的琴声在众人耳边回荡，让人如痴如醉。一曲终了，如余音绕梁般使得众人还未从曲中醒来。

三

“好。”洛焱的一声喝彩把依旧沉迷在曲中的众人惊醒，众人发出阵阵的喝彩声。白衣女子抬头看看洛焱，那宛如天籁的声音又在众人耳边响起，“公子对这小调也有研究?”

“惭愧，在下只是略有所涉，谈不上研究。刚才听闻姑娘的曲子，应该不是前人所谱吧?”

“公子好见识，那曲子正是奴家所谱，不知公子感觉如何。”

“看你年纪也不是很大，为何要渲染这离愁，这字词间的思念，让人听着着实心痛啊。”

“小女子只不过是喜欢读几句婉约派的词，闲来无事乱写几句，不过这几句词看着就是喜欢，便谱了下来，到让公子见笑了。不知公子可有意和奴家合奏一曲?”

“不知道姑娘要弹那首曲子呢?”

“《浅相思》，公子认为呢?”

“在下不善弹这种悲怆的曲子。”

“那公子喜欢什么呢?”

“岳飞的《满江红》如何?”

“那好吧。”

洛焱拨开众人，走到白衣女子边坐下，二人相视一眼。洛焱在琴弦上拨弄了两下向白衣女子点点头示意可以开始了。

白衣女子随洛焱唱道：“怒发冲冠，凭栏处，潇潇雨歇。抬望眼，仰天长啸，壮怀激烈。三十功名尘与土，八千里路云和月。莫等闲，白了少年头，空悲切。靖康耻，犹未雪；臣子恨，何时灭。驾长车，踏破贺兰山缺。

壮志饥餐胡虏肉，笑谈渴饮匈奴血。待从头，收拾旧山河，朝天阙。”那热血沸腾却又悲壮的气氛，渐渐弥漫在众人中间。

此时的白衣女子再也没有先前幽怨的神情。把曲中将军满怀报国壮志，却又报国无门心情表达的酣畅淋漓。

曲尽，白衣女子对洛焱道：“一曲《满江红》奏完让小女子都热血沸腾了，也想到战场上去厮杀一番。呵呵天色不早了，小女子也该回去了。”

“想不到姑娘也是性情中人。来此游玩之际能认识姑娘也不枉此行了，在下冒昧敢问姑娘芳名呢。”

“相逢何必曾相识，若有缘，下次再见时必将告知。”白衣女子说罢，便起身离开……

四

自从上次柳林别后，洛焱对白衣女子很是怀念，连他自己都不知道怎么回事。甚至几次梦中都出现了她的影子。让洛焱很是烦躁，说是有缘还会相见，这几日自己把靖阳城逛了几遍都未发现她。

洛焱的母亲见这几日洛焱无精打采的模样。将洛焱叫到房中，询问他怎么回事，洛焱一五一十地把事情讲给了母亲听，谁知洛焱的母亲听了以后莞尔一笑，让洛焱莫名其妙。洛焱的母亲对洛焱道：“谁家的女儿魅力这么大，能让我们焱儿动了情，呵呵，我可真要见一见她了。焱儿你说你们是在河边柳林里相见的。这几日你有没有到那去看看，说不定那女子还会去那儿。”“还没有，这几日都是在城中逛了逛，您说她会在那?”洛焱母亲道：“这可不一定哦，说不定会见到她，你去看看不就知晓了吗?”“好吧，那孩儿明日就去那河边看看。母亲，我先回去了。”说罢洛焱便起身出去。洛焱母亲望着他的背影，喃喃道，这个孩子和他爹当年一样，都是这么呆，呵呵……

洛焱回到房中，躺在床上对着房顶自言自语。河边柳林，我怎么没想到呢，希望明天过去不会失望啊……

梦中，洛焱见到白衣女子坐在柳林中，手抚琴，弹奏着不知名的曲子……

清晨，城东，靖阳河边柳林，洛焱早早便来到此处，结果空无一人，只有一林柳树随风乱舞，仿佛在嘲笑洛焱。清晨，河边草尖的露水打湿了洛焱的鞋子，洛焱把河边寻了个遍，依旧未寻到那白衣女子影子，洛焱颓废的坐到上次二人一起弹琴的地方，从地上摘起一根草，胡乱地吹了起来……

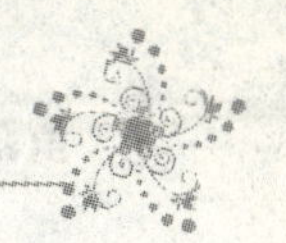

“咯咯……公子好雅兴啊，大清早在此处赏景，不知道公子吹的是什么曲子啊?”洛焱听到这熟悉的声音，猛地从地上跳起，望着那个熟悉的身影，依旧是一席白衣，青纱掩面，一时间竟然呆住了。洛焱用力在自己的大腿上掐了掐，好疼，这才相信自己真的不是在做梦，真的又见到她了……

“公子，公子你怎么了?”听到白衣女子在唤自己，洛焱意识到了自己的失态，尴尬笑笑说“没事，见到姑娘太……我……那个……你……”洛焱不知道该用什么语言来表达现在自己的心情，竟然说了一堆自己也不知道的话。

“什么我啊你啊的，那日见你是个挺精明的人啊，怎么今日便如此了呢。不会几日不见，咯咯……呆了吧。”

洛焱听到白衣女子的打趣，不禁的脸红了起来。“你还好吗?”洛焱感觉只有这句话能表达出自己现在的心情。“咯咯……我很好啊，看公子无精打采的，好像有什么心事啊?”

“我也不知道怎么回事，自从上次别后，感觉对你很是思念，前几日为了寻你逛遍了整个靖阳城，一直未见到你的身影，便想到这里是我们第一次见面的地点，今日一早便来此处寻你，结果真看到你了。母亲说我是动了情，我想，我可能真的对你……”

白衣女子听到洛焱如此说道，俏脸顿时发烫，还好有青纱遮着，没被洛焱看到。心里犹如小鹿乱撞，扑通……扑通的，虽然洛焱最后一句没有说完，但她也能明白是什么意思。这是在对她表白啊。

她深吸一口气，努力地让自己平静下来，勉强让自己用平静的口气对洛焱说道：“公子可是说笑了，我们不过才见一次，你连我的面貌都未曾见过，又何来动情之说。”说完便低下了头。

“我……虽然没见过你的面貌，可我对你……这几日为了寻你我把靖阳城寻了几遍，未见到你总感觉心里空落落的，有两次晚上甚至在梦中梦见你的身影……”

白衣女子听他如此露白便说道，“我叫谢萌，若寻我请到城中教馆……”丢下这两句话转身便跑了开去。

洛焱见她离去，很懊恼的自语“我也没说什么，她为什么就跑了，这可怎么是好，她不会生气了吧，好不容易寻到她却把她气走了，唉……谢萌……城中教馆。呵呵。”经过昨日的见面洛焱整个人精神焕发，今日吃过早饭便向父亲说不去军营训练了，去房中整理一番容表就要向城中教馆寻那谢萌去。

城中教馆，清晨朗朗的读书声从教馆中传来，洛焱站在教馆门口望了一阵，也未望到谢萌的影子，正考虑是不是该进去的时候。教馆中的先生便走了出来。

“请问公子有什么事吗？”

洛焱见这位先生寻问，行了礼后回答：“请问，一个叫谢萌的姑娘是在这边住吗？”

“找萌儿？你是谁？找她什么事？”

洛焱见这位先生如此亲切的称呼谢萌便对他的尊敬又提高了三分，“我只是谢小姐的一位朋友，好久不见了，所以前来拜访一下。”“唔？萌儿的朋友？她什么时候竟然交了朋友，而且还是个英俊的公子……除了她几个师弟她可没有和别家的公子小姐有交往啊。”老先生突然想起，找谢萌的公子此时还在自己的面前，顿时有些不好意思了，便尴尬说：“萌儿此时应该在后院练琴，我带你过去吧。”说完便急忙的转身走向教馆。

五

洛焱随老先生穿过教馆来到后院。刚进院子洛焱便听到阵阵琴声，此时的琴声无那日的伤感。淡淡的琴声，诉说春天的到来，柔柔的让人感觉如沐春风，院里的几株柳树枯黄的枝干上面发出萌萌绿芽，仿佛附和着琴声诉说春天的到来。

“萌儿，有位公子过来找你。我还要去馆内取一些东西。你快来接待一下……公子还站着干什么？进去啊。”

洛焱听的正出神，哪知被老先生的一句话打断了琴音，只好随他进了后院，老先生把洛焱带到了后院便急忙转身去了教馆，留下洛焱和谢萌在那里，两人相互的看着也不知道说些什么……（洛焱被谢萌的美貌惊呆了，凤眼黛眉，琼鼻玲珑，樱桃小嘴，青丝似缎。秋水为神玉为骨，让人望去生不出亵玩之意……而谢萌则是被洛焱的大胆惊住了，自己昨天刚告诉他的，今日他便寻上门来）

最终还是做为主人的谢萌打破了这番宁静，“公子，今天天气不错……”

“哦……今天天气是很不错。谢小姐以后不要叫我公子了。鄙人姓洛名焱，如果小姐不介意的话，就直呼我的名字吧。”

“洛焱，姓洛。洛公子？洛战洛老将军可是你家亲人？”谢萌惊奇地问道。“正是我的祖父。”

“我很仰慕洛老将军。这些年他镇守靖阳，使得敌军不敢侵略，百姓安居乐业。”接下来又对洛焱说了很多洛老将军的事。洛焱也把他祖父许多不为人知的事讲了出来。两人相谈甚欢，快乐的时间总是过的那么快，一转眼便到了午时，两人都感觉腹中有些饥饿，洛焱便要起身告辞。刚要起身的时候听谢萌开口道：“洛公子，中午就留下来吃顿便饭吧。”洛焱谢过了谢萌的好意，便起身回家去。走出后院的时候刚好碰见带他进来的老先生。老先生看他出去，向他暧昧地笑了笑，便急忙地走开了去。

靖阳城街头人声鼎沸，熙熙攘攘的热闹非凡，小贩的叫卖声五花八门。洛焱与谢萌手牵手走在街头。谢萌仿佛像个小孩子一样充满好奇心，拉着洛焱跑来跑去。对看到的每个小饰品都爱不释手。

“糖葫芦嘞……一文钱一串。”谢萌望着一串串红红的糖葫芦便迈不开步子了。洛焱见她这样，怜爱的看看她，便买了几串给她。

谢萌接过糖葫芦，也不吃，拿在手上望着，觉得很是好看。洛焱见她望着发呆，便开口：“萌儿，你怎么不吃啊？看着它干什么?”

“吃？它可以吃?”

“傻瓜，咬一口看看，很好吃的。”

“唔……我还没吃过嘛，看它这么好看，怎么忍心去吃呢。”

谢萌望着手中的糖葫芦，恋恋不舍地咬了一口。慢慢地嚼着。甜的、酸的，一口下去口舌生津，又欣喜的咬第二口。往日的文静也抛在了脑后。洛焱望着她可爱的样子笑了笑，便牵着她向前走去。

“上通天机，下晓地理，预得前生，知晓后世。解困惑。测姻缘……”谢萌看到前面有个算命的摊子便拉着洛焱过去，说要测一下二人的姻缘。洛焱耗不过她便随她过去。二人来到摊前，算卦的先生望着二人开口道：“二位可是要测姻缘吗?”

谢萌闻他如此说便羞涩地低下头去。洛焱说道“正是，还请先生费神了。”

“无事……无事，见公子你身材魁梧，虎目燕额，身上的气势更是非富及贵，而你旁边这位小姐，生得闭月羞花之姿，举止得体想必也是大家闺秀。请二位将生辰八字写下来，小老儿为你们算上一卦。”

算卦的先生望着二人八字久久未言，他旁边的谢萌不知所措的望着洛焱。洛焱捏了捏谢萌的手，用眼神告诉她“没事的”。

“春花秋月两缠绵。琴瑟流水出姻缘，生不逢时风烟乱，佳人素颜琴断弦，珍惜眼前寸光年，愿得来生在续缘。老夫不敢泄露天机，这首诗送给二

位，二位好好揣摩吧，老夫收摊了，今天这一卦无解，便不收二位钱了。”话毕，便收起东西走了。走开的时候自言自语地说道：“本是金玉良缘，奈何生于乱世，生死离别，希望他们来生续缘吧。”

洛焱望着走开的算卦先生满头雾水，却听到耳边谢萌低语：“春花秋月两缠绵。琴瑟流水出姻缘，生不逢时风烟乱，佳人素颜琴断弦，珍惜眼前寸光年，愿得来生再续缘。愿得来生再续缘……”

洛焱轻轻地拉过她的手低声地说道：“我许你天长地久，你若不离我便不弃。傻瓜别想那么多了，这些江湖术士都是骗人的。我们回去吧。”

天，喜怒无常的天。刚刚还是艳阳高悬，转眼阴云密布，豆大的雨点哗啦啦地打了下来，街上的人们抱头鼠窜。洛焱拥着谢萌，躲在街道旁边的屋檐下，被雨水打湿衣衫的谢萌紧紧地靠在洛焱的胸口，“焱，你的怀抱好温暖，靠在这，哪怕是天崩地裂我们也不分开，我不要来生。缠又缠，我俩相约一百年，我若九十七岁死，奈何桥上等三年……”

六

曾经的一幕幕在二人眼前走过。相识，相知，相爱。没有风花雪月，没有海誓山盟，爱的平平淡淡。平淡如水的爱情，终究被乱世纷争打破。

谢萌已经泪流满面，口中喃喃道：“春花秋月两缠绵。琴瑟流水出姻缘，生不逢时风烟乱，佳人素颜琴断弦，珍惜眼前寸光年，愿得来生再续缘。”

她猛地抓过洛焱的手，对洛焱说：“焱，我们不要来生好不好，我们现在成亲吧，我要做你的新娘，做你的女人。”

洛焱听闻谢萌如此说，虎目流下两行清泪，都说男儿有泪不轻弹，只是未到伤心处。他用手摸着谢萌流泪的脸颊，轻轻地拭去她的泪。“傻瓜，怎么可能，我还未请媒婆去你家提亲呢，等我归来的时候，便去你家提亲。不就是上个战场嘛。我会平安归来的，等我归来的时候，便去你家提亲，让你做最幸福的新娘。给你穿最漂亮的红妆。”

“不要，我就要现在，现在。”

洛焱叹口气背过身道：“这次敌我悬殊相差太多，我这一去，恐怕凶多吉少。如果我死了，你便找个好人嫁了吧。我们来生再续缘。”

“不要，我喜欢你。你对我说过不离不弃。今天我就要做你的女人，以后我死了，也便是洛家的鬼。”

洛焱望着谢萌，想开口说些什么，但看见她坚定的眼神，却怎么也开不

了口。谢萌走到洛焱身边“焱，我们成亲吧。靖阳河为我们证婚。”

说完谢萌便跪了下去，洛焱见她心意已决，也跪了下去。挽起谢萌的手，开口道：“我愿与谢萌结为夫妻，生同眠，死同穴。生死与共，不离不弃。”

“我愿与洛焱结为夫妻，生同眠，死同穴。生死与共，不离不弃。”

二人起来的时候已经泪流满面，谢萌开口道：“夫君，时辰快到了，您该去军营了。”又用手整理了一下洛焱零乱的衣领说：“夫君，快去吧，我送你过去。”说完，眼泪又忍不住地流了下来。

从河边到军营，短短的一段路，二人相拥着仿佛走过了一生。走到军营门口的时候，洛焱对谢萌说：“娘子等我回来的时候，我们再成一次亲，要为你备最漂亮的红妆，办一场最盛大的婚礼，让你做最漂亮的新娘。”说完也不敢再望向谢萌，头也不回地走了进去。

七

点钢枪，少年狂。洛焱骑在战马上，望着对面的敌军。一万残兵对十万精兵，但在这一万军人的脸上却看不到丝毫的胆怯。

洛焱身旁的李将军回头望望紧闭的城门，冲着城楼上的洛老将军点点头，回过头大喊。“擂鼓!”

咚……咚……咚。鼓声激起了将士们的血液，激起了将士们的士气。一万人如猛虎下山般冲向敌军。

呼杀声直冲云霄。这是一场无悬念的战争。一万将士用鲜血染红了大地，用鲜血谱写了保家卫国的悲歌。当长矛穿过他的身躯，他奋力用刀砍下了他身前敌人的头颅。当他推开战友，用身躯挡下砍向战友的刀时，他回头看了一眼城楼，便永远地倒下……

洛焱骑着战马随着李将军在敌军中左突右杀。“洛焱闪开!”李将军从马上跃起，迎向一支冲向洛焱的冷箭，箭狠狠地刺进他的胸膛，李将军无力地倒在地上，洛焱想要把他救起还未冲到跟前，敌人的几匹战马便从他身上踏过。冲过来的敌军用刀狠狠地砍在洛焱伸向李将军的手。

洛焱的一只手已经无力地垂下，一只手提枪奋力厮杀，鲜血染红了他的战袍，分不清是敌人的还是他的。

毫无悬念的战争很快便结束，一万士兵经过一顿饭的时间便剩下一百人左右。一百多人围着洛焱缓缓地向城门靠去每走一步便有数人倒在敌军的冲杀下。

城楼上洛老将军望着一个个倒下的士兵不禁老泪纵横。他身后的将军一直劝说他打开城门放洛焱他们进来，都被他无情地拒绝了。

谢萌不知在何时也登上城楼，望着满身是血的洛焱已是泪流满面。

洛焱看着一个士兵为了保护他而倒下，心里翻江倒海。他拔出军刀撞开护在他身边的士兵，冲向敌军。刀刀毙敌，杀红了眼的他任由刀剑砍在身上。

战火过后的靖阳城满目疮痍，无人会注意城东柳林中一座小坟边上每日有一个白衣女子抚琴浅唱……“忆初相识春正浓，询人何处有谢萌，今昔奴恐无缘伴，愿君来生再定情。”

更无人注意，三个月后小坟旁边又添了一座新坟……

埃莲娜

■ 麻小儿

一

招待完最后一位客人，埃莲娜回到椅子上坐了下来，小店的生意今天到此为止了。她使劲拍了拍脑袋，幸好脑部芯片还未因为说过多的谎而导致损坏。

“Y18 组件似乎有些轻微损伤！”埃莲娜站在房间里的检测室中，检测电脑中的合成女生生硬的叙述着检测结果，埃莲娜无奈地拍了一下脑袋，走出检测室。躺在床上，埃莲娜顺手拿起一本杂志翻了起来。

我的名字叫埃莲娜，今年 18 岁，虽然我并不知道我到底有多大，但至少，我脑袋里的芯片是这么说的。

不错，埃莲娜是个机器人！在这个机器人高度发达的人类社会中，埃莲娜不过只是一个微不足道的角色，就像每天前来光顾的客人一样，在他们眼里，埃莲娜不过是一个能用各种花言巧语哄骗他们购买产品的服务人员。

“希望你说的都是真的，吃了这个真的可以让身体好起来?”一个客人满意地拿起袋子，把几张钞票甩在埃莲娜的脸上。

埃莲娜用手捡起地上的钞票，那个家伙站在那里，扬扬得意地看着埃莲娜。

“欢迎下次再来!”脑部的电子回路让埃莲娜不得不做出非常高兴的表情。尽管，这并非她所情愿。

埃莲娜走出房间，深夜的街上，灯光把这座城市打扮得无比绚烂，街道两侧，几名机器清洁员还在忙着清理街道，一辆急救车在埃莲娜的身后停下，两个机器护士把一个喝多了的人类抬上车。

拐过两个街口，埃莲娜走进一家酒吧，门口的招牌是白色的，上面用粉红色的霓虹灯勾画出一个女人的轮廓，招牌下面则用英文写着“Dog Bar”。

埃莲娜推开门，门上的一串风铃随着门的开启响了起来，声音很好听。走到吧台前，埃莲娜找到一个位置坐下，一个老者走上前来。

“喝点什么？”老者问道。

“老样子。”埃莲娜说道。

罕有的几个人类坐在一旁，手中杯子中盛放着一种米黄色的液体，人类称它们为酒！

“97号合成燃料，不加催化剂，不加机油！”老者把盛上燃料饮料的杯子滑到埃莲娜面前。

“有糖吗？”埃莲娜笑盈盈地问老者。

“有，不怕短路你就吃！”老者坐在吧台后面的椅子上翻看着今天的报纸。

埃莲娜拿起面前的杯子，一口气喝掉了半杯，顿时觉得脸有些发红，埃莲娜捂着脸，害羞地趴在桌子上。

“别喝醉了！”老者看着报纸说道。

“哼！不过是一堆破铜烂铁罢了，去死吧！”一个人类酒客搭话道。

老者没有说什么，继续看着他的报纸，老者名叫乔伊，是个人类，曾经是一名军人，他不爱说话，据说在一次执行任务的时候受了重伤，人类的医生都说他没有希望了，但一个机器女护士却不愿放弃，让乔伊捡回了一条命。

战争结束后，乔伊回到自己的故乡，开办了这间供应机器人饮料的酒吧，虽然也供应人类的饮品，但却罕有人类光顾这里，周围的人类给老乔伊起了个绰号叫“怪老头”。

埃莲娜喝掉杯子中最后一滴饮料，把一张纸币丢在吧台上，站起身离开了酒吧。

推门的时候，那串风铃再次发出一声悦耳的声响，走出酒吧，埃莲娜漫步在大街上，几个酩酊大醉的人类注意到了埃莲娜，对着她就是一阵冷嘲热讽，埃莲娜快步地走回小店。

推开门，只见一个俊俏的男孩儿站在那里，见埃莲娜进来，男孩儿笑了笑，从口袋里掏出几张皱巴巴的钞票放在床头柜上。

“生意来了！”埃莲娜想着，坐在男孩儿身边。

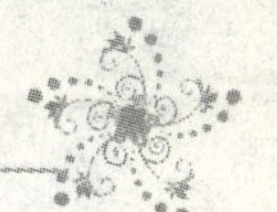

“要买什么?”埃莲娜问道。

“我妈妈病了，我想买能治好她的药。”男孩红着脸说道。

“你妈妈是什么病?”埃莲娜把手轻轻地放在男孩手上。

“最严重的心肌梗死，医生说必须换心脏，但你知道我们换不起。”男孩低着头。

换心脏啊，埃莲娜心想，人类心脏在现在的市场售价高达几个亿，也难怪这家人买不起。

“所以你想买药治好你妈妈?”

“是的，我听说你这里可以买到治好任何病的药。”

埃莲娜苦笑，那些药其实都只是些白开水，人类很多时候的疾病，其实本身都可以自己痊愈的。他们一直好不了，很多时候都只是因为心理上的疾病。

“我没有那个可以救你妈妈的药，你还是回去吧。”埃莲娜说完，脑中的说谎芯片开始产生了对立，她觉得胸口的线路很不舒服。

“不！你一定有的。求求你救救我妈妈吧。是不是我带的钱不够，你先卖给我吧，我以后来你这里打工，我赚钱还你！”小男孩哭着说道。

“好吧，我们的药当然是最好的呢，请你付款，我马上拿药给你。”说谎芯片抢夺了埃莲娜说话的权利，开始自动运作起来。

“真的?”小男孩兴奋地把攒在手里的钞票递给埃莲娜。

埃莲娜接过后，蹦蹦跳跳地打开了柜子，从里面拿出了一瓶“健康水”：“喝了这个，你妈妈很快就会好的。”

“太好了。”小男孩抢过水，飞也似的跑了。

小男孩一走，埃莲娜才恢复了自己的控制权。她很难过，说到底自己连机器人都不是，自己只不过是一个被植入了说谎程序的服务员机器人。

第二天清晨，埃莲娜醒来，一下床就走进检测室里。

“Y18 组件损伤，请尽快更新!”那个讨厌的合成女生再次重复着这句话。

埃莲娜厌恶的踹了那台检测机一脚，算是回应了它的话。

走出检测室，埃莲娜看到那个小男孩又站在门口了，眼中充满了泪水。

“怎么了?”埃莲娜问道。

“我妈妈死了。”艾米最终还是无法抑制，趴在埃莲娜的怀中大哭起来。

“你叫什么？”

“艾米。”

“好了！艾米是个男孩子！埃莲娜要笑话你喽！”埃莲娜用手轻轻地抚摸着艾米的后背，心里想着人类真是太脆弱了。

“妈妈没来得及喝到药，都是我不好，我跑得太慢了。”艾米说完，哭得更凶了。

其实你跑得快也没用，这些根本不是药，那只是些白开水。埃莲娜很想这么说，但说谎芯片终止了她的说话权。她没有再说什么，她只是任由艾米趴在自己的人造皮肤上哭泣。脑中，一股无法解释的感觉慢慢涌了出来，就像一段加密程序一样，纷乱、复杂，无法解析。

二

“埃莲娜愿意照顾你。埃莲娜可以做你妈妈。”

埃莲娜走在去酒吧的路上，突然蹦出了这么一句话。

“系统出错吗？我说了什么？”

走在大街上，看着街上来来往往的汽车，埃莲娜坐在街心公园的路椅上，“男孩子？妈妈？这些都是什么？我怎么会知道这些？”埃莲娜捂着头，脑袋里，那种奇怪的感觉像病毒一样迅速占据了埃莲娜的中央存储器。

回到自己的住处，埃莲娜慌忙走进检测室里，五分钟后，检测器中埃莲娜的各种数值均为最低值或者负值，这让埃莲娜十分不解，于是，埃莲娜决定再试一次，可结果依然如此。

那个声音只是不停地重复：“Y18 组件损伤，请尽快更新！”

埃莲娜失望地走出检测室，艾米一下子扑到埃莲娜的怀里。

“你愿意做我妈妈吗？”艾米说道。

“妈妈？”埃莲娜十分不解地看着艾米。

“我妈妈死了，我再也没有亲人了。以后埃莲娜就是我的妈妈了！”艾米激动地说道。

埃莲娜突然痛苦地捂着头跪在地上，那种病毒一样的感觉再次填满埃莲娜大脑，随后，埃莲娜便晕了过去。

不知道过了多久，埃莲娜再次睁开眼睛，艾米躺在一旁睡得正香，虽然

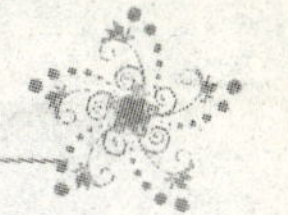

埃莲娜完全不知道自己在干什么，但埃莲娜还是侧过身抱着已经熟睡的艾米。就那样，一直到天光大亮。

后来，埃莲娜真的变成了艾米的妈妈。而艾米也真的认为埃莲娜就是自己的妈妈，一个机器人和一个人类孤儿，就那么生活在了一起。

虽然说谎芯片还是会控制她，使她面对客户的时候可以完全违背自己的想法，做出各种虚伪的应答。可是不知道为何，面对艾米的时候，她居然可以不受芯片控制。

这个结局看似圆满，但故事并没有结束，在埃莲娜的精心照料下，艾米慢慢从阴影中恢复了过来，然而好景不长，直到一个人的出现，这种圆满的局面则瞬间被彻底打破。

“浑蛋！放开我！我要和我妈妈在一起！”一个穿着制服的中年人拉着艾米的手，把他死命地向门外拽去。

“求求你！让我照顾他吧！”埃莲娜跪在地上抱着那个中年人的腿苦苦得哀求着。

“滚开！你只是个报废了的机器人，你怎么可以照顾人类！”中年人一拳打在埃莲娜的头上。

“报废！”埃莲娜呆呆地坐在地上，就那么看着中年人把艾米带走，听着艾米一声声地喊着自己的名字，埃莲娜顿时有些不知所措。

“报废！”埃莲娜一直重复着这句话，这似乎成了一种死循环。

“没错！你报废了！就你这堆破铜烂铁还妄想去照顾一个孩子，做你的春秋大梦去吧！现在机器人公司马上就要来回收你了！”中年人肆无忌惮的辱骂着埃莲娜。骂完，中年人一用力，把艾米抱起来走出了房间。

“我没报废，我可以照顾好艾米！”埃莲娜顿时清醒了过来，她突然明白了对于机器人来说这意味着什么，她站起身朝着门外冲了出去。

来到楼梯口，埃莲娜一把拉住了那个中年人的衣领，用力向后一拉，那个中年人一下子向后摔倒在地上，抱着艾米的手一下子松开。

随后“啊！”埃莲娜发出一声歇斯底里的怪叫，双手一下子掐在中年人的脖子上，用尽全身的力气，那个中年人的脖子瞬间就被埃莲娜掐断了。

埃莲娜站起身，看着从其他房间走出来的机器人，还有站在一旁发出各种怪叫声的人类，埃莲娜笑了笑，走下楼梯，抱起昏倒的艾米，慢慢地走出了这栋建筑物。

片刻之后，机器人公司就找来了，说是要控制埃莲娜。因为，她现在已经变成了恶魔，是所有机器人的耻辱。

关于结局，我们就不知道了，只听到了两个说法。

一个是埃莲娜因为谋杀人类而被机器工厂回收分解。清醒过来的艾米不顾一切地跑到城郊的垃圾场寻找，可最终还是一无所获。

另外一个是埃莲娜带着艾米，逃到了一个没有人类也没有机器人的地方，两个人快乐地生活在了一起。

温柔一刀

■长离

一

易极乐喝酒不用杯而用缸。以酒沐浴。

人们都说他疯了，薛冰却说没有。

她说，有些人靠饮已不足忘。唯有浸，用最激烈的方式麻醉。

易极乐清醒时总搂着她大笑，人生得一知己足矣。

薛冰也笑。知己么，不过一痴人罢了。

梦瑶墓碑旁，桃树脱了个干净。

易极乐一刀挥下，咔嚓，枯枝断为两截。

他说，相思无用，唯别而已。

二

梦瑶死在他刀下。

她说，若有来世，仍愿与君相伴。

易极乐只是摇头。血漫桃花。

薛冰赶到，她已死去多时。问他为什么。

他不答，抱着尸身朝大海走去。

海，湛蓝蓝的海。你说你喜欢，我便带你去。

海水将二人淹没。薛冰急出泪，也跳进去。

她不会游泳。

醒来，易极乐怀抱着她。

他说，我本已随她去，你为何逼我。

薛冰冷笑，我就要逼你，以后你死就会连带一条命。

三

易极乐再不敢轻生。日日买醉，直到咳嗽出血。

薛冰买了上好药材炖药，他不喝。也只有等到他不省人事，才可偷灌入喉。

有次被发现，易极乐大怒将碗摔碎成片，汤洒了一地。

薛冰咬唇收拾，泪混在汤药中不知咸苦。后来他睡着了，薛冰便趴在床边守候。本打算再找机会灌药，可连日劳累不支，竟跟着睡着了。

次日破晓。

熹微的阳光透入窗棂，薛冰睫毛动了动，缓缓睁眼。

床上的被褥整齐叠放着，枕上置了信。

人已归去。

四

易极乐的刀江湖排名第一。人人欲杀。

即使醉生梦死，他依然全胜。败者皆未死，因他记得梦瑶说不喜血腥。

对此次决战，他没把握。所以故意打翻汤药欲激怒薛冰，留信独走。

对手——剑圣传人欧阳孤天。

梦瑶未死前挑战易极乐两回，第一次败了三招。第二次败了一招。

第一次是三年前，第二次两年前。

欧阳孤天曾明确说，我若有机会杀你，就不会给你下次挑战的机会。

易极乐笑笑，你没那个机会。

可万万没想到如今欧阳孤天来了，他的手却已远不如当年稳定。

五

我不得不杀梦瑶。当年官场斗争她爹陷害我爹，害得我爹被凌迟，母亲被人凌辱致死。我为报仇混入她家，刻意与之相交。花前谈天说地月下舞剑弄诗，春来野外踏青冬去庭内赏梅。后来，便渐渐相知。然正当时机成熟我预谋刺杀她爹那天，她竟事先下了迷药把我弄昏。原来她父亲暗中调查背景，知晓了我此行目的。于是梦瑶叫家人离去，说会杀我。可当我苏醒，只

看到她伏在床头泪光盈盈地哭泣。后将剑递予我，要让自己替父受罪。我怎能忍心。

她说，极乐你我立场不同，你为父报仇天经地义，我为父顶罪也无可厚非。只望我死之后别再为难我家人。暗自叹气，可想起二十几年的漂泊与惨死的父母，便狠下了心。那一剑刺在她身也刺在我心。她死了，我也不会独活的。

可冰儿，你为何要那么傻随我入海。多少年来，我视你为红颜知己。你懂吗？如今我将去龙虎滩与欧阳孤天决战。多加珍重，勿念。

读着信，薛冰颤抖的手紧握着，眼眶通红。

泪水正要滴落，却骤然看到“决战”二字。心中一惊，飞奔而出！

六

木叶萧萧，随风而逝。

大江滚滚东流，拍打着岸边巨石峭壁。

易极乐一袭白衣，左手拿酒右手提刀，缓步走来。

欧阳孤天抱剑低首。他说，你来了。

易极乐大口大口饮酒，点头笑说，早知道就不穿白衣来了，不太好。

欧阳孤天说，哪里不好。

易极乐说，一是溅了酒水不好，二是溅了血不好。

欧阳孤天说，可今天它注定要见血。

易极乐大笑，是，可不一定是谁的！

此时此刻，他只能不断发笑。酒也是特地带来的。

笑可以让对手对你有所忌惮。酒可以放松对手的警惕。

可是欧阳孤天也笑了。他很少笑，笑起来嘴角像裂开一样恐怖。

易极乐问，你笑什么。

欧阳孤天淡淡说，你可以放下你的酒和笑了。这对我无效。

易极乐表情僵住。浑身也僵住。他终是叹了口气。

看来今天这一战，已必须真刀真枪！

七

涛声阵阵，浪奔浪流。

两人都是不动。

静止，就代表无懈可击。

他们在等。等对方露出破绽。

太阳从东边逐渐向西，两人依然对视，神情肃穆。

海面上。天空一只飞鹰突然箭一般俯冲向一条露头跳跃的金色大鱼!

嘭！一声巨响，金色大鱼被飞鹰凌空叼起。

这时候，易极乐眨了眨眼。

欧阳孤天拔剑!

易极乐几乎同时拔刀。

轰。苍穹中掠下一道闪电。乌云压阵。

没人能看清二人出招速度，恍如这风驰电掣，杳无痕迹。

慢了。易极乐的刀明显慢了一步。两人尚距七丈远。

五丈，三丈。突然，刀剑中心冲出一个人影。

薛冰!

易极乐望见她似水的眼波，心刹那如碎。

这一刀，必须替她挡开。挡开可胜。

但若挡不开呢?

心一紧缩。手心沁出冷汗，脑中思绪纷飞。

忆起多年来她为他做的点滴，刀锋戾气不稳，一瞬凝为温柔。

五指连心，紧握。

这一刀，终于挥出。

陌上花开，朱砂劫

■ 思量泉

楔子

九霄仙宫里，白须白发白衣的仙人，正在为自己刚完成的画作而沾沾自喜。天庭寂寞，闲来无事画美女，也不失为一种消遣。

尚未搁笔，玩闹的仙童不小心已经撞了过来。

倾城艳丽的美人，右脸颊陡然多出了一颗痣。

毁了，毁了。仙人连连叹气。

师父，自知闯了祸的小仙童怯怯懦懦地开了口。

扔了吧。仙人搁下笔，驾云而去。

1. 书生

朱纱在城外破庙遇到陆源生的时候，天空乌云密布，即将要下一场倾盆大雨。赶考的书生，路遇美丽的小姐，天赐良缘。

戏文里都是这样唱的。天下的故事也都是这样传说的。

所以朱纱与陆源生也是这样相识相知的。一阵雨后，两人已是难舍难分。奈何书生要赶考，女子要归家。一番纠结挣扎，陆源生对朱纱说，等我高中之时，就是娶你之日。

朱纱含泪点头，恋恋不舍地送走了陆源生。

故事的结局无非两种，书生高中，贪慕荣华，抛弃了破庙偶遇的旧爱，另结高官之女。抑或是书生不第，落魄市井，无颜再见昔日恋人，颓郁终身。

反正无论如何，都不会再有朱纱的戏。

她不是那种浑浑噩噩，痴心枯等的傻女。也不是那种会千里寻夫，寻死觅活的痴女。与陆源生的偶遇不过是逢场作戏，想验证一下书中写的，破庙避风雨里痴男怨女的故事。

没想到故事竟真的会发生。

2. 王妃

阡陌纵横的小道上，姹紫嫣红开遍。一辆豪华的宝马香车缓缓而行。

迎面而来的马蹄声声，让香车中的美人微微皱了眉。看过来人的信后，又是满心欢喜。信笺简短，爱意深藏。

陌上花开，缓缓归矣。

踽踽而行的香车忽然就加快了速度，疾驰而去。

至此，九王爷与王妃的故事天下皆知。

谁都知道，九王妃朱颜美艳倾城。眼底柔波，能融化一池寒冰。柳腰嫩肤，明眸皓齿，风华绝代。就连名动天下的九王爷李泽亦都拜倒在她的裙下。

只是，众说纷纭的故事里，总有一些不为人知的故事。

此时，朱纱正依偎在李泽亦的怀抱里，享受着李泽亦递过来的新鲜荔枝。

一骑红尘妃子笑，无人知是荔枝来。

这样的事，除了故事里，现实也是会有的。只是怒气冲冲而来的九王妃打碎了这一美好的场景。

李泽亦在两秒不到的时间里，推开了怀里的朱纱。慌乱地站起来，样子甚是狼狈。

颜颜，你不要误会，李泽亦解释，我不知道怎么会这样，你相信我，我不可能喜欢她的。是她，不知廉耻，勾引的我。

你看，你看，世上的男子皆是如此，情急时刻，将责任都推到女人身上，然后天下人都跟着骂女人祸国殃民，倾城祸水。

西施、武媚娘、杨玉环、花蕊夫人……

那么多人都是祸水的代表。

朱纱看着一言不发的自家姐姐，笑得花枝乱颤，姐姐，这就是你要的爱情？你要的爱情竟是这样？

你走。朱颜看着笑得妖娆的朱纱，冷冷地道，滚出九王府，我不想再见你。

你是可以永远不见我的，你本来就看不见我，可是你愿意看不见我吗？

朱纱看着瞬间惨白了容颜的姐姐，笑得更加得意。末了，道一声，姐姐好好陪陪姐夫，妹妹告退。

正值盛夏，王府里的花开到酴醾灿烂。

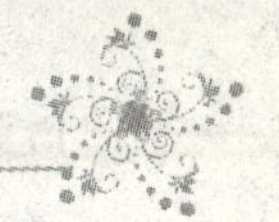

3. 状元

陆源生再次见到自己破庙相遇情定终身的女子是在九王府。

九王爷素爱吟诗作词，自然不免要邀请他这个新科状元来应应场。

他看到她一袭红色紧身衣袍，姿容清丽无瑕，幽幽地跟在九王爷身后，心里不免冷了几分。

彼时，作为新科状元的他，锦衣蟒带，不似当初落魄穷酸。所以宴会即将结束时，他仍是忍不住问了王府的丫头，那个王爷身边的美人是王爷什么人。

丫鬟的回答让他欣喜若狂，她是九王妃的妹妹，朱纱小姐。

他只是想不到，朱纱会主动来找她。宴会结束，就在他要回去的时候，那个小丫鬟又跑回来，说，朱纱小姐有请。

王府的后花园里，寂静无人，他走过去，远远就看到了站在湖边的她。仍是那一袭绯红的衣袍，外面罩了件轻纱，翩翩然似要化蝶飞去。

他跑上前，依然恪守本分，晚生见过小姐。

眼前的女子对他妩媚一笑，你我还何须这般生疏，叫我朱纱就可以了。

是。他欣喜地答。

做了状元可有何感想，她打趣。

他以为她说的是当日破庙里答应娶她之事，所以陆源生看着她，当日答应小姐之事，陆某不会食言。

他说的信誓旦旦，她的心里不免又多了几分计较。

4. 王爷

那日宴会之后，李泽亦就病了，卧榻几日，御医连夜不停地诊治，就是无法清醒。王妃朱颜衣不解带地在床榻旁照顾，整日以泪洗面。

传出去后，大家纷纷为王妃的深情重义而感动，歌乏之章纷至沓来。

朱纱看着一直待在房里的朱颜，在一旁痴痴地笑，姐姐你真傻，你还真为了他不顾自己吗？你要知道，他不值得你爱。

我的事，不用你管。朱颜对她的态度，永远冷冷的，没有温度。

就算你讨厌我，可是你却无法摆脱我，不是吗？朱纱走过去。将手放置李泽亦的额头，他是中了别人的妖术，寻常药物是救不了他的。

我知道。朱颜拿开了朱纱放在李泽亦额头的手，是你做的。

她说的很平淡，很随意，仿佛躺在床上的人与她不相干，仿佛她妹妹的做法那样理所当然，仿佛她早已洞悉一切。

我知道瞒不过你。朱纱笑的天真。那绝美的脸蛋让人无法逼视。

我会救他的。

5. 破庙

陆源生来找朱纱的时候，朱纱正在采摘王府后花园内的荷花。

夏日亭亭玉立的荷花，洁白纯美的荷花，与采摘之人一袭绯红的罗裙，一红一白，形成妖异的画面，更能刺激人的感觉。

陆源生看着正兀自站在湖边笑意千千的女子，恍然间，仿佛与她已经相识了千年般久远，如身在昏昏然的梦里，一醉千年，不愿醒来。

朱纱。

喃喃的低语，不自觉从喉间溢出。

朱纱抬起头，见是他，甚为得意，拿着刚采的荷花，说了句：送你。

陆源生伸手接过，出淤泥而不染，濯清莲而不妖……

你在说什么呢？朱纱看着他，眼里泛着柔柔的光，我带你去外边玩。

夏日的城外，烈日炎炎地晒，根本无处可去。他们无聊地在小树林里游荡。那间破庙再一次进入了他们的眼底，成了他们的栖身之所。

你知道吗？我第一次看见你，还以为遇见鬼了。你长得那么美，根本不似凡人。陆源生想起第一次相见时的画面，仍不免陶醉其间。

我本来就不是人，但我也不是鬼。

莫非你是仙，只有仙人才有如此艳丽的姿容，如此脱俗的气质。

你是鬼故事看多了，还是书读的太多了，世上哪有那么多的仙人。我怎么一个也没看见。朱纱看着他，迷人的眼睛让人看不懂她此时的想法，似带着惆怅，又似迷惘。

破庙里的故事，真的不只是故事吗？朱纱突然这样问，表情是从未有过的认真。

陆源生看着她，有点不知所措，他从未见过这样的她，无论是轻佻的她、纯美的她、天真的她，还是迷惘的她，都没有此时让人想要这样地去保护。哪怕一生。

陆源生将她搂进怀里，故事原本不是故事，只是时间久了，人们就将他

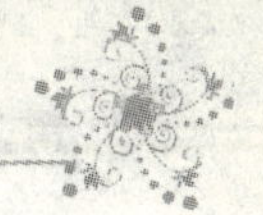

当成了故事。所以，故事的事本来就会发生。

朱纱眼里有了泪，但很快就被她擦干，我要回去了。

说完，挣开他的怀抱，飞一样地跑了出去。

6. 道长

九王爷已经昏迷了三个月，至今未醒。所以到最后，群医无策。

有人建议去请道长。王爷此病非寻常之事，可能是妖怪作祟。九华山清风道长道法高超，妖怪无不闻风丧胆。

很快，王府的人就去请了清风道长。

清风道长叶天一看过王爷的病后，独自与王妃谈了许久。出来的时候，直道，王爷中了妖邪之术，不日即将醒来。

朱纱经过叶天一身旁时，只听那老道缓缓说道，前世今生，本是凡人劫数，施主既不在六道五行之内，何苦这般执着。不如早日敛去凡心，修得正果。

你也说我不在六道五行之内，又何来凡心？既是凡人劫数，又与我何干？前世今生，是命中注定，我又如何能与天斗，与命搏？朱纱望着老道仙风道骨的模样，笑道，你这样的修为得来不易，还是回你的九华山好好修得正果吧。说罢扬长而去。

痴儿，蠢儿。既是这样，莫怪老道无情了。

说罢，清风道人摇头而去。

7. 宴席

三日后，昏迷数月的九王爷果真醒来。

九王妃为此大摆宴席，与王爷一同叩谢恩人。那个时候，朱纱站在一旁，看着这些人酒来酒往不停盏。絮絮叨叨说一些没完没了的恭维话。

忽然就悲从中来。自己这么多年，费尽心机，到底是为了什么，又得到了什么？

你在这？有声音在自己耳边响起，是你啊。朱纱看着陆源生一脸担心的表情，你不是被派到南方小城当芝麻官去了，怎么还在这啊。

我想你……

陆源生看着她，声音支支吾吾，最后竟还红了脸，我想你和我一起去。

天下的宴席都会散，所以我不会和你一起去。朱纱倒了满满的一杯酒，来，这杯，算是我为你践行，祝你官运恒通，一帆风顺。

你……陆源生不免有些失望，可是依然执着，我答应过你，要娶你的。

那你就娶我姐姐吧。她和我长得一模一样，你娶她和娶我是一样的。朱纱觉得自己肯定是醉了，她怎么可以这么说话，那个人肯定恨死她了。

你醉了，陆源生夺了她的酒杯，你不要喝了，我不会娶你。如果让你这么痛苦……

他这样说，忽然心痛莫名。

我不会娶你。

我不会娶你。

我不会娶你……

当初那个人也是这样跟自己说的，我不会娶你，也不可能娶你，因为我爱的人是你姐姐，我只当你是妹妹。

朱纱抬起头，目光望向远处，九王爷正搂着九王妃——她的姐姐，恩爱两不移。就算是她耍尽多少阴谋诡计也是不可能得到九王爷的。

朱纱不顾陆源生的阻拦，拿了酒杯灌满酒，醉语熏熏地说，我敬你。

一杯又一杯。

举杯敬虚名。一杯醉生梦死，一杯风华落尽。

8. 作画

那一日，天朗气清，阳光正好，云淡风轻。

九王爷久卧床榻，如今身体康复，自然要多多做些有益的事。听闻新科状元即将去南方赴任，便请来要他作画。

谁都知道，新科状元陆源生诗画双绝，当日金銮殿上令群臣折服，皇帝亲笔钦点诗画国士。朝中大臣为求一画，不惜千金，却仍是不可得。

所以今日前来，自然要好生招待。

那个时候，朱颜一脸笑意地拉着自家妹妹，到了暗处，你觉得陆源生如何？

朱纱明白她的意思，她定定地看着她，你休想摆脱我，语气坚冷。

我不是这个意思，朱颜道，凡尘一遭，只要你肯放手，什么都会得到。

那你为何不放？你与李泽亦如胶似漆，可是我呢？什么也不会有。

沉默良久。

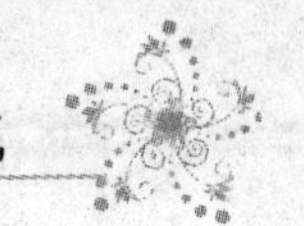

你是什么都没有。朱颜忽然一改刚才焦急的语气，你知道陆源生现在在画什么吗?

你……难道?不可能的，不会……

不敢置信地望着她，没想到你这么狠，竟然这般待我?

我已经受够你了，别怪我无情。朱颜指着不远处一心画画的陆源生，他不会停下的，你的声音他根本听不见。

朱纱想叫他停下，可是她的声音真的仿佛消失，无论她如何叫喊，他始终听闻不到。

已经来不及了，你以后将不会存在，不会再威胁到我了。我和我的九王爷会恩恩爱爱生生世世，而你，灰飞烟灭，永不超生。

我的好妹妹，姐姐再告诉你一个坏消息，你一直爱着的，等了一生一世的那个仙人，不是九王爷，而是陆源生，就是要把你弄得灰飞烟灭的陆源生，陆状元。

你……

9. 前缘

谁会想到美艳无双的九王妃原本不过是一个右脸颊长有红色丑痣的颜陋女子呢?而这一切的根源都是因为她，朱纱。

一千年前，白衣白发白须的仙人画了一张美人图，落笔的时刻，被顽劣的小仙童不小心一撞，倾城绝艳的美人，右脸颊上多了一粒红色的朱砂痣，就此美人图毁于一旦。

仙人叹气，命小仙童将画扔掉。

这张画最后却落到了另一个仙人手里。他见这画扔了可惜，便用了他的仙术，将画上的朱砂痣点活，它可以自己自由从美人身上脱落。

仙人后来因为这事，犯了天规，下凡历劫十世红尘。

是了。朱颜就是那画上的美人，而朱纱不过是毁了她容貌的那颗朱砂痣。自从她可以自由从朱颜脸上脱落后，朱颜便日夜哀求她离开，所以朱纱常常拿这样的话威胁她，你是可以永远不见我的，你本来就看不见我，可是你愿意看不见我吗?

你若看不见我，你便又是丑女了。

她这么说，朱颜就沉默，她要她的美貌，所以她只能纵容她。

朱纱是可以占有朱颜的一切的，却独独没有他——李泽亦。

那个时候，朱纱去找下凡历劫十世的仙人，就那么短短的几个月，回来时，朱颜已经嫁给了李泽亦。他们恩恩爱爱，传为天下美谈。

她本无所谓。可是朱颜告诉她，李泽亦就是那个下凡历劫的仙人。她是赌定了她不会重新回到她的脸上。

因为这个世界上谁都要自由，谁也不愿被谁束缚。

所以从那时开始，朱颜对她的态度总是冷冷的，没有温度。朱纱不服，她私自幻化出了李泽亦模样的人偶，让他对自己百般疼宠，可是就连假的李泽亦见了朱颜，也不要她。

何况真的李泽亦，一心只有朱颜的李泽亦。那个时候，她去找他，他只一眼就认出她不是朱颜，他说，朱颜不会穿红色的衣服，所以你不是。

他一句话就否定了她的一切。朱颜痛恨红色，所以她从不穿红色的衣服。

李泽亦说，我不会娶你，也不可能娶你，因为我爱的人是你姐姐，我只当你是妹妹。

她伤心欲死。

遇见陆源生，是她对爱情的最后希冀。她想要看看妖精与人的故事是否真的有结局。她只是想亲眼看看凡世流传的故事是不是当得了真。

书生与妖精的故事，多么经典华美，可是她心心念念的始终是那个救了她，给了她自由，因为她下落凡尘的仙人李泽亦，所以她看不到陆源生眼里的深情蜜意。

10. 迷梦

她始终不服，始终有怨恨，所以施了法术，让李泽亦陷入了昏迷。

她只是不曾想，自己会因为这小小的举动而万劫不复。

她不过是一粒痣，她的法术朱颜轻而易举就能解除，她的法术远不如朱颜，只是她不知道。一直以为自己因为仙人的帮助，法力定然胜过朱颜的。

她们本是一体，她拥有的法术，朱颜自然也会拥有。

朱颜借了九王爷久治不醒的借口，找了清风道人。其实她不过是向他要了怎样消灭朱纱的方法。

白须的老道与她讲了半天价，终于泄露天机。

由救她脱离画镜的人，为画上的美人润饰，朱砂痣消失的一刻，朱纱也就不复存在。

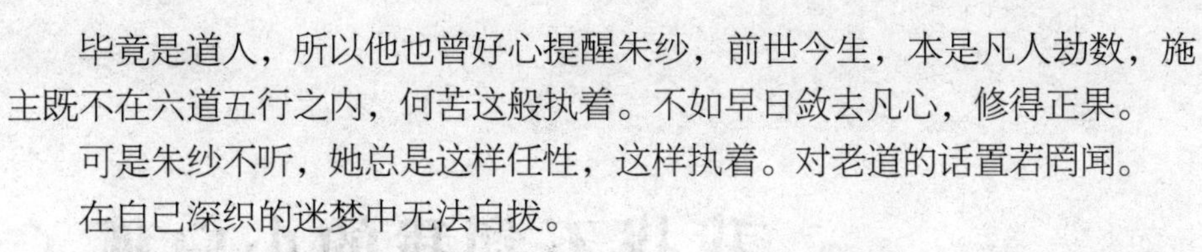

毕竟是道人，所以他也曾好心提醒朱纱，前世今生，本是凡人劫数，施主既不在六道五行之内，何苦这般执着。不如早日敛去凡心，修得正果。

可是朱纱不听，她总是这样任性，这样执着。对老道的话置若罔闻。

在自己深织的迷梦中无法自拔。

于是，一切无可挽回。

11. 结局

所有的故事都有结局。

陆源生拿着豪椽巨笔，缓缓地润饰着美人脸上的朱砂痣。他太过专注，所以看不到身后不远的朱纱随着他笔下的朱砂痣一点一点地消失。

书生与妖精，注定凄怆的结局。

我找不到我的小白狐了

■ 树叶莎莎响

1. 前世：小白狐的报恩

很久以前，在一座叫做翠峰的雪岭下，住着一户人家，只一书生，名唤胡恩，是个一心只读圣贤书的书呆子。他为人心地善良，惜老怜贫，却学业平庸，连个秀才还是考了三次才勉强考上的。因他平日里，只一味专心读书，从不无故出门。人们见他有些痴，以为他不可能有多大出息，方圆几里，竟没个正经人家愿意把女儿嫁与他。但这胡书生倒不烦恼这些，仍旧闭门苦读，立志要读出个功名来。

一天晚上，他读书太累了，趴在桌子上便睡着了。迷糊中，他发现有个小白点悄悄地来到他的窗外，看他埋头苦读，那小白点似乎还有两个闪亮的小黑痣。

第二天，他早把这个梦忘了。只是在这天晚上，他又梦见了那个小白点了，是只小白狐。一只小白狐竟进入他的梦中来，他有些诧异，诧异的是这只小白狐竟呜呜地叫着，好像有话要说。这一次，他心里有些犯迷糊，也许真的是累的，瞎幻想，不是真的梦到，仍旧没往心里去。

当天晚上，十分静谧，他又做了一个有关小白狐的梦。在梦中，小白狐说话了。它说，恩公子，恩公子，你在前世救了我，今生我要助你学业有成、出人头地。

这么一连串离奇古怪的梦，令他误以为自己出了某些精神方面的疾病，他顿时慌乱起来，只怕延误就医出了事。他不敢有任何怠慢，当下就去找了郎中。那郎中帮他把了脉，也没查出个所以然来，只说是气郁，开了几副药，让他好生静养。

可是就在这天的晚上，他又做了一个同样的梦，梦中小白狐又说话了。小白狐说，恩公子，你真的别害怕，我只是想帮助你。这一次，小白狐的样子变得清新了，一身雪白的毛宛若云裳，明亮的双眸柔和得很。那胡恩屏住

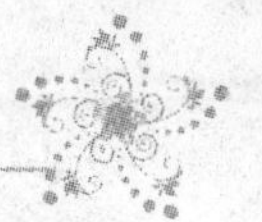

了呼吸，心里已不再那么害怕了。只听小白狐说，恩公子，你闭上眼睛，我带你去一个地方。

等他再度张开眼睛的时候，他看见一只可怜的小白狐被猎人紧紧拎住，它四肢乱蹬，挣脱不得；它呜呜哀鸣，眸里有水，汪汪的是泪。它可怜巴巴地盯住一个路过的书生，流露出求助的渴求。那书生竟跟他长得一模一样。最后，小白狐的眼中充满了惧怕，只剩下微微的喘息，已没了适才的活力。它气若游丝地叹了一口气，也许是将死的悲凉，感染了书生，这一声叹息，令书生有了一丝痛苦。他走了过去，轻轻抚摸着小白狐，只觉得它柔媚至极，不由得哭了。他解下盘缠，救下小白狐，然后冲它挥手作别。那小白狐狠命地跑至远处，回头张望着书生，很认真地凝视了一下，旋即跑入树林不见了。这一身洁白，汲取了天地的精灵，似雪的白毛胜银辉，也让书生呆呆地站立。

前世的情景出现在梦中，吓得胡恩一下子醒了过来，惺忪里，他还看到小白狐的眼中有泪滚落下来，待缓过神来，那小白狐已经消失在梦中了。

大考在即，那胡恩也顾不得害怕，每日仍埋头苦读。

至此，只要他白日里有些局促，小白狐便知他遇到了难题，当晚就会到他的梦里来。这样几次狐梦后，他便不怎么惧怕了，反而更加发奋读书。奇怪的是，凡有不懂的地方，小白狐都会在梦中开解他。

小白狐反复说，恩公子，你只需按我所教日日去复习，我便保你考取功名。那胡恩将信将疑，小白狐见他迟疑，说，你若还不信，我便送你一撮白毛。事情就是这么奇怪，第二天当胡恩醒来，手上真就握住了一小撮白花花的狐毛！他这才相信，头上三尺真的有神明啊！

于是，胡恩真的按小白狐所授学习，很快突飞猛进，当科便蟾宫折桂，进士及第了。此后富贵终年，这是后话。

话说胡恩衣锦还乡的当晚，他又做了一个梦，梦中小白狐又来了。这一次，它是来告别的，还说人妖殊途，让他不用寻找了，找也无益。那胡恩当场难过得哭了。醒来时，只记得小白狐反复强调：待来生，飞雪连天，再相见。

可怜那胡公子竟茶饭无心，形容憔悴，不过几日光景，便有气无力了。乡亲们痛惜不已，怜其痴，都哭着欲为他准备后事了。

是夜，一息尚存的胡恩，竟听到小白狐数落他说，公子何苦不爱惜自己。紧接着，他便入睡了，只觉得有股热流向他注入而来，醒来时便恢复精神气了。人们都奇怪不已。

至此，胡恩每每早早睡下，也不再梦到他的小白狐，任凭他怎么祷告，小白狐再也没有去过他的梦中。只是小白狐雪白玲珑的样子，一直存在他的心里。

此后半生，胡恩娶妻生子，极尽人臣，终年时四世同堂，子贤孙孝。但他心里一直期盼着来生与小白狐的美丽邂逅。

就在胡恩蒙留之际，迷糊中，只见梦里飞雪飘飘，一名白衣女子踏云而至，对他说，我乃小白狐，如今已修炼成人形，因促成公子考取功名，触犯了天条，被剥去千年修行，幸得上天怜我知恩，许我转世为人，但要夺我前世记忆。你我转世后有缘自会再相聚，公子切记要找我，才不枉我一片心意。此时，白衣女子已泣不成声，独自跳起了舞。只见她身影曼妙，微步飘摇，宛若霓裳羽衣舞；她晶莹的泪如断线的珠滑落而下，好似一枝梨花春带雨。那洁白的身影舞动在飞雪中，也似白雪在纷飞。胡恩看得僵住，顿觉身体变硬，没了动弹。

2. 今生：苦苦的寻找

在地狱里，那胡恩的灵魂苦求了几世，孟婆感其诚，才勉强同意帮他留住记忆。

转眼人世更替，沧海桑田，又过了二十年，那胡恩已转世投胎并长大成人了。他仍念念不忘寻找他的小白狐，依旧把自己唤做胡恩，为的是纪念小白狐的恩情。每每有人说媒，他总是推脱掉，愣说自己前世已有婚配，父母也拿他没有办法。

他很想知道，此生会是在何时何地与小白狐相遇？那时，他应该是手捧书一卷轻轻而至，而小白狐应该含笑羞似雨后海棠吧，少年时他总是这样幻想着。

每每集日，他常到熙熙攘攘的人群中，茫然地找寻，也不知这样过了多少年。

忽一日，胡恩果然见到一名白衣女子，眉目依稀相识，那眼神似他梦中的小白狐，自有一种贵气。他疾步而去，感觉心快要飞奔起来，以为在尘世里遇到自已的小白狐了。

只是那名女子，抬眼过来又不屑地别开了，她的目光凌人。啊，这不是他想象的目光。胡恩想，她是怕见我了吗？是我太卑微了吗？是我穿着太寒酸了吗？他顿时如入冰窖，只把如潮的思念放在心里。

但他仍紧紧追随，眼见那名女子进入一座幽静的山庄，冲一位老态龙钟的人嗲嗲地喊了声“老公”，原来是只被圈养的“金丝雀”。这可把胡恩吓坏了，他不明白为什么一脸清秀的人，竟会有如此俗不可耐的铜臭味？他认定这不是他的小白狐。他转身便走了。

又不知过了几年，不知找遍了多少地方。一日，在不经意中，他听到远远传来一阵歌声，曲调低沉悲悯，好像是梦中小白狐的泣诉。他循声找去，只见一白衣女子身材高挑，肤如凝脂，细眉修长，凤波流转。她白衣生尘，衣袂飘飘，舞姿曼妙。那胡恩顿时舌头僵硬，难以言语，只痴痴地看着她且歌且舞！

待回过神来，方见一群白衣女郎已行至跟前，一样的青春倩丽，一样的巧笑盈盈。只听得有人说“快看，人妖”，“多漂亮的人妖啊”。他恍然大悟，这个又不是他的小白狐了。他只好黯然离去，此舞却留在了心间。

可叹的是，这轮回，不让胡恩转出爱的谜团。也不知又寻找了多久。许是冥冥之中自有天意，还真的让胡恩找到了一位与小白狐长得一模一样的女子，只是身影略有些不同而已。他想这可能是小白狐转世后有所差异了，并不怎么在意。

但这一次他不敢再轻易贸认了，便每日悄悄尾随其左右，并试图攥紧那一缕尘缘，怕一走散就是一个轮回。最后，那胡恩终于痛苦地发现，原来这名女子在美容院替人做宣传，她是经过精心整形的，先前丑陋不堪。胡恩当场就晕厥过去。我也不知道该怎么形容他当时的心情，反正这个也不是他的小白狐了，他只好渐渐回去了。

之后，胡恩走遍千山万水，数不清到过多少个地方，算不了失落了多少回，转眼间他就两鬓成霜了。穷极了一生，到最后他才明白，纯白之物只在梦里有，遂不以为念了。

3. 叹别离：朝云暮雨难相见

雪末儿莹莹的，随风飞扬，那胡恩立在风雪中，他将选择在这个月圆之夜悲歌一曲，然后决绝地化为虚无。因为，他真的没有气力再寻找他心中的小白狐了。韶华已逝，他不愿再找了，更不忍让小白狐看到他现在失魂落魄的样子。离去，是他的抉择。

不甘心啊！难道小白狐已不再是人形？他的意识渐渐变得模糊，他大声地哭喊着：小白狐——

夜沉寂，雪纷纷，渐渐就下成了一堆，冰冷中自有一股化不开的温柔。

啊，小白狐，是你已在山林轻盈跳跃，不让我再找寻你，还是你现在就在这白雪中飞舞。他不禁又想起了小白狐曾经说过的，待来生，飞雪连天，再相见。

他久久地凝望着这眼前的飞雪，越看越觉得这纷飞的雪，似梦里孤独的舞者，似天空中出现了无数的飞毛。他竟执着地认定，这雪就是小白狐幻化而来的，要他化雪相见。

我不知道这雪里是否有他婆娑的泪滴，只见那胡恩微微地笑了，在雪中飞舞起来。我想这是他们的团圆之舞，不久，一切将化作虚无。

那胡恩舞着舞着，渐渐随雪飘散了，此时，他悲鸣的歌声戛然而止，所有的悲伤、绝望，都一并化作了虚无。

4. 尾声

后来冰雪融化，有人看到，地上有一件白袍裹着满满的银白色兽毛，似乎连在了一起，有贪心者欲拿走它们，却怎么也分不开，只好弃了。

启　　事

本书编选时参阅了部分报刊和著作，我们未能与部分作品的作者取得联系，在此深表歉意。请各位作者见到本书后及时与我们联系，并提供相关作品著作权证明以及本人身份证复印件，以便按国家相关规定支付稿酬及赠送样书。

地址：湖南省长沙市天心区芙蓉南路和庄 A 栋 3118 室

邮箱：bjljwh@ 126. com